교통경찰의 밤

KOUTSUKEISATSU NO YORU by Keigo HIGASHINO
© 1991 Keigo HIGASHINO
Originally published in Japan by Jitsugyo no Nihon Sha, Ltd.,Tokyo.
Korean translation rights arranged with Jitsugyo no Nihon Sha, Ltd., Japan.

교통경찰의 밤

히가시노 게이고

양윤옥 옮김

하빌리스

차례

천사의 귀

1

　오전 0시 시보(時報)가 라디오에서 들려왔다.

　"자아, 다음에 들려 드릴 곡은 얼마 전에 큰 인기를 끌었던 노래예요. 특히 첫 도입부는 여기저기서 많이들 써먹었죠. 그럼 마쓰토야 유미*의 〈리프레인이 부르짖는데**〉를 들어 볼까요?"

　진나이 슌스케는 보고서를 쓰던 손을 멈추고 라디오 볼륨을 높였다. 좋아하는 노래였기 때문이다. DJ가 말한 대로 그

---

　* 1954년~. 싱어송라이터. 1972년 데뷔 이후 7, 80년대의 수많은 명곡과 함께 현재까지 40여 년 동안 활약 중이다. 일본 오리콘 여성 최다 1위, 최다 밀리언셀러, 최고령 앨범발매 기록을 보유했다. 수많은 광고 음악을 비롯해 〈마녀 배달부 키키〉, 〈시간을 달리는 소녀〉 등의 영화와 드라마 주제가로 차용되었다. 팬 네임은 유밍.

　**1988년 11월 발매된 20장째 앨범 [Delight Slight Light KISS]의 수록곡. 이별을 주제로 남녀의 짙은 후회와 쓸쓸함을 담았다. 도입부의 강하고 단순한 리듬과 후렴구 '어쩌다가 어쩌다가'가 인상적이다. 광고 음악과 드라마 삽입곡으로 널리 알려졌다.

도 첫 부분만은 기억하고 있어서 리듬에 맞춰 흥얼흥얼 따라 불렀다.

어쩌다가 어쩌다가 우리는 만나 버렸을까.
부서질 만큼 끌어안았다.

그다음 부분은 외우지 못했다. 콧노래로 어물어물 넘어갔다.
"아주 좋은 노래야. 왠지 가슴이 뭉클해진다니까."
팀장 가나자와 경사가 진나이의 찻잔에 녹차를 따라 주면서 말했다.
"차를 손수 따라 주시고, 고맙습니다. 네, 이 노래, 진짜 좋죠. 이 가수는 신곡을 발표할 때마다 몇 억씩 번다던데요. 재능이 있다는 건 대단하죠?"
"우리는 평생 벌어도 이 노래 한 곡의 레코드만큼도 못 버는데 말이야."
"당연히 그렇죠. 아, 근데 요즘은 레코드가 아니라 CD예요."
그리고 잠시 뒤에 책상 위의 전화가 울렸다. 가나자와가 재빨리 집어 들었다. 느긋하게 풀어졌던 표정이 팽팽해지는 것을 보고 사건이구나,라고 눈치를 채고 진나이는 자리에서 일어섰다.
"C동 3번지 사거리야. 승용차끼리 충돌한 모양이야."
수화기를 내려놓으며 가나자와가 말했다.
"신고는 목격자가 했습니까?"

"아니, 한쪽 차량의 운전자야."

그렇다면 그리 큰 부상은 아닌가. 진나이는 일단 안도했다. 하지만 가나자와는 그런 후배를 보고 고개를 저었다.

"안도하긴 아직 일러. 다른 한쪽 운전자는 빈사의 중상이래."

"빈사……."

그걸로 다시 진나이는 얼굴을 바짝 긴장시키지 않으면 안 되었다.

왜건형의 사고 처리 차량을 타고 두 사람은 현장으로 향했다. C동 3번지라면 사람들이 보통 '꽃집 거리'라고 부르는 곳이다. 편도 2차선 도로를 마주하고 작은 가게가 줄줄이 이어진 상점가다. 낮에는 사람들로 북적거리지만 밤 9시가 지나면 인적이 부쩍 뜸해진다.

사고 현장은 금세 알 수 있었다. 이미 외근 경찰차가 달려와 다른 차량들의 통행을 유도하고 있었다. 구경꾼도 꽤 많이 모여들었다.

"어이쿠, 상당히 심각하네."

차 안에서 현장 상황을 바라보던 가나자와가 한숨을 내쉬었다. 충돌한 것은 검은색 외제차와 노란색 경차였다. 경차가 사거리 왼편 모퉁이에 서 있는 전봇대를 들이받았고 그 운전석을 향해 외제차의 보닛이 파고들듯이 박혀 있었다. 외제차는 거의 변형이 없었지만 경차 쪽은 휴지를 뭉친 것처럼 찌부러져 있었다.

어느 한쪽이 신호를 무시하고 내달린 것이라고 진나이는 지금까지의 경험을 통해 짐작했다.

그들이 경찰차 옆에 차를 세우자 수고하십니다,라고 외근 경찰 한 명이 인사를 건넸다. 진나이 쪽에서도 똑같이 인사를 했다.

"구조대는 출동했어요?"

가나자와가 물었다.

"네, 왔습니다. 부상자 한 명을 싣고 시립병원 쪽으로 출발했어요. 경차 쪽 운전자예요."

그럴 거라고 진나이는 생각했다. 저 상태라면 가벼운 부상으로 그쳤을 리가 없다.

"다른 부상자는 없었어요?"

"예에, 다행히 별일 없었어요. 기적 같은 일이죠."

"역시 외제차는 튼튼하군."

가나자와가 말했지만 그 경찰은 고개를 저었다.

"그런 뜻이 아니고요, 경차에 동승했던 사람도 거의 부상이 없었습니다."

"동승자가 있었어요?"

진나이는 저도 모르게 목소리가 높아졌다.

"조수석이 아니라 운전석 뒤쪽에 타고 있었던 게 천운이었죠. 보시다시피 차가 엄청 찌그러졌지만 마침 그 틈새에 끼여 거의 아무 부상도 없었어요."

"와아, 진짜 기적이네."

진나이가 이번에는 감탄의 목소리를 올렸다.

현장은 꽃집 거리 도로와 편도 1차선 도로가 교차하는 지점이다. 차량용 신호등 외에 꽃집 거리를 건너기 위한 보행자용 신호등이 설치되어 있다. 파란불이 켜지면 '건너가세요'라는 옛날 동요의 멜로디가 흘러나오는 타입이다.

차도 옆으로는 인도가 있고 그 좀 더 안쪽에 소매점이 주르륵 이어졌다. 그 속에 작은 은행도 있었다. 은행 앞 전광판에 디지털시계가 달려서 0시 22분이라는 숫자 표시가 떠 있었다.

"목격자는 없었어요?"

가나자와가 외근 경찰에게 물었다.

"현재로서는 전혀 없어요. 계속 찾아봐야죠."

"네, 잘 부탁합니다."

즉각 현장 검증에 들어가기로 했지만, 사고 당사자들이 아직 현장에 남아 있어서 진술 조사도 겸하기로 했다. 우선은 외제차를 운전했던 도모노 가즈오라는 남자부터 시작했다.

도모노는 스물세 살이라는 나이치고는 아직 어린 티를 벗지 못한 얼굴이어서 한껏 차려입은 더블정장도 비쩍 마른 몸집에는 영 어울리지 않았다. 직업을 물어봤더니 프리아르바이터,라고 슬쩍 가슴을 젖히면서 대답했다. 요즘은 정식 직업이 없는 사람도 외제차를 몰고 다니는 시대인 모양이다.

진나이는 티 나지 않게 얼굴을 가까이 대 봤지만 술 냄새는 나지 않았다.

본격적인 조사가 시작되자 도모노는 날카로운 목소리로 대구했다.

"파란불이었다고요. 이쪽이 파란불. 근데 그 경차가 치고 들어온 거예요."

아니, 아니, 하고 진나이가 나서서 달랬다.

"처음부터 차근차근 합시다. 우선 도모노 씨는 어디서 왔고 어디로 갈 예정이었지?"

"그러니까요, 저는 저쪽에서 와서." 도모노는 사거리의 동쪽 편을 가리키고 그다음에는 정반대 방향을 돌아보았다. "이쪽으로 갈 예정이었어요."

꽃집 거리 사이를 남북으로 길게 가로지른 도로를 도모노는 동에서 서를 향해 달리고 있었다는 얘기다.

"속도는 어느 정도였고?"

진나이가 물었다.

"저는요, 정확히 제한속도를 지켰어요."

도모노는 입을 툭 내밀었다.

"그러니까 시속 몇 킬로미터였냐고."

진나이는 재우쳐 물었다. 도모노는 입을 삐뚜름하게 틀고 슬그머니 고개를 돌렸다. 곁눈질로 속도 표지판을 찾고 있는 것이다. 그러다가 "40킬로미터 정도였나?"라고 작은 소리로 대답했다.

"정말이야? 타이어 자국을 조사해 보면 거짓말을 해 봤자 금세 다 밝혀져."

은근히 위협하듯이 말하자 도모노는 짜증 난 얼굴로 자신의 머리칼을 쓸어 넘기는 몸짓을 했다.

"잘 기억이 안 나요. 근데요, 어쨌든 안전할 정도의 속도로 달렸어요."

"흠, 일단 그건 됐고, 신호등은 파란불이었다고 했지?"

그러자 도모노는 진나이 쪽으로 얼굴을 쓱 내밀었다.

"네, 파란불이었어요, 파란불. 틀림없이 파란불이었다고요."

"언제부터 파란불이었지?"

"예?" 도모노는 어리둥절한 얼굴이었다. "언제부터냐니……."

"몇 미터 앞에서부터 파란불로 바뀌었어? 아니면 빨간 신호를 받고 기다리다가 파란불로 바뀐 다음에 출발한 건가?"

도모노는 잠깐 생각해 본 뒤에 대답했다.

"아뇨, 계속 파란불이었어요."

"계속? 달려오는 내내 파란불이었다는 거야?"

그런 일은 있을 리가 없다.

"그게 아니고요, 내가 신호를 봤을 때는 파란불이었어요. 그 전 신호를 지난 뒤쯤부터인가? 그러니까 내가, 아니, 우리가 지나갈 때도 파란불이었다고요."

"그 전의 신호는 어떤 식으로 지나왔지? 신호를 기다렸어?"

"글쎄요, 거기서도 기다리지 않았던 것 같은데……."

도모노는 여기서도 생각을 더듬는 기색이었지만, 결국

"기억 안 나요"라고 내던지듯이 말했다.

진나이는 아까부터 옆에서 듣기만 하는 가나자와를 돌아보았다. 가나자와는 이제 그 정도면 됐다는 듯이 눈빛으로 말했다.

"그럼 사고 때의 상황을 자세히 얘기해 볼까? 도모노 씨는 파란불 신호일 때 교차로에 들어선 거지?"

"네, 맞아요. 그랬는데 왼쪽에서 저 차가 달려와 내 앞으로 치고 들어왔어요. 그래서 순간적으로 브레이크를 밟았는데 깜빡 늦어 버려서……."

도모노는 두 팔을 치켜드는 포즈를 취하면서 아랫입술을 툭 내밀고 고개를 저었다.

"상대 차가 다가오는 건 전혀 알지 못했고?"

"그건요, 그러니까……." 도모노는 말을 어물거리다가 "알긴 알았는데, 그쪽 신호가 빨간불이었으니까 설마 달려올 거라고는 생각을 못하죠, 사실상."

"흠, 그렇군."

진나이의 대답에 자신의 말을 믿어 주었다고 해석했는지 도모노는 반색하는 표정이었다. 그런 표정은 완전히 어린애 같았다.

사고 후의 일에 대해서도 질문해 보았다. 도모노의 진술에 의하면 그와 동승한 여자친구는 곧바로 차에서 나와 근처 공중전화로 경찰서와 구조대에 전화를 했다. 상대 쪽이 부상을 입었기 때문에 어떻게든 구해 내야 한다고 생각했지만 문짝이 찌그러져서 도저히 손을 쓸 수 있을 만한 상황이 아니었다고 한다.

"응, 대충 알겠어."

진나이는 볼펜을 내려놓았다.

"도모노 씨도 일단 병원에서 진찰을 받아 봐. 교통사고는 후유증이 무서우니까. 그리고 차량 퇴거도 좀 부탁하자고. 차가 움직일 수도 있겠지만 저걸 타고 집에 갈 생각은 안 하는 게 좋아. JAF*에 연락하면 해결해 줄 테니까."

도모노는 고개를 끄덕이더니 퍼뜩 생각난 듯이 말했다.

"저기요, 우리 쪽에서 잘못한 게 아니죠? 우리는 파란불에 지나간 거니까요."

진나이가 대답할 말을 생각하고 있는데 옆에서 가나자와가 "그건 상황에 따라 다르지"라고 처음으로 입을 열었다.

"상대측 차에 탔던 사람이 어떻게 말할지 아직 모르잖아?"

그러자 도모노의 입이 꿈틀 움직였다. 미묘한 변화였지만 희미하게 웃음기가 담긴 것 같아서 진나이는 내심 불쾌한 느낌이 들었다.

도모노의 여자친구에게서도 진술을 듣기로 했다. 하타야마 루미코라는 여대생으로, 초점이 일정치 않은 눈빛과 헤벌린 입만 빼고는 상당한 미인이었다. 몸을 움직일 때마다 회백색 모피코트 틈새로 미니스커트의 다리가 내보였다.

---

* 일본 자동차연맹. 교통안전 및 환경개선, 운전자의 권익옹호, 고장 및 사고 차량의 구조와 이동 등을 주요활동으로 하는 사단법인단체.

진나이는 도모노에게 했던 것과 거의 동일한 질문을 던져 보았다. 하지만 그녀는 그리 흡족한 대답을 하지 못했다.

"그게요, 저는 자고 있었거든요"라는 게 그녀의 주장이었다. "쾅 하고 엄청난 충격이 느껴져서 눈을 떠 보니까 저렇게 되어 있더라고요. 그래서 저는 아무것도 몰라요."

아무것도 모른다,라는 부분을 그녀는 강조했다.

"그럼 신호가 어떤 색깔이었는지도 모르겠군."

진나이가 말하자 루미코는 흠칫 놀란 얼굴이 되었다. 그러고는 다급하게 얼굴 앞에서 손을 흔들었다.

"아뇨, 신호는 파란불이었어요. 우리 쪽이 파란불."

"아니, 자고 있었다면서?"

"그러니까 그건……. 쾅 부딪치는 바람에 잠이 깨서 밖으로 뛰쳐나왔죠. 그때 본 신호가 파란불이었다는 거예요."

"하지만 그건 빨간색에서 파란색으로 바뀐 직후였을 수도 있잖아?"

"아뇨, 그게 아니라……. 그 바로 뒤에 파란불에서 노란불, 그리고 빨간불로 바뀌었거든요. 파란불로 바뀐 직후였다면 한참 더 파란불이어야 하잖아요."

루미코는 좀 알아 달라는 듯이 진나이의 얼굴을 올려다보며 말했다.

"그래요, 무슨 말인지는 알겠어."

그가 말하자 그녀는 그제야 마음이 놓인 눈치였다.

하타야마 루미코와 헤어져 진나이는 주위를 둘러보며 외

근 경찰에게로 다가갔다. 경차의 동승자라는 사람이 눈에 띄지 않았기 때문이다.

"아, 그 동승자라면 저쪽에 있어요."

외근 경찰이 신호등 옆의 전화박스를 가리켰다. 유리로 된 전화박스 안에 갈색 더플코트를 입은 여학생이 서 있었다. 문을 열어 둔 채 어딘가에 전화를 하고 있었다.

"구급차에 함께 타라고 말했는데, 별로 다치지도 않았다면서 영 말을 안 듣더라고요."

"그래요?"

진나이는 그쪽으로 다가가 여학생 쪽으로 가볍게 손을 들어 인사를 건넸다. 하지만 그녀는 전혀 알아차린 기색이 없었다. 얼굴은 분명 진나이 쪽을 향하고 있는데도.

"소용없어요." 뒤에서 경찰이 말을 건넸다. "저 여학생, 눈이 안 보여요. 저쪽에 전화박스가 있는 것도 내가 알려 줬어요."

2

여학생의 이름은 미쿠리야 나호라고 했다. 병원에 실려 간 사람은 그녀의 오빠로, 이름이 겐조라는 모양이다. 남매는 이웃 도시의 친척 집에 들렀다가 집으로 돌아가는 길이었다. 집 주소로 판단해 보면 미쿠리야 겐조는 꽃집 거리를 남쪽에서 북쪽 방향으로 직진한 것 같았다.

나호는 연한 색깔의 안경을 쓰고 있었지만 렌즈 너머의 눈은 분명하게 뜨고 있어서 미리 알지 못했다면 시각장애라는 건 전혀 생각도 못했을 것이다. 도자기처럼 깨끗한 피부여서 얼마든지 미소녀로 통할 만했다.

나호의 진술 조사는 왜건 차 안에서 하게 되었다.

"무슨 일이 일어났는지는 알고 있지?"

진나이는 부드러운 말투를 유념하면서 물었다. 나호는 꾸벅 고개를 끄덕였다.

"사고가 일어나기 전의 일이 생각나니?"

"네."

"오빠와 뭔가 얘기를 하고 있었나?"

"아뇨, 친척 집을 나왔을 때쯤에는 얘기를 했지만, 사고가 일어나기 직전에는 거의 말없이 라디오만 들었어요."

고등학교 2학년이라고 했지만 같은 또래의 여학생들보다 훨씬 명료한 말투였다.

그래,라고 짧게 대답하고 진나이는 다음 질문을 생각했다. 시각장애가 있는 여학생에게서 뭔가 정보를 얻기 위해서는 어떻게 해야 하는가.

"이건 네가 느낀 대로 대답해 주면 되는데, 차 속도는 어느 정도였지? 상당히 빨리 달렸던 것 같은데."

물어보면서 별로 안 좋은 질문이라고 생각했다. 속도가 빨랐는지 아닌지는 개인의 주관에 따라 달라지는 것이다.

하지만 진나이의 반성엔 아랑곳하지 않고 나호는 뜻밖의

대답을 했다.

"시속 50에서 60킬로미터 사이였어요. 한밤중이라서 오빠도 속도를 좀 올린 것 같아요."

진나이는 저도 모르게 가나자와와 눈이 마주쳤다.

"그걸 어떻게 알았지?"

가나자와가 물었다.

"항상 오빠가 차를 태워 줬으니까 진동이나 엔진 소리로 알 수 있어요."

나호는 별일도 아니라는 듯이 대답했다.

그래서 진나이는 다시금 비상식적이라고 생각되는 질문을 해 보았다. 즉, 신호는 어떤 색이었다고 생각하느냐고 물어본 것이다. 그리고 그녀는 여기에서도 알지 못한다고는 하지 않았다.

"파란불이었어요."

자신 있게 대답했다.

"왜?"

"사고가 일어나기 직전에 오빠가 말했거든요. 좋아, 파란불이야, 딱 맞았다,라고."

"좋아, 파란불이야,라고?"

이런 증언은 어떻게 처리해야 할지 진나이는 망설여졌다. 그녀가 직접 파란불을 확인한 건 아닌 것이다.

그가 고민하고 있는데 나호는 게다가,라고 약간 목소리를 높이고 잠깐 틈을 둔 뒤에 말을 이었다.

"오빠는 그런 섣부른 짓을 할 사람이 아니에요. 신호를 못 보거나 무시하는 일 따위, 절대로 없어요."

현장 검증을 마치고 사고 차량의 이동을 확인한 뒤, 진나이와 가나자와는 미쿠리야 겐조가 실려 간 시립병원으로 향했다. 그 참에 나호도 함께 차에 태웠다. 도모노와 루미코 쪽은 외근 경찰이 데려가기로 했다.

병원에 도착하자 나호의 부모님이 와 있다가 딸을 보고 걱정스러운 얼굴로 달려왔다.

"오빠는?"

나호가 급히 물었다. 수술 중이야,라고 어머니가 대답했다.

진나이와 가나자와는 조금 떨어진 자리에서 기다리기로 했다. 생명에 지장이 없는지도 확인하고 싶었고, 의사에게서 겐조의 혈액을 받는다는 목적도 있었다. 음주 체크를 위해서다.

"어떻게 생각해요?"

가족들 쪽을 슬쩍 살펴본 뒤에 진나이는 가나자와에게 물었다.

"흠, 어렵네." 팀장 가나자와는 말했다. "양쪽 다 파란불이었다고 주장하는데, 일단 저 여학생의 경우는 자기 눈으로 직접 본 게 아니야. 장애인을 무시할 생각은 전혀 없지만, 아무래도 불리하게 마련이잖아."

"그렇다면 오빠 쪽의 진술을 기다려야 할까요?"

"그래야겠지."

하지만 이대로 겐조가 의식을 찾지 못한다면 결과적으로 도모노 쪽의 주장을 들어줄 수밖에 없을지도 모른다.

"어찌 됐건 간판은 세워야 할 것 같네요."

"그래, 별 도움은 안 되겠지만."

쌍방이 파란불이었다고 주장하는 이상, 목격자를 찾아내는 게 가장 빠른 해결책이다. 하지만 현장에 모여든 구경꾼 중에 사고 순간을 목격한 사람은 없었다. 그래서 현장 근처에 목격자는 신고해 달라는 간판을 세우려는 것이다. 다만 진나이의 경험에 비춰 보면 그런 간판이 효과를 거둔 적은 한 번도 없었다.

"아, 끝난 모양이네."

가나자와의 말에 뒤를 돌아보니 수술실에서 의사가 나오는 참이었다. 의사는 심각한 얼굴로 미쿠리야의 부모에게 뭔가 설명했다. 그 목소리가 귀에 들어온 것이리라, 가장 먼저 울음을 터뜨리며 바닥에 주저앉은 것은 나호였다.

3

모니터로 영상을 확인하면서 가세 노리오는 만족스럽게 고개를 끄덕였다. 아주 잘 나왔다. 군더더기 없이 찍혔고 현장의 박진감이 그대로 담겼다.

'일단 실제로 일어난 사고였잖아.'

노리오가 비디오카메라에 빠져들기 시작한 것은 작년, 대학에 입학한 다음부터였다. 입학 축하 선물로 비디오카메라를 받았던 것이다. 처음에는 보이는 대로 죄다 찍으면서 혼자 좋아했지만, 점점 작품을 만들고 싶다는 욕심이 생겼다. 하지만 드라마를 만드는 건 너무 어렵다. 그가 요즘 몰두하는 건 뭔가 사건이 터지면 즉각 달려가 현장을 촬영하고 자기 나름대로 편집해 뉴스방송을 만드는 것이었다. 자막도 넣어 가며 그럴싸하게 만들어 냈다.

다만 문제는 사건이라는 게 주위에 흔히 널려 있는 게 아니라는 점이다. 그래서 아무래도 단풍철이 되었다느니 첫눈이 내렸다느니, 빤한 계절 소식만 찍게 된다. 그런 점이 영 불만이었다.

그러던 참에 오늘 밤의 사고를 맞닥뜨렸다. 콰앙 하는 엄청난 소리를 듣고 창문을 열어 보니 마침 집 앞 사거리에서 차량이 충돌한 상태였다. 노리오는 의기양양하게 비디오카메라를 들고 뛰어나갔다. 그래서 경찰차와 구급차가 달려오는 장면이며 사고 차량에서 부상자를 구출하는 장면까지 빠짐없이 촬영할 수 있었다.

'사고 순간까지 찍을 수 있었다면 더 좋았을 텐데.'

하긴 그건 어렵지,라고 모니터를 바라보며 노리오는 뿌듯한 기쁨을 느꼈다. 화면에는 신호등이며 주위의 상황도 찍혀 있었다. 의식적으로 현장 이외의 장면까지 찍어 둔 것이다.

'자아, 이걸 어떻게 편집해 볼까.'

그 방법을 머릿속으로 궁리하며 노리오는 화면을 들여다보았다.

4

날이 밝고 바깥이 훤해지자 진나이와 가나자와는 다시 현장으로 나갔다. 타이어가 미끄러진 흔적 등은 2, 3일 동안은 남아 있기 때문에 가능하면 환할 때 촬영하는 게 좋다.

"브레이크 흔적으로 봐서는 도모노 쪽은 70킬로미터 가까이 속도를 냈어. 그 녀석, 완전히 거짓말만 쳤잖아!"

평소에 온후한 성품인 가나자와가 웬일로 거친 어조로 말했다. 미쿠리야 겐조가 사망했기 때문일 것이다. 게다가 직접 가해자인 도모노는 어느 틈에 병원에서 사라지고 없었다. 유족에게 인사 한마디도 하지 않았다. 조금 전에 진나이가 그의 집으로 전화를 했을 때는 부루퉁한 목소리로 "내가 잘못한 게 아니에요"라고 툴툴거리기까지 했다.

"신호를 무시한 건 그쪽이라고요. 사망한 건 자업자득이라고 봐야죠."

그래도 인사 정도는 해 두는 게 도리라고 타일렀다.

"아니, 피해자는 우리예요. 인사라면 그쪽에서 하러 와야 되는 거 아니에요?"

도모노는 더욱더 삐딱하게 나올 뿐이었다.

주요한 검증 항목을 확인한 뒤에 가나자와가 말했다.

"그 여학생 말이 맞았어. 미쿠리야 겐조 쪽은 50에서 60 킬로미터 정도였을 거라고. 브레이크를 밟는 타이밍이 약간 늦었던 것 같긴 하지? 아예 내달려서 빠져나갔다면 사망 사고는 일어나지 않았을 거야. 하긴 이제야 뭐, 다 쓸데없는 얘기네."

"제한속도에서 10이나 20킬로미터쯤 초과한 정도라면 그건 허용 범위예요."

도모노의 인상이 좋지 않았기 때문에 진나이는 저도 모르게 미쿠리야 겐조 쪽을 감싸는 말투가 되었다.

일을 마치고 현장을 떠나기 전에 간판을 세웠다. 다음과 같은 내용이었다.

〈목격자를 찾습니다. 이달 7일 오전 0시경, 해당 사거리에서 승용차 간의 충돌사고가 발생했습니다. 사고를 목격하신 분은 ××경찰서 교통과로 연락해 주세요.〉

문장을 다시 확인해 보며 진나이는 한숨을 내쉬었다. 설령 목격자가 있다고 해도 선뜻 이름을 밝히고 나서지 않는 데는 뭔가 이유가 있을 것이다. 그 이유가 '번거로워서'라는 단순한 것이라 해도 이런 간판을 보고 마음이 바뀌지는 않을 것이다. 아니, 그보다 대체 몇 명이나 이런 간판에 눈길을 주고 이 글을 끝까지 읽어 볼까.

"불길한 예감이 드는데요. 이대로 유야무야 넘어갈 것 같아서."

　사람들이 우르르 횡단보도를 건너가는 것을 바라보며 진나이는 중얼거렸다. 아무리 큰 사고라도 사흘만 지나면 대부분 잊히고 만다.

　"뭐, 좀 기다려 보자고."

　가나자와도 힘없이 대답했다.

　그날 밤 진나이는 어두운 색깔의 평상복으로 갈아입고 훌쩍 산책에 나섰다. 하지만 목적이 없는 건 아니었다. 미쿠리야의 집이 진나이가 사는 원룸에서 그리 멀지 않았고, 오늘 밤 거기서 장례 조문객을 받는다는 것을 알고 있었기 때문이다. 잠깐 상황을 살펴보러,라는 것은 자기 자신에 대한 변명이고 실제로는 미쿠리야 나호를 만나고 싶었다.

　미쿠리야의 집은 주택가 안에 자리한 오래된 목조 건물이었다. 부지가 6, 70평 정도나 될까. 마당에 감나무를 심어 놓은 것이 담장 밖에서 보였다.

　현관 쪽을 보고 진나이는 의아하게 생각했다. 뭔가 상황이 이상한 것이다. 사람들이 다급하게 들락날락하고 있었다. 나호 어머니가 눈에 띄어서 급히 다가가 무슨 일이시냐고 물었다. 어머니는 처음에는 못 알아보는 것 같았지만, 곧바로 간밤에 만난 교통과 경찰을 기억해 주었다.

　"나호와 유키가 없어졌어요. 방금 전까지 여기 있었는데."

　유키는 나호보다 두 살 어린 여동생이라고 한다. 그 둘의 모습이 한 시간 전쯤부터 보이지 않는다는 것이었다.

"저기, 누님."

뚱뚱한 중년 남자가 뛰어왔다. 나호의 외삼촌인 모양이다.

"저기 큰길 담뱃가게에 가서 물어봤는데 여자애 둘이 택시 타는 걸 봤다네? 뭔가 짐작 가는 거 없어?"

"택시?" 나호의 어머니는 더욱더 불안한 표정이었다. "아니, 전혀. 얘들이 대체 어디에 간 거야."

'혹시……'

진나이의 머릿속에 불현듯 떠오르는 게 있었다. 그는 그 자리를 떠나 아이들이 택시를 탔다는 큰길로 나왔다. 때마침 빈 차가 보여서 냉큼 잡아타고 "C동 3번지 사거리로 갑시다"라고 말했다.

사고가 났던 장소 조금 전에 내려서 거기서부터는 걸어갔다. 은행 앞 디지털시계는 9시 12분을 표시하고 있었다. 이 시간이면 차량 통행도 부쩍 줄어들고 인도의 행인도 드문드문 보일 뿐이다.

그가 예상했던 대로 나호는 그곳에 있었다. 감색 교복 차림으로 사거리 모퉁이쯤에 서 있었다. 옆에 서 있는 사람은 여동생 유키일 것이다. 나호보다 키가 더 큰 데다 검은색 정장을 입고 있었다. 그래서 얼핏 보기에는 유키 쪽이 오히려 언니처럼 보였다.

"여기서 뭐 하고 있어?"

진나이가 말을 건네자 두 사람은 흠칫 놀라는 기색이었다. 유키 쪽이 경계하듯이 주춤 뒤로 물러섰다. 승부욕이 강한 눈빛이었다.

"어제 그 경찰 아저씨?"

나호가 고개를 갸우뚱하며 물었다. 그렇다고 대답하자 그제야 안도하는 표정이었다.

"너희 집에 갔었어. 그랬더니 다들 걱정하고 계시더라. 내가 데려다줄 테니까 어서 집에 가자."

그러자 나호는 잠시 침묵하고 있다가 이윽고 입을 열었다. "여동생에게 사고 장소를 보여 주려고 왔어요." 침착한 목소리였다. "유키가 꼭 보고 싶다고 해서……. 우리 둘이 여기서 기도하고 있었어요."

"그랬구나."

진나이는 여동생 쪽을 보았다. 유키는 가슴 앞에서 가볍게 양손을 맞댄 채 자신의 손을 보고 있었다. 손목에는 디즈니의 디지털시계가 채워져 있었다. 유키의 어른스러운 옷차림과는 약간 어울리지 않아 보였다.

아이들의 집에 전화부터 한 뒤에 진나이는 두 사람을 택시로 데려다주었다. 차 안에서 나호는 그 뒤의 진척 상황을 물었다.

"일단 목격자가 없으니까 좀 어렵네."

진나이는 저도 모르게 변명하는 말투가 되는 것을 느끼면서 말했다.

"만일 확실한 게 밝혀지지 않으면 어떻게 돼요? 상대방 쪽 사람은 아무 책임도 지지 않게 되는 거예요?"

"아니, 그건 모르지. 일단 검찰에 서류는 넘길 거야. 하지만……."

"하지만?"

"증거가 없으면 공소권 없음으로 불기소 처분이 내려질 가능성이 높아."

"소송을 할 수 없다는 거예요?"

나호의 목소리가 날카로워졌다.

"응, 그렇지."

진나이의 대답에 나호는 입술을 깨물었다.

"하지만 우리가 그렇게 되지 않도록 할 생각이야. 그래서 어떻게든 목격자를 찾으려고 간판까지 세웠지."

"네, 알아요."

나호는 선글라스의 위치를 바로잡았다. 그러고는 진나이 쪽으로 얼굴을 향하고 말했다.

"경찰 아저씨, 목격은 꼭 눈으로 본 것이어야 해요?"

"그렇지. 그게 왜?"

"아뇨, 그냥."

나호는 슬쩍 고개를 젓더니 여동생 쪽을 향했다. 여동생은 창 너머 경치를 내다보고 있을 뿐, 택시를 탄 뒤로 한 번도 목소리를 내지 않았다.

5

다음 날, 사고를 목격했다는 남자가 나타났다. 이시다라는 대학생으로, 검정 가죽재킷에 청바지 차림이었다. 머리에 노랗게 부분 염색이 되어 있었다.

진나이와 가나자와는 교통과 사무실 한 귀퉁이의 책상에서 이시다의 얘기를 들었다.

"12시 조금 전이었나? 내가 그 길을 차로 달렸었거든요. 그러다가 우연히 보게 됐는데……. 바로 눈앞이었어요, 진짜 깜짝 놀랐습니다."

이시다는 껌을 씹으면서 말했다.

"그 길이라는 건 어떤 길이지?"

진나이는 도로 지도를 꺼내 이시다 앞에 펼쳤다. 이시다는 턱을 쑥 내밀듯이 쳐다보더니 여기요,라면서 한 줄기의 도로를 가리켰다. 꽃집 거리와 교차하는 길이었다.

"여기를 어디서 어떤 식으로 달렸어?"

진나이가 물었다.

"이쪽에서 이쪽으로요."

손톱이 긴 손가락 끝으로 이시다는 가리켰다. 그렇다면 도모노의 차와는 반대 방향에서 달려와 정반대 쪽으로 빠져나갔다는 얘기가 된다.

"그럼 사고 현장 바로 옆을 지나간 거야?"

"네, 그렇죠, 그렇죠."

이시다는 몇 번이나 고개를 위아래로 끄덕였다.

"하지만……." 진나이는 상대의 눈을 들여다보며 말했다. "사고 직후에 그런 차가 달려가는 걸 봤다는 사람이 없었는데?"

그러자 이시다는 흥 하고 콧방귀를 뀌었다.

"다들 잊어버린 모양이죠. 아니면 사고 차량에 정신을 뺏겨서 못 봤거나."

진나이는 곁눈으로 가나자와의 기색을 살펴보았다. 가나자와는 한 차례 슬쩍 고개를 끄덕였다.

"그럼 직접 본 대로 자세히 얘기해 봐."

"그러니까요, 내가 달려갈 때 앞의 신호등이 파란불이었던 거예요. 그래서 지나가려고 하는데 오른편에서 갑자기 노란색 차가 달려오더라고요. 나야 그래도 거리가 있었으니까 가까스로 늦지 않게 브레이크를 밟았지만 맞은편에서 온 외제차는 뭐, 그대로 들이박았죠."

이시다는 자신의 주먹을 차량으로 치고 설명해 주었다.

"그렇군." 진나이는 고개를 끄덕였다. "한마디로 노란색 경차 쪽이 신호를 무시했다는 거네?"

끄응 소리를 내며 볼펜으로 책상을 톡톡 치다가 진나이는 다시 물어보았다.

"근데 왜 이제야 그걸 알려 주러 왔지?"

이시다는 미적지근한 웃음을 지었다.

"괜히 귀찮은 일에 휘말리고 싶지 않았죠. 무슨 상을 주는 것도 아니고. 근데 역시 내 증언이 누군가에게 도움이 될지도 모른다고 생각하니까 일단 나와서 얘기하는 게 좋을 것 같더라고요. 그래서 이렇게 찾아온 거예요."

"거, 아주 바람직한 생각을 했네."

"네, 그렇죠? 내 증언이 어느 쪽에 도움이 될지는 모르겠지만요, 도움을 받은 쪽에서 용돈 정도는 쥐여 줬으면 좋겠네요. 자, 그럼 저는 이만."

자리에서 일어서려는 이시다의 옷자락을 진나이가 붙잡았다.

왜요, 하며 이시다의 얼굴빛이 슬쩍 달라졌다.

"조금만 더 자세히 얘기해 줬으면 좋겠는데."

"더 이상 얘기할 것도 없어요."

"그건 아니지. 중요한 건 지금부터야. 우선 왜 그 시간에 그 도로를 지나갔는가, 거기서부터 시작해 볼까?"

이시다의 진술은 대부분 앞뒤가 맞는 것이었다. 한밤중에 그 도로를 지나간 이유는 아르바이트를 하던 카페의 사장 심부름으로 옆 동네까지 갔다가 돌아오는 길이었기 때문이라고 했다. 차량은 그 사장의 것이고, 차종은 크라운이었다. 심부름을 갔다가 다시 출발한 시각도 타당했고, 그 사이의 여정에 관한 진술에도 부자연스러운 점은 없었다.

하지만 진나이는 그런 정도로 그를 전적으로 믿어 줄 생각은 없었다. 이시다라는 인간의 인상으로 보면 사고를 목격했다고 일부러 이름을 밝히고 나설 만한 타입이 아니었던 것이다. 도모노 측의 바람잡이일 가능성이 매우 높았다.

"이시다 씨가 그 시간에 현장에 있었다는 분명한 증거 같은 게 있으면 아주 좋을 텐데 말이야."

말투를 조금 바꿔서 물어보았다. 그러자 이시다는 콧구멍을 벌름거리며 뜻밖에도 즉각 대답에 나섰다.

"증거요? 당연히 있죠."

진나이는 적잖이 놀랐다.

"어떤 증거지?"

"내가 그 뒤에 곧바로 가게에 전화를 했거든요, 카폰으로. 내가 보고 싶은 프로그램을 녹화해 달라고 연락했던 거예요. 그 참에 방금 엄청난 사고를 목격했다고 사장님에게 말했죠. 사장님에게 물어보시면 다 알 거예요."

"그게 몇 시쯤이었어?"

"흠, 그게 그러니까……."

이시다는 턱을 긁적거리며 잠시 생각해 보는 얼굴이더니 이윽고 손가락을 따악 튕겼다.

"이건 뭐 굳이 생각해 보고 말고 할 것도 없어요. 12시 조금 전이었어요. 왜냐면요, 12시부터 시작하는 프로그램을 녹화해 달라고 부탁했었거든요."

"12시 조금 전이라……."

진나이는 이시다를 지그시 바라보며 말했다. 어딘지 파충류를 떠올리게 하는 얼굴로 이시다는 뱀 같은 웃음을 짓고 있었다.

그를 돌려보낸 뒤 진나이는 즉각 그가 아르바이트를 한다는 카페에 전화를 걸었다. 오기와라라는 이름의 사장은 이시다의 진술을 모두 인정했다. 전화가 걸려 온 게 12시 조금 전이라는 점도 인정했다.

"그때 녹화한 비디오도 아직 있어요. 정 궁금하시면 제가 가져다 드릴까요?"

오기와라는 여유 있는 투로 말했다. 그런 비디오를 확인해 봤자 별 볼일도 없다고 생각했지만 일단 경찰서로 보내 달라고 대답해 두었다.

"어떻게 생각하세요?"

진나이는 가나자와와 상의에 들어갔다.

"나는 도저히 믿어지지 않아." 그게 팀장의 느낌이었다. "너무 잘 짜인 얘기라는 느낌이 들어. 자연스럽지 않은 얘기인데도 당사자가 아니고서는 알지 못할 것까지 알고 있어. 어딘가에서 도모노 측과 연결고리가 있는 것 같아."

"저도 동감입니다."

애초에 신호등 관련 사고에서 2, 3일이 지난 시점에 나타나는 목격자는 수상쩍은 법이다. 한쪽의 부탁을 받고 위증을 하는 케이스가 대부분인 것이다. 심할 때는 쌍방 모두 가짜 목격자가 등장하는 경우도 있다.

"아무튼 이시다의 진술에 대한 반증 수사를 좀 더 해 보자고. 한패라면 미리 입을 잘 맞춰 뒀겠지만, 그래도 어디엔가 반드시 빈틈이 있게 마련이야. 경우에 따라서는 지원을 요청해도 돼."

"알겠습니다. 어쨌든 가까운 시일 내에 제가 꼭 진상을 밝혀낼 겁니다."

진나이는 전화기를 끌어당겼다. 하지만 수화기를 들기 전에 가나자와 쪽을 보며 말했다.

"이시다의 진술 내용을 그 아이에게 알려 주는 건 어떨까요?"

"그 아이라니?"

가나자와가 눈썹을 쭈욱 올리며 되물었다.

"미쿠리야 나호 말이에요. 이시다가 정말로 사고 때 그 길을 지나갔다면 그 여학생이 뭔가 기억할 가능성도 있잖아요."

"하지만 그 여학생도 자기 쪽에 불리한 말은 안 할 텐데?"

"이시다가 증언했다는 이야기는 비밀로 해야죠. 그러면 자기 쪽에 불리한지 어떤지도 모를 테니까요."

"흠, 글쎄."

가나자와는 잠시 생각에 잠겨 있다가 이윽고 힘차게 말했다.

"좋아, 해 보자. 밑져야 본전이지."

하지만 실제로는 전혀 밑지는 일이 아니었다.

6

"그 사람이 한 말은 거짓말이에요."

나호는 낭랑한 목소리로 딱 잘라 말했다. 너무도 또렷한 말투여서 다른 경찰들까지 이쪽을 돌아볼 정도였다.

"어떻게 거짓이라고 단언할 수 있지?"

가나자와가 온화하게 물었다.

"사고 때 우리 옆을 지나간 차가 전혀 없었기 때문이에요. 만일 지나갔다면 제가 소리를 듣고 금세 알았을 거예요."

나호에게는 목격자의 차가 사고 현장 옆을 지나갔다고 했을 뿐, 그 차가 어떤 길을 어떻게 지나갔는지는 밝히지 않았다. 따라서 마호는 목격자가 적인지 한편인지 판단하지 못했을 터였다.

"하지만 나호는 그때 크게 당황한 상태였잖아? 못 듣고 놓쳤을 수도 있어."

진나이가 말하자 나호는 이쪽으로 고개를 돌렸다. 마치 직접 쳐다보는 것처럼 정확한 움직임이었다.

"경찰 아저씨는 당황해서 눈이 안 보이는 일도 있나요?"

"아니, 눈이 안 보이는 일은 없지만······."

"그렇죠? 우리 시각장애인의 귀는 비장애인의 눈과 똑같아요."

나호는 의연하게 말했다. 진나이는 대꾸할 말이 없었다. 그 대신 가나자와가 옆에서 말했다.

"근데 그 사람에게는 사고 때 그곳을 지나갔다는 증거, 아니, 아직 증거라고 할 정도는 아니지만, 아무튼 그런 증거가 있어."

가나자와는 이시다가 오전 0시 조금 전에 카페 주인에게 전화했던 얘기를 해 주었다. 그러자 나호는 뜻밖이라는 듯 입이 벌어졌고, 그런 다음에 말했다.

"그것도 거짓말이에요. 사고가 일어난 건 0시 이후였으니까요. 그러잖아도 제가 그게 생각나서 말씀드리려던 참이에요."

"어째서 0시 이후라고 확신할 수 있지?"

진나이가 물었다.

"제가 차 안에서 라디오를 들었다고 얘기했었죠? 사고가 일어난 건 0시 시보가 울린 다음이었어요. 그러고는 유밍의 노래를 듣고 있었는데 갑자기 쾅 하고 차가 부딪쳐서……."

"유밍이라고?"

진나이는 흠칫 놀랐다. 그리고 가나자와에게 눈짓을 보내 일단 둘만 자리에서 일어나 한쪽으로 나왔다.

"나호의 말은 사실이에요." 진나이는 말했다. "팀장님도 생각나시죠? 그날 밤에 분명 라디오에서 시보가 울린 뒤에 유밍, 그러니까 마쓰토야 유미의 노래를 틀어 줬어요."

"하지만 나호가 그 노래를 들은 건 충돌한 다음이었는데 그걸 충돌 이전이라고 착각했을 수도 있잖아."

"아뇨, 나호가 탔던 차는 앞부분 반절이 납작해질 만큼

37
천사의 귀

찌그러졌고 그 바람에 라디오도 함께 부서졌어요."

그러자 가나자와는 턱을 슬슬 쓰다듬다가 검지를 번쩍
세웠다.

"한마디로 사고가 난 게 0시 이전이라면 나호는 그 무밍
이라는 가수의 노래를……."

"아, 무밍이 아니라 유밍이에요."

"무밍이든 유밍이든, 아무튼 그 노래를 들을 수 없었다는
얘기네?"

"네, 그렇죠. 일단 좀 더 자세히 물어보기로 하죠."

두 사람은 나호에게 되돌아갔다.

"유밍의 노래가 어떤 노래였는지 생각나?"

진나이가 물어보자 나호는 물론이라는 듯 고개를 끄덕였
다. 그리고 〈리프레인이 부르짖는데〉의 앞부분을 작게 흥얼
거렸다. '어쩌다가 어쩌다가'라는 반복으로 시작하는 멋진
노랫말이다. 나호의 목소리도 투명감이 넘쳐서 아주 듣기
좋았다.

"마지막 봄날에 바라본 저녁노을은 비늘구름을 비춰 주
고……."

여기서 나호의 노랫소리가 끊겼다. 그녀는 말했다.

"이 '비춰 주고'라는 부분에서 사고가 났었어요."

"뭐라고?"

진나이는 나호의 얼굴을 새삼 다시 보았다.

"그러니까……." 그녀는 말을 이어 갔다. "이 '비춰 주고'

의 마지막 '고' 부분에서 사고가 일어났어요, 틀림없이."

오전 0시 0분 48초.

만일 미쿠리야 나호의 기억이 맞다면 그게 사고 발생의 정확한 시간이다. 라디오 방송국에 문의한 결과, 그 시각으로 밝혀진 것이다.

게다가 나호는 그 경이로운 청력과 기억력을 발휘해 또 한 가지 새로운 증언을 했다. 그것은 〈리프레인이 부르짖는 데〉의 첫 부분, 즉 '어쩌다가 어쩌다가'의 처음 '어쩌다가'가 나올 때 운전 중이던 오빠 미쿠리야 겐조가 "좋아, 파란불이야. 딱 맞았네"라고 말했다는 것이다. 이건 0시 0분 26초 전후에 해당한다.

문제의 신호는 파란불 시간이 60초다. 나호의 증언을 그대로 믿는다면 겐조는 여유 있게 파란불 신호를 통과할 수 있었다는 얘기가 된다.

"나도 꽤 오랫동안 이 일을 해 왔지만." 가나자와가 쓴웃음을 지으며 말했다. "시각을 초 단위로 쪼개서 따져 본 것은 이번이 처음이야. 그야말로 좋은 경험이 되겠어. 아까 과장님에게 얘기했더니 아주 관심이 많더라고."

"엇, 저 꼴통 과장님이?" 진나이는 저쪽 창가에서 코털을 뽑고 있는 과장의 큼직한 얼굴을 돌아보았다.

"하지만 좋은 의미에서 관심을 가져 준 게 아니야. 그런 증언은 신빙성이 떨어지니까 어서 빨리 틀렸다는 걸 명백

39
천사의 귀

히 밝혀내라고 하더라고."

"쳇, 역시나."

진나이는 고개를 툭 떨구고 수화기를 집어 들었다. 그가 전화한 곳은 삼홍제작소, 신호기를 만드는 회사였다.

나호는 정확한 사고 발생 시각이 밝혀지면 신호등의 기록을 조사해 그때 어떤 색깔의 신호였는지도 알아낼 수 있을 거라고 생각한 모양이었다. 하지만 현실적으로는 신호기의 기록 같은 건 존재하지 않는다.

그래서 진나이는 한 가지 방법을 생각해 냈다. 만일 신호기가 초 단위로 정확히 작동 중이었다면 현재 시각에서 사고 발생 시각까지 거슬러 올라가 계산해서 그때 어떤 신호였는지 알아낼 수 있지 않을까 하는 것이었다.

문제는 신호기가 어느 정도나 정확히 작동했느냐는 것이었다. 그것을 알아보기 위해 진나이는 제작소에 직접 문의해 보기로 한 것이다. 미쿠리야 나호는 그 결과를 아래층 대기실에서 어머니와 함께 기다리고 있었다.

전화를 받은 사람은 기술부의 사카이라는 직원이었다. 젊은 목소리지만 예의 바른 말투였다. 진나이도 그에 못지않게 공손히 용건을 설명했다.

"아니, 그건 어렵습니다."

하지만 사카이의 대답은 단호했다.

"어렵다……. 그럼 신호기가 그렇게 정확하지 않다는 말입니까?"

"아뇨, 신호기의 타이머는 정확합니다. 그 신호기에 사용한 것은 S형 프로그램식 교통 신호 제어기라는 것인데, 1년 동안 운용해 오면서 단 몇 초의 오차도 없습니다."

"그렇다면 왜……."

"다만 그건 통상적으로 작동할 경우입니다. 잘 아시겠지만, 신호기가 켜지고 꺼지는 간격은 시간대에 따라 달라지니까요. 통행량이 많은 러시아워, 한밤중, 한낮, 모두 다릅니다. 그때마다 타이머의 시간을 바꿔 줄 필요가 있는 것이지요. 실은 이걸 바꿔 줄 때만은 시간에 오차가 생기게 됩니다."

"어느 정도의 오차예요?"

"그건…… 최대 7초 정도예요."

"7초……."

진나이는 암울한 기분이 들었다. 사고 발생으로부터 벌써 상당한 시간이 흘렀다. 당연히 몇 번씩이나 타이머의 시간이 바뀌었을 터였다.

"그러니까 타이머의 시간이 바뀌기 전이라면 문의하신 대로 역산도 가능합니다. 그건 보증할 수 있습니다."

진나이는 고맙다고 인사하고 전화를 끊었다. 그런 걸 보증해 봤자 아무 도움도 되지 않는다.

그는 문의 결과를 가나자와에게 보고했다. 상당히 기대가 컸었는지 가나자와도 실망한 기색이 역력했다.

하지만 그보다 더 괴로운 일이 남아 있었다. 1층 대기실로 내려가 나호에게 그런 이야기를 전해야 하는 것이다. 그녀는 오빠의 정당성을 증명할 수 있다고 굳게 믿은 모양이었다. 진나이가 설명을 마치자마자 나호는 두 손으로 얼굴을 가리고 울음을 터뜨렸다. 어머니가 나호의 등을 쓰다듬었지만 눈물은 그칠 기미를 보이지 않았다. 주위에 있던 사람들이 놀라서 이쪽을 쳐다보고 있었다.

진나이는 어떻게 대처해야 좋을지, 그저 당황스러울 뿐이었다. 그런 그의 어깨를 툭 치는 사람이 있었다.

"무슨 일입니까, 대체?"

안면 있는 사회부 신문 기자였다.

7

사회면 한 귀퉁이에 실린 그 기사를 가세 노리오는 뚫어져라 들여다보았다. 며칠 전의 사고에 대한 내용이 실려 있었기 때문이다.

기사에는 사망자의 여동생에 대한 얘기가 나와 있었다. 이 여학생은 시각장애인이지만 경이로운 귀를 갖고 있어서 그 능력으로 사고 발생 시각을 초 단위로 밝혀냈다는 것이다. 그리고 그것을 바탕으로 자신의 오빠가 파란 신호에 지나갔다고 주장했다. 하지만 현재 그것을 증명할 방법이 없다는 것이었다.

그곳에 함께 실린 소녀의 얼굴을 보고 노리오는 예쁜 여

학생이라며 감탄했다. 그리고 이런 여학생에게 도움이 되어
줄 수 있다면,이라고 생각했다.

'하지만 사고 뒤에 촬영했을 뿐, 사고 순간을 찍은 건 아
닌데.'

그래도 노리오는 자신의 방으로 가서 며칠 전의 비디오
테이프를 재생해 보았다. 아직 편집 작업은 하지 못했다.

"역시 쓸모가 없겠네. 사고가 일어난 후의 영상은 아무리
찍어 봤자 별 의미가 없어."

화면을 보며 노리오는 혼잣말을 중얼거렸다. 신호등이 찍
혀 있었지만 이건 사고 순간에서 몇 분이 지난 뒤의 것이다.

포기하고 정지 버튼을 누르려고 했을 때, 배경이 조금 바
뀌었다. 그는 손을 멈췄다. 뒤편으로 시계가 보였기 때문이
다. 은행 앞에 걸린 전광판의 디지털시계다. 〈0:13〉이라는
식으로 숫자가 이어졌다. 그 시각에 앞쪽에 있는 신호등은
파란불이었다.

"흥미롭기는 한데, 이래서야 아무것도 증명할 수 없어.
최소한 초까지 나오는 시계라면 어떻게든 될지도 모르는
데…… 어엇?"

혼자 투덜거린 순간, 디지털시계의 숫자가 〈0:14〉로 바뀌
었다. 앞쪽의 신호등은 그대로 파란불이었다.

'이건 어떨까. 분 단위의 숫자가 바뀐 걸 보면 이때가 0시
14분 00초였다는 얘기야. 이 순간에 파란불이었다는 게 확
인되면 뭔가 도움이 되지 않을까?'

노리오는 양반다리를 하고 앉아 고민에 빠졌다. 어쩌면 자신이 엄청난 증거를 쥐고 있는지도 모른다고 생각하니 점점 더 심장이 두근두근 뛰었다.

'파란불에도 여러 가지가 있어. 방금 파란불로 바뀌었는지 아니면 빨간불로 바뀌기 직전이었는지에 따라서 얘기가 달라지는데, 그렇다면…….'

하지만 영 생각이 정리되지 않아서 그는 자신의 머리를 툭툭 쳤다.

그때였다. 화면에 다시금 변화가 나타났다. 그는 무심코 넘어갔지만 퍼뜩 생각나는 게 있어서 테이프를 뒤로 돌려 보았다. 그리고 다시 한번 방금 지나간 장면을 지켜보았다.

"앗!"

그는 자리에서 벌떡 일어나 외쳤다.

"엄마, 전화 좀!"

8

"뭔 소린지 모르겠네. 다시 한번 처음부터 설명해 봐."

콧수염을 기른 과장은 의자를 뒤로 젖힌 채 턱 버티고 앉아 있었다. 미쿠리야 나호의 얘기가 신문 기사로 다뤄진 것도 있어서 이번 사건이 아무래도 신경 쓰이는 모양이었다.

"그러니까 우선 신호기의 시간 간격인데요."

"아니, 그건 나도 알아들었어. 56초, 60초, 4초잖아."

"네, 그렇습니다."

진나이는 고개를 끄덕였다. 과장이 방금 말한 숫자는 해당 신호기의 타임 설정이다. 빨간불이 56초, 파란불이 60초, 노란불이 4초라는 것이다. 이건 꽃집 거리를 달리는 차량들을 위한 신호기 쪽이고, 가로로 횡단하는 도로의 신호기는 당연히 그것과는 반대가 된다. 단, 빨간불 중에는 양쪽 다 빨간불인 시간이 4초간인 것도 포함되어 있다.

"다시 말해 전체 사이클은 120초, 정확히 2분이라는 얘기가 됩니다. 그렇다면 신호기는 2분마다 똑같은 상태로 돌아가는 것이죠."

"응, 그것도 알겠어."

"여기서 바로 그 문제의 비디오가 등장하는데요."

진나이는 가세 노리오에게서 받아 온 테이프를 재생했다. 화면에 은행의 디지털시계가 찍혀 있었다. 그 표시가 〈0:13〉에서 〈0:14〉로 바뀌는 곳에서 화면을 정지시켰다.

"보시는 대로 이 순간 신호등은 파란불입니다."

"그렇지, 0시 14분 00초에는 파란불이었던 거야."

"네. 그런데 이 은행에 문의해 봤더니 이 시계는 표준 시각이 아니었어요. 실제로는 41초가 늦답니다. 그러니까 0시 14분으로 바뀐 순간은 실제로는 0시 14분 41초였다는 얘기죠."

과장은 이마 옆을 두어 번 툭툭 두드린 뒤에 "그래서?"라고 물었다.

"여기서 화면을 돌려 보겠습니다."

진나이는 자신의 시계를 보면서 다시 비디오테이프를 재생했다. 하지만 잠깐 뒤에 다시 정지시켰다. 왜 그러느냐는 듯이 과장이 의아한 얼굴을 했다.

"조금 전에서 7초가 지났어요. 즉 0시 14분 48초라는 얘기죠. 자, 보시는 대로 신호는 계속 파란불입니다."

"응, 그런 것 같네."

"여기서 조금 전의 신호 사이클을 생각해 볼까요? 2분마다 똑같은 상태가 되니까 여기서 2분 전인 0시 12분 48초에도 역시 신호는 파란불이었다는 것이죠. 이런 식으로 똑같이 빼기를 해 나가면 미쿠리야 나호가 사고 발생 시각이라고 증언했던 0시 0분 48초에도 이 신호등은 파란불이었다는 결론이 나옵니다."

진나이는 단숨에 설명을 마치고 과장의 반응을 살펴보았다. 과장은 끄응 신음 소리를 내고는 팔짱을 꼈다. 그리고 잠시 눈을 감고 생각에 잠겼지만 이윽고 천천히 눈을 뜨더니 고개를 가로저었다.

"무슨 말인지는 알겠어. 0시 0분 48초에 그 신호등이 파란불이었다는 논리는 인정하겠어. 문제는 정말로 그 시간을 사고 발생 시각이라고 인정할 수 있느냐는 거야. 시각에 장애가 있어서 귀가 특별히 민감하다지만 그 여학생의 기억이 잘못되었을 수도 있잖아? 애초에 노래를 듣던 중에 사고가 일어났는데 그 순간 가수가 어떤 부분을 노래했는지 그렇게 상세히 기억하다니, 그건 보통 상식으로는 도저히 이해할 수 없는 일이야."

"하지만 그 보통 상식을 그 여학생에게 적용할 수는 없어요."

"어떻게 그걸 단언할 수 있지?"

"이걸 보면 아실 거예요."

그렇게 말하고 진나이는 다시 조금 전 비디오테이프의 플레이 버튼을 눌렀다. 같은 장면의 그다음 부분이다. 신호등과 디지털시계가 한 화면에 찍혀 있었다.

"뭐야, 저게 어떻다는 건데?"

"자아, 이다음이에요."

진나이가 신호등을 가리켰다. 그 순간, 신호등이 파란불에서 노란불로 바뀌었다. 과장이 엇, 하는 소리를 냈을 때는 이미 다른 화면으로 바뀌었다.

"화면이 끊기기 직전에 신호가 바뀌었네?"

과장이 말했다.

"네, 그렇죠. 그 시각을 계산해 보면 0시 15분 25초예요. 파란불이 켜져 있는 시간은 60초니까 0시 14분 25초에 빨간불에서 파란불로 바뀌었다는 얘기가 됩니다. 그리고 이 현상도 역시 2분마다 나타났을 테니까 0시 0분 25초에도 빨간불에서 파란불로 바뀌었겠죠."

"0시 0분 25초? 그 시각이 어떻다는 거지?"

"기억해 보세요, 미쿠리야 나호가 했던 얘기를. 나호는 사고 직전에 오빠가 '좋아, 파란불이야'라고 말하는 것을 들었다고 했습니다. 그런 증언을 바탕으로 시각을 계산해 보니까 그때가 0시 0분 26초 전후라는 결과가 나왔어요."

과장의 뺨이 움찔하며 팽팽해지는 것이 보였다.

"그래도 미쿠리야 나호의 기적 같은 능력을 의심하시겠습니까?"

진나이는 말을 마치고 입을 꾹 다물었다. 옆에서 가나자와도 "과장님" 하며 결단을 촉구했다.

이윽고 과장은 얼굴을 들고 천천히 입을 열었다.

"그전에 내가 한 가지 제안을 하도록 하지."

이런 실험은 아마 경찰 역사상 처음일 거라고 진나이는 생각했다. 회의실에는 서장을 비롯해 각 부서의 과장급 이상이 모두 모였다. 그리고 단상에는 미쿠리야 나호가 혼자 앉아 있었다. 그녀를 데려온 어머니는 맨 뒷좌석에서 걱정스럽게 상황을 지켜보고 있었다.

"기분은 어때?"

나호 옆으로 다가가 진나이는 작은 소리로 물었다.

"좀 긴장되지만, 괜찮아요."

나호가 대답했다.

"자, 그럼 지금부터 시작하겠습니다."

가나자와의 선언에 회의실 안의 술렁거림이 가라앉았다. 이어서 가나자와는 한쪽에서 대기하고 있던 여경에게 신호를 보냈다. 그녀 앞에는 오디오 기기가 줄줄이 놓여 있었다.

정적 속에 음악이 흘러나왔다. 마쓰토야 유미의 〈ANNI-VERSARY〉다. 나호가 고른 노래였다.

왜 이런 걸 알지 못했을까.

그토록 찾아 헤매던 사랑이 여기 있는 걸.

사정을 모르는 사람이 봤다면 몹시 기묘한 광경으로 비쳤을 것이다. 10대들의 전폭적인 사랑을 받는 마쓰토야 유미의 노래를, 아마도 '유밍'이라는 팬 네임조차 알지 못할 중년 남자들이 그야말로 진지한 얼굴로 듣고 있다.

노래가 시작되자 여경이 즉각 기묘한 작업에 들어갔다.

"워드프로세서…… 향수…… 고르바초프…… 담배……"

전혀 맥락이 닿지 않는 단어들을 불규칙하게 읽어 나가기 시작한 것이다. 아무런 규칙성도 없었다. 읽어 주는 단어 또한 여고생이라면 다들 알 것이라고 생각되는 말들로 적당히 선정했을 뿐이다.

노래가 계속 이어졌다. 여경의 무차별적인 단어 읽기도 이어졌다. 서장이 한 차례 헛기침을 했다.

그렇게 노래는 끝이 났다. 진나이는 나호의 표정을 살펴보았다. 시작하기 전과 별다른 변화는 없었다.

"자, 그럼 여러분 이걸 봐 주세요."

가나자와의 지시로 여경은 커다란 표 한 장을 꺼냈다. 그

49
천사의 귀

곳에는 그녀가 읽어 준 단어들이 주르륵 적혀 있었다.

"그럼 질문을 시작합니다. 아무나 이 표의 단어를 하나씩 읽어 주십시오."

가나자와가 말하자 바로 뒷좌석에서 "고르바초프!"라는 목소리가 날아왔다. 경비과장이었다. 가나자와는 나호에게 물었다.

"어때, 알겠니?"

진나이에게는 나호가 생각에 잠겨 있는 잠깐 동안이 너무도 긴 시간으로 느껴졌다. 참석자 모두의 시선이 집중되고, 숨을 쉬는 것조차 조심스러울 만큼 회의실 안의 공기가 팽팽하게 긴장되었다.

나호가 숨을 깊이 들이쉬고 있었다. 그러고는 말했다.

"'손을 맞잡은 두 사람 위에'의 '손' 때에 나왔습니다."

명료한 말투였다. 다음에 참석자들의 시선은 여경에게로 옮아갔다. 그녀는 손에 든 메모를 체크한 뒤에 말했다.

"틀림없습니다. 맞아요."

우와, 하는 탄성이 일제히 흘러나왔다.

그다음에도 질문은 이어졌다.

"전자계산기."

"'눈동자를 올려다보네'의 '를' 때입니다."

"갓난아기."

"'내일을 믿어요'의 '믿' 때입니다."

나호는 어떤 질문에도 단 한 개도 틀리지 않고 대답해 냈다. 노래를 듣는 도중에 일어난 일들을 그 순간의 가사와 대응해서 기억해 낼 수 있다는 것이 이걸로 증명되었다.

정확히 열 개의 질문이 끝났을 때, 참석자들은 하나같이 할 말을 잃었다. 나호의 경이로운 능력을 완고한 현실주의자들도 인정하지 않을 수 없었던 것이다.

"이제 다른 질문은 없습니까?"

가나자와까지 입을 다물고 있어서 이번에는 진나이가 나서서 물었다. 잠시 대답이 없었지만, 이윽고 서장이 손을 들었다.

"노래 중간에 내가 헛기침을 했던 건 어느 부분인지 알 수 있을까?"

진나이는 가슴이 철렁해서 나호를 돌아보았다. 그녀는 침묵하고 있었다.

"왜 그러지? 돌발적인 경우에도 알아맞혀야 완벽하다고 할 수 있을 텐데?"

서장은 온후한 웃음을 지으면서도 날카로운 눈빛으로 나호를 쳐다보았다. 진나이는 자신이 추궁을 당하는 것 같아 저도 모르게 고개를 떨궜다.

하지만 그 순간, 나호가 말했다.

"'별스러울 것 없는 오늘 아침도 나에게는 기념일'의 '기' 때였어요."

진나이는 고개를 번쩍 들었다. 그러자 서장의 입가가 파르르 떨리는 것이 보였다. 서장은 천천히 앞으로 나와 나호의 손을 잡았다.

"나도 이 노래, 아주 좋아해." 그는 말했다. "훌륭하다. 정말 대단해. 그야말로 기적의 귀야."

그러자 나호도 처음으로 하얀 이를 내보이며 미소를 지었다. 천사의 웃음이다,라고 진나이는 생각했다.

9

깜짝 놀랄 만한 실험 이틀 뒤, 도모노 가즈오는 자신의 운전 과실을 인정했다. 임의동행 형식으로 조사를 받았지만, 가짜 목격담을 늘어놓은 이시다, 동승했던 하타야마 루미코가 이미 실토했기 때문에 도모노도 체념하지 않을 수 없었을 것이다. 이시다는 도모노의 마작 친구로, 그에게 상당한 도박 빚을 지고 있었다. 그것을 모두 면제해 준다는 조건으로 위증에 응했다는 얘기였다.

도모노의 실토에 의하면, 그날 그는 루미코를 맨션까지 배웅해 줄 생각이었다. 하지만 중간에 그녀가 토라져서 지금 당장 내려 달라고 소리를 쳤다. 실제로 그녀는 달리는 차에서 뛰어내릴 것처럼 험악한 기세여서 도모노는 그녀를 놓치지 않도록 한쪽 팔을 붙잡은 채 운전을 했다. 그런데도 그녀가 계속 날뛰는 바람에 그쪽에 정신이 팔려 깜빡 신호를 놓쳤다는 것이었다.

"빨간불인 건 멀리서부터 알았어요. 하지만 시간상 웬만하면 곧 파란불로 바뀔 것 같아서 내처 달렸더니만……."

도모노는 작은 소리로 중얼중얼 늘어놓았지만, 마지막에 루미코 탓으로 돌리는 건 잊지 않았다.

"이게 다 그 여자 잘못이에요. 그 여자가 운전을 방해했기 때문이라고요."

그로부터 일주일 뒤, 다른 볼일이 있어 진나이는 그 사거리 앞을 지나게 되었다. 그때 하타야마 루미코가 신호등 옆에 웅크리고 앉은 모습이 눈에 들어왔다. 손에 하얀 꽃을 들고 있었다.

"예쁜 꽃이네?"

뒤에서 말을 건네자 루미코는 흠칫 놀란 듯 돌아보았다. 그리고 뭔가 난처한 얼굴을 했다.

"하필 이런 이상한 때에 들켜 버렸네요."

"이상하긴. 생각해 보면 루미코 씨도 피해자 중 한 사람인데."

하지만 루미코는 고개를 저으며 쓴웃음을 지었다.

"거짓말로 도모노 편을 들었잖아요. 공범이죠."

"거짓말은 반드시 들통이 나게 마련이야."

"그런가 봐요." 그녀는 후우 긴 한숨을 토해 냈다. "그 여학생, 정말 대단해요."

"응, 놀라운 아이야."

"나는 멀쩡히 눈이 잘 보여도 전혀 기억을 못했는데…….
내가 생각해도 한심해요."

그렇게 말하며 루미코는 먼 곳으로 시선을 던졌지만, 은
행 앞 디지털시계에서 문득 눈이 멎었다.

"자세한 것까지는 모르지만, 저 시계가 결정타가 됐다면
서요?"

"그랬지."

"0시 0분 48초라고 했나요? 그렇다면 내 기억력도 그리
나쁜 건 아닌가 봐요." 코 옆을 긁적이면서 루미코는 말했
다. "차가 충돌한 직후에 얼굴을 들었을 때, 왜 그런지 가장
먼저 눈에 들어온 게 저 시계였어요. 그때 0시 00분이라고
0자 세 개가 나란히 있었는데 내가 쳐다본 순간에 0시 01
분으로 바뀌었어요. 그러니까 사고가 일어난 게 0시 0분 48
초라면 시간상 딱 맞잖아요. 차가 충돌하고 내가 얼굴을 드
는 게 10초쯤은 걸렸을 테니까."

진나이는 가슴이 철렁했다. 이 여자가 지금 무슨 소리를
하는 건가.

"하긴 이제 새삼 별 상관도 없는 일이지만."

루미코는 자조적인 느낌으로 말하더니 진나이의 얼굴을
돌아보고 의아한 표정을 지었다.

"왜 그러세요? 얼굴빛이 안 좋아요."

"아니, 아무것도 아니야." 진나이는 말했다. "자, 그럼 이만."

"네, 안녕히 가세요."

루미코는 한 손을 슬쩍 흔들더니 한 번도 뒤돌아보지 않고 멀어져 갔다.

그녀의 모습이 사라진 뒤 진나이는 새삼스럽게 은행 디지털시계를 올려다보았다. 머릿속에서 숫자들이 어지럽게 춤을 추고 있었다.

'사고 직후에 저 시계를 본 순간, 0시 00분에서 01분으로 바뀌었다고? 아냐, 그럴 리가 없어.'

결코 그럴 리가 없다고 진나이는 생각했다. 왜냐하면 이 시계는 41초나 늦는 것이다. 그러니까 0시 01분으로 바뀐 순간이라면 실제로는 0시 01분 41초였다. 조금 전 루미코의 말이 맞다면 차가 충돌한 것은 그보다 약 10초 전, 즉 0시 01분 30초쯤이라는 얘기가 된다. 나호의 증언과는 40초 넘게 차이가 난다.

'그게 진짜 충돌 시각이라면 그때 신호는 어떤 색깔이었지?'

그는 머릿속으로 재빨리 계산해 보았다. 저도 모르게 헉 하는 신음이 흘러나왔다.

0시 01분 25초까지는 파란불이었지만 그 뒤로 29초까지는 노란불, 그리고 다시 그때부터 33초까지는 양쪽 신호등이 모두 빨간불이었던 셈이다.

'미쿠리야도 도모노도 똑같이 빨간 신호에서 사거리 교차로에 들어갔던 거야?'

그렇게 생각하면 앞뒤가 맞아떨어진다. 도모노도 '시간상 웬만하면 곧 파란불로 바뀔 것 같았다'고 진술했던 것이다.

하지만 진나이는 그 생각을 애써 지워 버렸다. 혹시라도 그런 상황이었다면 나호는 그렇게 완벽한 진술을 할 수 없었을 터였다. 0시 0분 25초에 신호가 빨간색에서 파란색으로 바뀐 것은 가세 노리오의 비디오테이프가 나오지 않았다면 어느 누구도 알 수 없었다.

그는 걸음을 옮겼다. 이런 곳에 오래 있어 봤자 쓸데없는 생각만 자꾸 떠오를 것 같았다.

하지만 그 발걸음도 금세 멈춰 버렸다. 전화박스가 눈에 들어왔기 때문이다. 사고가 일어난 날 밤, 나호는 거기서 전화를 하고 있었다.

'혹시 그때 나호가 시보를 듣고 있었던 게 아닐까?'

신호기는 일반적으로 소리를 내지 않는다. 하지만 단 한 가지 경우에만 소리를 낸다. 보행자용 신호다. 시각장애인을 위해 〈건너가세요〉라는 동요의 멜로디를 울리는 것이다. 나호는 왼쪽 귀로는 그 소리를 듣고 오른쪽 귀로는 시보를 듣는 것으로 멜로디가 시작된 정확한 시각 하나를 미리 기억해 두었던 게 아닐까.

그리고 나중에 다시 신호기를 조사해 봤는지도 모른다. 신호기의 교체 간격을 계산해 볼 목적으로.

'아, 그래, 그날 밤에…….'

장례식 전날 밤이 생각났다. 나호는 여동생과 둘이서 이곳에 와 있었다. 그것은 오빠의 사고 현장을 여동생에게 보여 주기 위한 것이 아니라 신호 간격을 재 보기 위해서였던 것이다. 그리고 진나이의 눈 속에 여동생 유키가 차고 있던 디지털 손목시계가 되살아났다. 그게 스톱워치의 역할을 했던 게 아닐까.

〈건너가세요〉의 멜로디가 시작되는 정확한 시각과 각 신호의 간격을 알아내기만 하면 0시 0분 25초에 빨간불에서 파란불로 바뀌었다는 것도 알 수 있다. 그다음은 자신의 특수한 능력을 살려 그럴싸한 사고 발생 시각을 설정하기만 하면 된다. 하지만 실제로는 〈리프레인이 부르짖는데〉의 노랫말 한참 뒷부분에서 사고가 일어났던 게 아닐까.

진나이는 고개를 저었다. 설마 그럴 리 없다. 나호의 기적의 귀는 진실을 알리기 위해 사용되었을 것이다. 경찰을 제 손안에 넣고 마음대로 주무르기 위해 사용된 것이 아니다.

실험하던 날, 해맑게 웃던 나호의 얼굴이 머릿속에 떠올랐다.

감기라도 걸리려는지, 등짝에 오싹 한기가 느껴졌다.

중앙분리대

1

시라이시 가도(白石街道)라는 도로가 있다.

A시의 거의 한가운데를 가로지르듯이 동서로 이어져서 동쪽으로 가면 B시, 서쪽으로 달리면 이웃한 현으로 진입한다. 이 지역 주민, 특히 사업상 차를 이용하는 운전자들에게는 중요한 도로다. 그런 만큼 아침과 저녁 시간에는 차량 통행이 잦아서 A시의 중심부로 향하는 사거리 부근은 항상 길게 정체되곤 한다.

편도 2차선의 잘 정비된 도로다. 중앙분리대는 철쭉을 심은 화단이고, 가로등도 몇 미터 간격으로 서 있다. 신호등은 많지만 야간에는 연동하기 때문에 제한속도를 지키면 쾌적하게 달릴 수 있다.

10월 20일, 밤 11시를 넘어선 시각.

이 시라이시 가도에서 흰색 체이서가 서쪽을 향해 달리고 있었다. 운전자는 현 내의 건설 회사에서 계장으로 일하는 사람이다. 그는 이웃 현의 좀 더 안쪽으로 들어간 동네에서 날마다 차로 출퇴근을 한다. 잔업이 많아 전철 막차를 놓치기 일쑤였기 때문이다. 그래도 그날 밤은 그나마 일찍 퇴근하는 편이라고 할 수 있었다.

도로는 한산했다. 이 시간 때쯤이면 차량 통행도 부쩍 줄어든다. 그는 지금 우측 차선을 달리는 중인데, 몇 미터 앞에 트럭 하나가 보일 뿐이다. 뒤따라오는 차는 한 대도 없었다. 조금 전까지 내리던 비도 이제는 걷힌 모양이었다.

앞의 트럭과는 꽤 오랫동안 함께 달렸다. 짐칸에 적힌 '라이너 운송'이라는 회사 이름이 눈에 익었다. 그의 회사에서도 건설 자재의 운반을 의뢰한 적이 있기 때문이다.

평소 같으면 진즉에 그 트럭을 추월했을 것이다. 하지만 오늘 밤은 그럴 마음조차 안 날 만큼 지쳐 있었다. 그냥 아무 생각 없이 '라이너 운송'이라는 글자를 저만치 바라보며 멍하니 달리고 싶었다. 게다가 앞의 트럭도 그리 속도가 느린 건 아니었다. 제한속도 50킬로미터인 곳을 55에서 60킬로미터로 유지하고 있었다. 그보다 더 빨리 달려 봤자 연동하는 신호에 걸릴 뿐이다.

그가 추월하지 않은 이유가 또 한 가지 더 있었다. 우측 차선을 달리는 트럭을 제치고 나가려면 일단 왼편 차선으로 들어가야 한다. 그런데 왼편 차선에는 노상주차 차량들이 많아서 제대로 속도를 내기가 어렵다.

'됐어, 천천히 가지 뭘.'

한 차례 하품을 하고 그는 핸들을 바로잡았다.

트럭의 정지등이 켜졌다. 빨간 신호. 잠시 망설였지만 그는 결국 그대로 차를 트럭 뒤에 붙였다.

신호를 기다리는 동안 주위 경치를 멀거니 바라보았다. 도로 왼편, 사거리 앞쪽에 패밀리레스토랑이 환하게 불을 밝히고 있다. 대충 살펴보니 손님은 거의 없었다. 그 레스토랑 이외의 건물은 창문이 대부분 컴컴하다. 신호등 너머 저 앞쪽 도로 우측으로는 24시간 편의점이 보였다.

신호가 파란불로 바뀌고 트럭이 출발했다. 조금 늦게 그도 체이서의 액셀 페달을 밟았다.

바로 앞에 또 신호등이 있지만 트럭에 가려져 지금 빨간불인지 파란불인지는 알 수 없었다. 하지만 트럭이 상당한 기세로 가속하는 것을 보면 파란불을 받을 수 있을지 어떨지 애매한 참인 모양이다.

속도계의 바늘이 50을 넘었다. 그도 좀 더 액셀을 밟았다.

그때였다.

앞의 트럭이 급브레이크를 밟았다. 그도 순간적으로 오른발을 버텼다. 하지만 생각과 달리 차의 제동은 조금 늦다. 끌려가듯이 타이어가 미끄러졌다.

'위험하다!'

그렇게 생각한 그의 눈앞에서 믿을 수 없는 일이 일어났다.

브레이크를 밟는 것과 동시에 트럭이 오른쪽으로 급하게 핸들을 꺾은 것이다. 그 바람에 비 온 뒤의 젖은 노면에 타이어가 미끄러진 모양이었다. 트럭은 요란한 소리를 내며 중앙분리대를 들이박았다. 하지만 그래도 기세는 멈추지 않았다. 트럭 앞부분 반절 정도가 분리대를 넘어가더니 거기서 균형을 잃고 옆으로 넘어져 버렸다.

거기에 맞은편 차선에서 시마 승용차가 달려왔다.

시마는 타이어 끌리는 소리를 내며 멈추려고 했지만 역시 미끄러운 노면의 영향 때문인지 90도를 휘익 돌아 차 뒷부분이 넘어진 트럭의 운전석을 쳐 버렸다.

체이서를 몰던 남자는 그 모습을 멍하니 바라보았다. 교통사고를 이렇게 코앞에서 목격한 것은 난생처음이었다. 너무도 큰 충격에 한참이나 꼼짝도 못했을 정도다.

하지만 그가 넋을 놓고 있던 시간은 실제로는 그리 긴 시간이 아니었는지도 모른다. 왜냐하면 그 직후에 앞쪽 왼편 차선에 노상주차 하고 있던 차가 출발하는 것을 분명히 봤기 때문이다.

2

외근부에서 지령이 들어왔을 때, 세라 가즈유키는 이미 출동 태세를 갖추고 있었다. 현경 본부에서의 무선을 이쪽에서도 듣고 있었던 것이다.

"운도 없지, 비싼 도시락을 주문했다 하면 이렇다니까."

복도를 종종걸음으로 건너가며 팀장 후쿠자와 경사가 말했다. 세라는 그와 파트너로 일하고 있다. 오늘 밤은 당직이 한 팀 더 있었지만 그쪽은 다른 사고로 이미 출동하고 없었다.

둘이 동시에 순찰차를 타고 경광등을 켰다. 사이렌은 울리지 않는 게 일반적이다.

"트럭이 중앙분리대를 치고 옆으로 넘어졌다니 이거, 아무래도 심상치 않은데."

출발하고 잠시 뒤에 후쿠자와는 무선으로 이미 현장에 도착했을 외근 순찰차에 연락을 넣었다. 방금 구조대가 도착해 트럭 운전자를 구출하는 중이고, 맞은편 차선에서 달려오다 충돌한 승용차 운전자도 오른쪽 팔과 허리의 경상으로 병원에 이송될 예정이라고 한다. 후쿠자와는 알았어, 라고 대답했다.

"시라이시 가도라면 현장 주변은 교통량이 그리 많은 곳은 아니에요. 과속이었을까요?"

세라가 말했다.

"그럴 거야. 도로가 너무 좋은 것도 문제라니까. 게다가 저녁때 비가 와서 노면이 젖어 있었잖아."

이윽고 사고 현장에 도착했다. 무선을 통해 전해 들은 대로 처참한 상황이었다. 중앙분리대 위에 트럭이 올라탄 상태여서 양측 차선 모두 왼쪽만 쓰는 1차선 통행이 되었다.

교통정리를 맡은 건 외근 순찰차로 달려온 두 명의 경찰이었다. 그 밖에 지역 파출소에서도 두 명이 지원 출동을 나왔다. 그들에게 인사를 건네고 세라와 후쿠자와는 사고 차량 쪽으로 갔다.

"끔찍하군."

트럭은 오른쪽을 옆으로 깔고 쓰러져 있었다. 게다가 앞 유리 부분을 반대 차선에서 달려온 시마 승용차의 뒷부분이 그대로 쳐 버린 모양이었다. 유리는 깨지고 운전석도 형태가 찌그러졌다. 피가 사방으로 튀어 있었다.

"부상이 심했을 것 같은데." 후쿠자와도 옆으로 다가와 트럭 운전석을 들여다보며 말했다. "우선 신원을 확인할 수 있는 것부터 찾아봐."

세라는 유리 조각을 대강 치우고 일그러진 창틀 틈새로 손전등을 넣어 안을 비춰 보았다. 검은색 가방이 떨어져 있었다. 가방을 열어 보니 운전면허증과 지갑, 휴대용 티슈, 담배 두 갑이 들어 있었다. 면허증에 적힌 이름은 무카이 쓰네오, 주소는 현 내로 나와 있었다. 생년월일을 계산해 보니 서른세 살이었다.

'나하고 비슷한 나이인데, 안타깝네.'

마음속으로 합장하면서 물건들을 다시 가방 속에 챙겨 넣었다.

이어서 근처 공중전화로 라이너 운송에 연락했는데 회사에서는 벌써 사고가 난 것을 알고 있었다. 아마 구조대 쪽에서 연락한 모양이다. 병원에서도 환자의 신원을 알지 못하면 난감해지는 것이다.

사고 차량의 처리는 원칙적으로 소유주 측에서 해야 한다. 세라는 라이너 운송 담당자에게 레커차로 사고 트럭을 이동시켜 달라고 부탁하고, 그 참에 무카이 쓰네오의 자택 연락처를 문의한 뒤에 수화기를 내려놓았다.

이어서 무카이의 집에 전화를 걸었다. 호출음은 울리는데 아무도 받지 않았다. 아마 다들 병원으로 달려간 것이리라.

시마 운전자의 신원은 이미 파출소 경찰이 조사해 두었다. 모치즈키라는 사람이다. 그쪽 집에도 전화해서 사정을 설명했다. 아무도 연락하지 않았는지 그의 아내는 사고 소식을 처음 들은 모양이었다. 너무 놀라서 몇 번이나 대답이 막혔다. 가벼운 부상이라고 설명은 했지만, 그리 쉽게 안심할 수는 없을 터였다.

모치즈키의 아내에게도 사고 차량의 이동을 부탁했더니 일단 JAF에 의뢰하겠다고 대답했다.

관계자에 대한 연락을 끝내고 세라는 다시 현장으로 돌아갔다.

현장 검증에서는 사고가 난 차량의 위치를 측정하고 타이어 자국이며 미끄러진 흔적, 휠이 쓸려 간 자국 등을 조사한다. 하지만 한밤중인 데다 노면이 젖은 경우에는 미끄러진 흔적 같은 건 검증이 거의 불가능하다. 이런 경우에는 다음 날 아침 일찍 다시 나와서 조사하게 된다.

그다음은 목격자였다.

세라는 우선 현장 근처의 편의점으로 갔다. 주위에 불이 켜져 있는 가게는 그곳뿐이었다.

하지만 파란 유니폼을 입은 점원은 엄청난 충돌 소리를 듣고 밖으로 뛰쳐나갔을 뿐, 사고 순간은 못 봤다고 말했다. 사고 당시에 가게 안에 다른 손님들도 몇 명 있었지만 목격자는 없는 모양이었다.

편의점을 나와 후쿠자와에게 보고하려는 차에 파출소에서 나온 경찰이 다가왔다.

"우리가 출동했을 때 현장 근처에 있었던 사람들의 연락처는 일단 적어 뒀습니다."

세라와 같은 또래의 경찰이 목격자 목록을 건네주었다. 총 다섯 명의 이름이 적혀 있었다. 후쿠자와는 목록을 훑어보고 그중 한 사람의 이름을 가리켰다.

"뭐지, 이 별표가 붙은 사람은?"

"사고 트럭 바로 뒤를 따라왔던 회사원입니다. 이번 사고를 처음부터 끝까지 지켜본 모양이에요. 경찰과 구조대에 신고한 것도 이 사람입니다."

"그래?" 후쿠자와는 고개를 끄덕였다.

다행이다, 하고 세라는 가슴을 쓸어내렸다. 세상 번거로운 일 중에서도 사고 원인을 찾는 일만큼 번거로운 것도 없다. 본인이 사망한 경우에는 더더욱 그렇다. 마침 목격자가 있다면 그 얘기를 듣고 조서를 작성하기만 하면 된다.

"내일 아침에 연락 좀 해 봐."

세라에게 지시를 내리는 후쿠자와도 역시 안도하는 눈치였다.

사고 차량의 이동을 확인한 뒤, 세라 일행은 병원으로 향했다. 트럭의 반대 차선을 달려왔던 시마 운전자 쪽은 그새치료가 끝나 있었다. 손목에 붕대를 감은 정도였다.

"그야 깜짝 놀랐죠. 갑자기 앞쪽에서 튀어나왔으니까요."

모치즈키라는 중년 남자는 목소리 못지않게 눈까지 큼직하게 뜨고 말했다. 직업은 아파트 경영으로, 이웃 현의 친구집에 다녀오는 길에 사고를 당했다고 한다.

사고 전의 상황에 대해 질문을 던져 봤지만 모치즈키 쪽에 별다른 문제는 없는 것 같았다. 아마 제한속도를 약간 초과한 정도였을 테지만 그걸로 책임을 추궁할 일은 없을 것이다.

"반대 차선 쪽에 관해 뭔가 짐작 가는 건 없습니까?"

후쿠자와가 물었지만 모치즈키는 즉시 고개를 저었다.

"그런 거 없어요. 내가 아무튼 똑바로 앞만 보면서 운전했거든요. 원래 둘레둘레 곁눈질 같은 걸 못해요. 덕분에 이렇게 가벼운 부상만 입고 끝났죠. 이봐요, 경찰 아저씨, 내쪽의 과실은 아니지요? 그런 걸로 전방 부주의니 뭐니 하면그건 진짜 생사람 잡는 거예요."

모치즈키가 매달리는 듯한 눈빛으로 말했다. 그러고는 몇 번이나 탄식을 거듭했다.

"이것 참, 일진이 사납네, 사나워."

우선 모치즈키를 귀가시키고 세라와 후쿠자와는 트럭 운전자의 가족을 만나 보기로 했다. 운전자는 현재 수술 중이고, 운전자의 아내가 기다리고 있다고 했다.

그 여자는 수술실 앞의 긴 의자에 앉아 있었다. 후쿠자와가 다가가 인사를 하자 그녀도 머리를 숙였다. 그 얼굴을 보고 세라는 흠칫 놀랐다. 그녀 쪽에서도 그를 알아보는 눈치였다.

"아시는 분인가?"

두 사람의 표정을 보고 짐작했는지 후쿠자와가 물었다.

"네, 고등학교 동창입니다. 이름이…… 스가누마?"

그녀는 작은 소리로 네,라고 말하고 고개를 끄덕였다. 지금은 눈가가 붉게 부었지만, 큼직한 눈과 긴 속눈썹은 조금도 변하지 않았다. 그때 그대로였다.

"그렇구나." 후쿠자와는 잠시 생각해 보는 얼굴이었다. "그럼 질문은 자네가 맡아 줘. 나는 경찰서 쪽에 연락할 테니까."

세라의 어깨를 가볍게 툭 치고 후쿠자와는 복도를 걸어갔다. 아마도 눈치껏 빠져 준 것이리라.

"많이 놀랐겠네."

후쿠자와의 모습이 사라진 뒤, 세라는 말을 건넸다.

그녀는 고개를 끄덕이고, 조용히 입을 열었다.

"사고를 낼 사람이 아니야. 여태까지 무사고로 운전해 왔는데……."

　결국 말을 끝내지 못하고 두 손으로 얼굴을 가렸다. 무릎
위에는 네 번 접은 손수건이 놓여 있었다. 그것이 축축하게
젖은 것을 보고 세라는 더 이상 건넬 말을 찾을 수가 없었다.

　"그래도 아는 사람이 있어서 다행이야. 이런 우연이 다
있네." 얼굴을 가린 채 그녀는 말했다. "세라 씨, 경찰관이
됐구나."

　"예전부터 체력 빼고는 별다른 특기가 없었으니까."

　세라는 그녀 옆에 자리를 잡고 옆얼굴에 시선을 던졌다.
자신과 동갑이니까 이제 서른이 넘은 나이다. 그래도 그녀
의 뺨은 그 무렵과 똑같이 하얗고 결이 고왔다.

　스가누마 아야코.

　조금 전에 성씨도 기억하지 못하는 척했지만 사실은 이름
까지 분명하게 알고 있다. 아야코. 대학 입시 공부를 하면서
노트 한 귀퉁이에 수없이 써 보곤 했던 'AYAKO'. 그리고 끝
내 고백 한번 하지 못한 채 졸업과 동시에 헤어져 버렸다.

　그녀에게서 듣고 싶은 이야기가 산더미처럼 많았다. 하지
만 지금 그가 물어봐야 할 것은 그녀가 사랑할 터인 남자에
대한 것이었다.

　"남편은 언제부터 라이너 운송 회사에 다녔어?"

　잠시 틈을 둔 뒤에 아야코는 대답했다.

　"벌써 10년쯤 됐어. 나를 만나기 전부터 다녔으니까."

　어디서 어떻게 만났느냐고 묻고 싶었지만, 그건 이번 사

고와는 아무 관계도 없는 얘기다.

"무사고였다고 했지?"

"응, 무사고였어. 교통 법규를 위반한 적도 없었어. 회사에서 표창장도 받았으니까. 그이의 운전이 너무 점잖다고 동료들이 놀릴 정도였어." 그리고 그녀는 목이 멘 소리로 덧붙였다. "정말 믿을 수가 없어."

"요즘 근무 환경은 어땠지? 바쁘지 않았어?"

"좀 바빴어. 경기가 좋아서 그렇다고 했는데……."

여기서 아야코는 세라의 질문이 어떤 의미인지, 알아들은 모양이었다. 울어서 부은 얼굴을 들고 세라를 노려보는 듯한 눈빛을 던졌다.

"하지만 쉴 틈도 없이 바빴던 건 아니야. 그 사람, 너무 무리하지 않도록 항상 조심하던 사람이야."

세라는 말없이 고개를 끄덕였다.

그때 수술 중이라는 램프가 꺼졌다. 아야코가 벌떡 일어나고 세라도 반사적으로 몸을 일으켰다.

흰색 문이 열리고 의사가 모습을 드러냈다. 그는 아야코 쪽을 향해 메마른 목소리로 말했다.

"참으로 유감입니다."

1, 2초쯤 아야코는 눈이 휘둥그레진 채 우두커니 서 있었지만 이윽고 무너지듯이 바닥에 무릎을 꿇고 울부짖기 시작했다.

3

다음 날 아침 일찍 세라와 후쿠자와는 다시 사고 현장을 찾았다. 간밤에 만족스럽지 못했던 검증을 계속하기 위해서였다. 미끄러진 흔적 등은 설령 비가 내렸어도 다음 날 정도까지는 남아 있다.

"여기쯤에서 급브레이크를 밟았어. 그러고는 핸들을 오른쪽으로 꺾은 것 같아. 그러니 타이어가 미끄러지면서 중앙분리대를 치고 넘어갔지."

트럭이 넘어진 위치에서부터 10여 미터 앞쪽까지 살펴본 뒤에 후쿠자와가 자신의 의견을 말했다. 그 옆을 따라다니면서 세라는 사진을 찍었다. 흑백 전자동 카메라다.

"뭔가를 피하려고 했던 거 아닐까요?"

"응, 그럴지도 모르겠어. 아무튼 목격자를 만나 보면 확실해질 거야."

그 시점에는 아직 낙관하고 있었다.

경찰서에 돌아오자 세라는 사고 트럭 바로 뒤를 달렸다는 사람에게 연락해 보기로 했다. 근무처는 현 내의 건설 회사였다. 이름은 오타 요시오. 전화를 받은 오타는 마치 세라의 연락을 기다리기라도 한 것처럼 씩씩거리며 말했다.

"아니, 내가요, 어제부터 어찌나 마음에 걸리던지. 근데 오늘 아침 일찍 바쁜 일이 있어서 일단 귀가하게 해 달라고 했죠. 아참, 나 말고 다른 목격자도 조사했어요?"

"아뇨, 오타 씨가 처음입니다."

"네, 그렇겠죠. 이만큼 똑똑히 목격한 건 아마 나 혼자뿐일 거예요."

그는 그런 사실을 마치 과시하듯이 전제하고 뭔가 신이 난 것처럼 사고 상황을 설명하기 시작했다. 사고 직전까지 계속 트럭 뒤를 달렸고, 교차로의 파란 신호를 지나 속도를 내기 시작한 참에 갑작스럽게 트럭이 급브레이크를 밟았다는 것이다.

"급브레이크를 밟은 원인에 대해 뭔가 짐작 가는 게 있습니까?"

세라의 말에 "네, 바로 그거예요"라고 오타가 목소리를 높였다.

"사고 나기 직전까지는 트럭 때문에 앞이 잘 안 보였고, 사고 순간에는 그쪽에 정신이 팔려서 나도 자세한 건 기억이 안 나요. 하지만 왼편에 노상주차를 했던 차 한 대가 갑자기 머리를 내밀었던 게 아닌가 싶어요."

"예에?" 세라는 저도 모르게 반문했다. "정말이에요? 좀 더 자세히 얘기해 주십쇼."

"아니, 자세히 얘기해 봤자 그냥 그것뿐이에요. 그 도로 왼편에 노상주차를 했던 차가 분명 세 대 정도였어요. 근데 사고가 난 직후에 그쪽을 보니까 아마 세 대 중 중앙에 있던 차였던 것 같은데, 앞부분이 오른쪽으로 상당히 튀어나왔더라고. 뭔가 이상하다고 생각했더니만 그 즉시 엄청난 속도로 출발해서 어디론가 사라져 버렸어요."

세라와 후쿠자와가 출동했을 때, 좌측 차선에 노상주차한 차는 한 대도 없었다. 아마 사고가 일어난 것을 알고 다들 불똥이 튈 것을 우려해 잽싸게 도망쳤을 것이다. 그러고 보니 도로 반대편에 24시간 편의점이 있었다. 그곳의 손님들인지도 모른다.

"그 차는 방향지시등을 켰던가요?"

"아뇨, 안 켰어요." 오타가 딱 잘라 말했다. "그건 분명해요. 내 생각에는 그래서 그 트럭도 깜짝 놀랐던 것 같아요."

"급브레이크를 밟기 전에 트럭이 클랙슨을 울렸습니까?"

"울렸죠. 하지만 그야말로 돌발 상황이었던 모양이에요. 클랙슨을 울린 시간이 아주 짧았으니까."

오타는 상당히 냉정하게 분석하고 있었다. 눈으로 본 것에 비하면 귀로 들은 기억은 애매해지기 쉬운 법인데, 대단한 사람이다.

"사고 직후에 출발한 그 차에 대한 것도 기억나세요?"

"기억나죠. 내가 차종에는 예민한 편이거든요. 그건 검은색 아우디였어요. 틀림없습니다."

"검은색 아우디…… 번호판은 못 보셨어요?"

"아니, 그것까지는 못 봤죠."

"그렇군요."

거기까지 얘기해 준 것만으로도 충분한 수확이라고 할 수 있었다.

전화를 끊고 세라는 후쿠자와와 상의했다. 명백한 진로 방해 혐의라서 후쿠자와의 눈빛도 심각해졌다.

"어떻게든 그 아우디부터 찾아야겠어. 다른 목격자들에게도 물어보자."

두 사람은 어제 받은 목격자 목록을 바탕으로 두 대의 전화로 탐문에 들어갔다. 질문의 핵심은 목격한 내용, 그리고 사고 전후에 문제의 아우디를 봤느냐는 것이었다.

하지만 목록에 오른 사람들은 하나같이 사고가 난 뒤에 모여들었을 뿐, 오타처럼 사고 자체를 목격한 것도, 그 자리에 함께 있었던 것도 아니었다. 따라서 아우디를 목격한 사람도 없었다.

"어쩔 수 없네."

시계를 들여다보며 후쿠자와는 얼굴을 찌푸렸다. 정오가 되면서 세라 팀의 당직 근무 시간은 끝이 났다.

"상부에는 일단 내가 보고할게. 하지만 상황이 이렇다면 그 아우디 차량을 특정하기는 어려울 것 같아. 증거가 있는 것도 아니고."

"제가 오후에 다시 한번 그 편의점에 가 보겠습니다. 아우디 운전자도 분명 거기에 들렀을 테니까요."

세라의 열의에 찬 말투에 놀랐는지 후쿠자와는 허를 찔린 듯한 얼굴이었다.

'그린하이츠'라는 연립주택은 바둑판 눈금처럼 구획이 정리된 주택가에 위치했다. 2층짜리 조립식 건물이다. 건축

연수를 말해 주듯이 외벽에 달린 계단 손잡이에는 온통 녹이 슬어 있었다.

이 건물의 201호가 무카이 부부의 집이다.

세라는 현관문 앞에 서서 벨을 눌렀다. 잠시 후에 잠긴 목소리가 안에서 들려왔다. ××경찰서 교통과의 세라 순경입니다,라고 그는 큰 소리로 말했다. 누가 어디서 귀를 바짝 세우고 듣고 있을지 모르기 때문이다.

문이 열리고 간밤에 보았던 아야코의 얼굴이 나타났다. 눈은 여전히 충혈되었고 얼굴빛은 창백했다.

"사고 원인이 밝혀져서 알려 주러 왔어."

세라의 말에 아야코는 눈이 휘둥그레졌다. 문을 좀 더 열더니 "들어와"라면서 그를 집 안에 맞아 주었다.

무카이 부부의 집은 단둘이 산다면 그리 좁지는 않겠다고 생각될 정도의 넓이로, 방 두 칸에 작은 거실과 부엌이 딸려 있었다. 현관 앞이 곧바로 부엌이다. 주방 식탁 위에는 밥공기와 생선구이가 담긴 접시 등이 놓여 있었다. 아마도 그녀의 남편이 어젯밤에 먹을 예정이었던 밥상일 것이다.

세라를 안내해 준 곳은 두 평 남짓한 거실이었다. 텔레비전과 비디오 플레이어, 그리고 작은 장식장 하나뿐인 방이었다.

"장례 준비로 바쁠 거라고 생각했는데."

녹차를 내려 주는 아야코의 옆얼굴을 보며 세라가 말했다.

"시댁에서 하시기로 했으니까. 시신은 조금 전에 인수하러 가셨어. 나도 지금 나가 봐야 하는데 아무 일도 손에 안 잡혀서⋯⋯."

"그래, 그럴 만도 하지." 세라는 말했다. "시댁은 어디야?"

"군마현이야. 추운 곳."

아야코가 세라 앞에 찻잔을 내주었다. 거기서 피어오르는 김을 바라보며 세라는 물어보았다.

"결혼은 언제 했어?"

"벌써 5년 전인가." 그녀가 대답했다. "잠깐이었지만 라이너 운송 회사에서 아르바이트를 한 적이 있어. 그때 서로 알게 됐어."

"그랬구나." 세라는 고개를 끄덕였다. "아르바이트라면, 대학 다닐 때?"

그러자 아야코는 아주 조금 입 끝을 올리고 웃으면서 "아니야"라고 말했다.

"내가 대학을 다녔을 리가 없지. 세라 씨도 알잖아, 그때 내가 어떤 상황이었는지."

"어떤 상황이었는지⋯⋯?"

여기서도 생각이 안 나는 척했지만 세라는 똑똑히 기억하고 있었다. 아야코는 이른바 불량 학생은 아니었지만, 학교 측의 지시를 무조건 받아들이는 타입도 아니었다. 어떤 의미에서는 교사가 다루기 어려운 부류의 학생이었는지도 모른다. 그런 그녀가 결정적으로 학교를 싫어하게 된 계기가 있었다. 바로 '초밥집 사건'이다.

세라가 다닌 고등학교에서는 여름방학 이외에는 아르바이트를 엄격하게 금지했다. 하지만 아야코는 방과 후에 몰래 가게 일을 나갔다. 근처 초밥집에서 자전거로 배달 일을 했던 것이다. 집안이 그리 넉넉한 편이 아니어서 조금이라도 가계에 보탬이 되어 보려고 한 일이었다.

하지만 그녀가 초밥 배달통을 싣고 가는 것을 지켜본 놈이 있었다. 평소 그녀에게 추근대던 남학생이다. 그는 초밥집 앞에 숨어서 기다리다가 아야코가 나오자 불법 아르바이트를 학교 측에 일러바치기 전에 자신과 만나 달라고 위협했다. 하지만 아야코는 그의 말을 무시하고 배달을 나가려고 했다. 그러자 놈이 갑자기 달려들어 자전거를 걷어차 버렸다. 그녀는 길바닥에 나동그라졌고 다리에 2주의 부상을 입었다. 그리고 싣고 가던 초밥이 길바닥에 쏟아져서 그것까지 배상해야 했다.

이 일이 어떤 경로를 통해서였는지 학교 측에 알려졌다. 학생지도부 선생은 두 사람을 불러 일의 진위를 확인했다. 그놈은 '아야코가 교칙을 위반하는 것을 보고 나무랐더니 그냥 달아나려고 했다. 그걸 막으려다가 실수로 자전거를 넘어뜨렸다'라고 주장했다. 아야코는 물론 반론을 했다. 실제 사실을 엉엉 울면서 설명했다. 그때도 놈은 얼굴을 돌린 채 웃고 있었다고 한다.

곧바로 두 사람에 대한 처분이 결정되었다. 그놈은 어떤 처벌도 받지 않았고 아야코에게는 3일간의 정학 처분이 내려졌다. 학교 측이 두 사람을 불러 확인하고자 했던 것은 아야코가 교칙을 위반했느냐 아니냐 하는 사항뿐이었던 것이다.

그 이후로 아야코는 거의 학교에 나오지 않았다. 세라는 멀리서 그녀를 지켜보며 아무것도 해 주지 못하는 자기 자신에게 화가 났었다.

"고등학교 졸업하고 전문학교에도 다니고 했어. 근데 취직할 곳이 없더라. 결국 아르바이트로 겨우겨우 먹고살았어. 요즘 유행하는 말로, 프리 아르바이터야."

"그러다가 남편을 만났던 거구나."

"응, 그렇게 됐어. 그 사람, 진짜 숫기 없는 성격이라서 내가……."

거기까지 얘기한 참에 말끝이 흐려지면서 아야코는 고개를 숙였다. 치맛단을 움켜쥔 손등에 눈물 두 방울이 투둑 떨어졌다.

세라는 건네야 할 말이 생각나지 않아 입을 다물었지만. 이윽고 그녀가 고개를 들었다.

"미안해. 지금 이런 얘기를 할 때가 아니지? 세라 씨가 뭔가 알려 준다고 했잖아. 사고 원인을 알아냈다고 했던가?"

아야코의 지난 이야기를 좀 더 듣고 싶은 마음을 억누르고 세라는 말했다.

"응, 아직 단정할 수는 없지만, 현재까지 밝혀진 것만이라도 알려 주려고."

그렇게 전제를 하고 검은색 아우디에 대한 이야기를 들

려주었다. 순간적으로 그 차를 피하려다가 사고를 낸 게 아
닌가……. 그녀는 그의 눈을 똑바로 쳐다보았다. 진지한 눈
빛이 한층 열기를 띠는 것 같았다.

"그 아우디가 누구 차인지는 밝혀졌어?"

"아니, 이제 조사 시작 단계야. 솔직히 말해서 밝히기가
쉽지는 않을 것 같아."

"그렇구나." 아야코는 입술을 깨물었다. "만일 누구 차인
지 밝혀지면 그 사람에게 이번 사고의 책임을 물을 수는 있
어?"

"일정 부분은 가능할 거야." 세라는 대답했다. "목격자 얘
기로는 아우디가 깜빡이도 켜지 않고 튀어나온 모양이야.
그게 사실이라면 당연히 진로 방해에 해당하지."

"그런 교통 법규가 있었구나."

"응, 맞아."

아야코는 고개를 끄덕이며 잠시 생각에 잠겨 있다가 입
을 열었다.

"아우디가 누구 차인지 밝혀지면 곧장 나한테 알려 줄
래?"

"물론 그럴 생각이야."

세라가 대답했다.

"부탁할게."

그렇게 말하고 아야코는 커다란 눈으로 허공을 지그시
노려보았다. 그 표정은 분명 고등학교 시절에는 못 본 것이

어서 세라는 저도 모르게 가슴이 철렁했다.

4

　그날 밤, 세라는 다시 한번 사고 현장에 나갔다. 하지만 그의 목적은 부서진 중앙분리대를 살펴보는 것이 아니라 그 옆의 편의점에 가는 것이었다.

　어제 만난 점원이 그날 밤에도 계산대 너머에 서 있었다. 아마 일주일 교대로 야근을 하는 모양이었다. 세라는 경찰 제복 차림이 아니었지만 점원은 그를 기억해 주었다.

　세라는 간밤의 사고 직전에 편의점을 찾아온 손님에 대해 물어보았다. 가게 안에 몇 명쯤 있었다고 들었는데 그중에 단골은 없었느냐는 것이었다.

　"글쎄요, 그런 손님이 있었나?"

　점원은 고개를 갸웃거렸다.

　"잘 좀 생각해 봐, 어떤 손님이 있었는지."

　"그게 좀 애매해서……. 어쨌든 우리 쪽 손님들은 사고와는 관계가 없을 텐데요?"

　점원의 말투는 간밤에 비해 뭔가 시원찮았다. 아마도 상사에게서 주의를 받은 모양이다. 손님들에게 어떤 피해도 끼치지 않게 해라,라고. 사고 현장 주변에 이 편의점에 들르기 위해 노상주차를 하는 차량들이 많다는 건 그들도 잘 알고 있는 것이다.

"아우디를 타고 온 손님이 분명 있었을 텐데, 누군지 몰라?"

"아뇨, 저는 좀……."

점원은 엷은 웃음을 지으며 금전등록기 버튼을 두드렸다. 그리고는 나온 영수증을 손님에게 건넸다.

그걸 보고 머릿속에 갑자기 떠오르는 게 있었다.

"어젯밤 그 시간에 어떤 매출이 있었는지 전부 이 금전등록기에 들어 있지? 잠깐 보여 줄래?"

엇, 하고 점원은 눈이 둥그레졌다.

"좀 보여 줘도 되잖아? 정 안 되겠다면 경찰서에 얘기해서 정식으로 서류를 받아 올까?"

세라가 강경하게 말하자 "아, 잠깐만요"라며 점원은 상사에게 연락을 해 보기 위해서인지 가게 안쪽으로 들어갔다. 그 사이에 세라는 잡지 코너 옆에 서서 트럭이 충돌한 중앙 분리대를 바라보고 있었다.

'엇?'

세라가 눈을 부릅뜬 것은 문제의 장소에 노상주차 한 차가 있었기 때문이다. 빨간색 스프린터 토레노였다. 거기서 내린 대학생인 듯한 남자가 분리대를 타 넘고 이쪽을 향해 걸어왔다. 횡단보도가 20여 미터 앞쪽에 있었지만 멀리 돌아오기가 싫은 모양이다.

그가 가게에 들어서는 것과 동시에 안쪽에서 점원이 나

왔다. 점원이 아차 당황하는 얼굴을 했을 때, 대학생인 듯한 그 남자가 말했다.

"야, 어제 그 사고, 그 뒤에 어떻게 됐어?"

대학생인 듯한 남자는 고바야시라고 이름을 밝혔다. 그는 몇 번이나 "어제하고 오늘뿐이에요"를 되풀이했다. 노상주차에 대한 얘기다.

"알았어, 앞으로는 절대 여기에 주차하면 안 돼. 그나저나……."

세라는 고바야시의 차 옆에 서서 간밤에 앞이나 뒤쪽에 검은색 아우디가 서 있지 않았느냐고 물었다. 고바야시는 손뼉을 따악 치면서 말했다.

"네, 있었어요. 제가 아우디 바로 앞에 세웠거든요."

"그래? 근데 너는 사고가 난 것을 알고 곧바로 편의점을 나와서 도망쳤다고 했지?"

"도망친 게 아니라 괜히 방해만 될 것 같아서……."

그다음 말은 입속에서 어물어물 넘어갔다.

"그건 뭐, 됐고. 네가 여기로 왔을 때, 아우디는 이미 사라지고 없었어?"

"예, 없었어요."

"네가 편의점에서 나오기 전에, 그러니까 사고 전에 먼저 편의점에서 나간 사람, 생각나?"

"그건, 글쎄요……." 고바야시는 긴 앞머리를 몇 번이나 쓸어 올린 뒤에 대답했다. "어떤 아줌마였던 것 같긴 한데…….”

“아줌마? 어떤 느낌의 아줌마였지?”

“잘 모르겠어요. 아줌마를 찬찬히 쳐다보지는 않잖아요.”

세라는 복사용지 한 장을 꺼냈다. 어제 사고 전후에 편의
점에서 발행한 영수증들의 복사본이다. 발행 시각과 금액
등이 입력되어 있다.

“네가 구입한 물건은 어떤 거지?”

세라가 묻자 고바야시는 진지한 표정으로 들여다본 뒤,
확신에 찬 얼굴로 가리켰다.

“이거예요. 여기 이 ‘150엔 5개’라는 게 제가 산 컵라면
이에요.”

다음 날, 세라는 후쿠자와에게 자초지종을 설명했다. 하
지만 후쿠자와의 표정은 환해지지 않았다.

“귀중한 단서를 잡기는 했는데, 그것만으로 그 아우디를
특정할 수 있느냐가 문제야. 편의점 점원이 얼굴을 기억한
다면 그나마 얘기가 달라질 텐데.”

“그건 목격자를 좀 더 찾아보면 어떻게든 해결될 거예요.”

“하지만 이제 와서 뭔가 봤다고 말해 줄 사람이 과연 나
타날지…….”

후쿠자와는 끄응 팔짱을 꼈다. 그의 말대로 교통사고의
경우 나중에 증인이 나오는 일은 거의 없다.

“번호판 숫자 하나라도 알고 있다면 훨씬 수월할 텐데 그

것조차 없으니 설령 그 아우디를 찾아낸다고 쳐도 그날 그런 곳에 간 적이 없다고 딱 잡아떼면 더 이상 추궁할 방법이 없잖아."

"그건 그렇지만……."

세라는 반론을 하려고 했지만, 그의 어깨에 손을 얹고 후쿠자와가 말했다.

"사망한 운전자의 부인이 동창이라는 것 때문에 자네가 어깨에 힘이 들어가는 건 이해해. 하지만 일단 우리 일은 여기까지로 하고 서류를 작성해 줘. 물론 사고 원인은 계속해서 조사하는 것으로 하고, 목격자 조서도 받아 두면 돼. 그리고 편의점 손님의 증언도 잊지 말고 꼭 써 두라고. 사고가 이것만 있는 게 아니잖아. 지금 당장 다음 사건이 일어날지도 모른다는 걸 잊어서는 안 돼."

조곤조곤 다독거리는 말투였다. 세라는 결코 받아들일 수 없었지만 자신의 의견을 밀어붙여 봤자 후쿠자와가 난처해질 뿐이라는 것도 잘 알고 있었다. 가슴속에 모락모락 불만이 피어오르는 것을 자각하면서도 그는 일단 고개를 끄덕였다.

사고 후 사흘째 되는 날, 경찰서에서 대기 중이던 세라에게 아야코의 전화가 걸려 왔다. 수사 진척 상황을 알고 싶다는 것이었다. 그날 업무가 끝나고 돌아가는 길에 카페에서 만나기로 약속하고 수화기를 내려놓았다.

'진척 상황이라…….'

내가 하는 일이 대체 뭔가,라고 세라는 생각했다. 사람 하나가 죽었는데 그 원인조차 알아내지 못하면서 무슨 교통과 사고 담당자인가.

하지만 그런 불만을 후쿠자와에게 밀어붙일 수는 없었다. 실제로 그 사고 이후로도 몇 건의 인신사고가 일어났고, 마치 교사가 시험 채점을 하듯이 서류를 마무리해야 하는 것도 사실인 것이다.

약속한 카페에는 조금 일찍 도착했지만 그래도 아야코가 먼저 와 있었다. 그것이 그녀의 높은 기대감을 보여 주는 것 같아 세라는 적잖이 고통스러운 심정이었다.

"장례식에 참석하려고 했는데……."

테이블에 앉아 커피를 주문한 뒤에 그는 말했다.

"아니, 괜찮아, 세라 씨도 바쁠 텐데. 장례식이란 거, 형식적인 절차일 뿐이야. 분향하러 온 사람들도 다 내가 모르는 사람들이었어."

아야코는 내뱉듯이 말했다. 이런 말이 나오는 걸 보면 사고 당시의 충격에서 이제는 조금쯤 마음을 추슬렀는지도 모른다.

"그보다 아우디에 대해 뭔가 알아냈어?"

절박한 눈빛을 던져 왔다. 세라는 저도 모르게 고개를 떨구고 작은 소리로 말했다.

"솔직히 말해서 아직 진전이 없어."

아야코의 얼굴에 실망한 기색이 번졌다. 세라는 상의 호주머니에서 편의점의 영수증 복사본을 꺼냈다. 그리고 편의점 점원과 빨간색 스프린터의 젊은 단골에게서 들은 이야기를 그녀에게 전해 주었다.

"그럼 단서가 전혀 없는 것도 아니네."

아야코는 영수증 복사본을 진지하게 들여다보며 말했다. 거기에서 아우디 차주의 인물상을 탐지해 내려고 하는 것 같았다.

"저기, 혹시……." 그녀는 세라의 얼굴을 빤히 바라보며 말했다. "그 아우디를 찾아내더라도 본인이 진로 방해를 한 적이 없다고 주장하면 어떻게 되는 거야?"

"그건 전혀 관계없어. 서류는 분명하게 검찰로 보낼 테니까." 세라는 딱 잘라 말했다. "그런 일이 아주 많아. 심한 경우에는 부딪쳐 놓고도 그런 적이 없다고 시치미를 떼는 사람들도 있어. 현장에서 도망쳤다는 건 인정할 의사가 없다는 뜻이야. 하지만 그런 건 우리가 놓치지 않지. 우리한테는 목격자가 있어. 그런 조서도 작성해 뒀고. 반드시 책임지도록 할게."

그 말을 듣고 아야코는 안심하는 기색이었다. 입가가 살짝 풀어지면서 고개를 끄덕였다.

"하지만 가장 중요한 아우디를 찾아낼 방법이 아직까지 없다는 게 문제야."

세라가 손을 머리에 얹으며 말했다. 그 말에 아야코도 고개를 떨궜지만, 조용히 영수증 복사본을 집어 들었다.

"이 복사본은 내가 가져가도 될까?"

"괜찮긴 한데, 그걸로 어떻게 할 생각이지?"

"응, 내가 좀……."

그렇게 말하고 아야코는 복사본을 가방 속에 넣었다. 그리고 남은 커피를 마시더니 어딘가 먼 곳을 보는 듯한 눈빛으로 중얼거렸다.

"나한테는 너무도 소중한 사람이었어. 그런 사람을 죽여놓고 모른 척하다니, 난 절대로 용서 못해."

5

아야코가 어떤 방법으로 아우디를 찾아낼 생각인지, 그것을 세라가 알게 된 것은 그로부터 일주일 뒤였다. 자꾸만 마음에 걸려서 그녀의 집에 전화해 봤지만 사흘이 지나도록 아무도 받지 않았다. 순간적으로 짐작 가는 게 있어서 세라는 현장으로 나가 보았다. 그랬더니 역시나 그 편의점에 아야코가 와 있었다.

그녀는 잡지 코너 앞에 선 채로 주부 대상 잡지를 읽고 있었다. 하지만 시선은 책을 향하고 있지 않았다. 유리문 너머로 도로 쪽을 보고 있었던 것이다.

세라가 다가가자 그녀도 알아본 모양이었다. 살짝 손을

흔들었다.

"깜짝 놀랐어. 계속 지켜보고 있었던 거야?"

편의점 안으로 들어가 그녀 옆에 서서 세라는 말을 건넸다. 다행히 계산대 너머의 점원은 며칠 전의 그 점원이 아니라서 세라의 얼굴을 모를 터였다.

"아우디 손님이 틀림없이 올 거야." 아야코는 말했다. "나타날 때까지 여기서 기다릴 생각이야."

"그 심정은 이해하지만, 올지 안 올지 확실하지 않아. 어딘가 먼 곳에 사는 사람이 그날 밤에 우연히 이 편의점에 들렀을 수도 있어."

아야코 옆에 서서 똑같이 잡지를 읽는 척하며 세라는 말했다.

하지만 그녀는 고개를 저었다.

"아니, 이 근처에 사는 사람이야. 영수증을 보고 확신했어."

"영수증? 어떻게?"

"구입한 상품 중에 얼음이 있었어. 편의점 봉지 얼음을 사 간 거야. 집이 멀다면 얼음이 다 녹아 버리겠지. 아우디를 타고 다니는 걸 보면 회사의 부장급 부인일 거야. 이를테면 갑자기 손님들이 왔는데 술에 넣을 얼음이 모자라서 급하게 사러 왔을 수도 있어."

아하, 하고 세라는 감탄했다. 역시 여자의 시선은 다르다. 영수증 복사본을 몇 번이나 들여다봤지만 그런 건 전혀 생각도 못했다.

"그리고 어쩌면…….." 아야코가 말을 이었다. "그 여자가 《쿡 로빈》을 사러 또 올 거야. 그러니까 다음 주 금요일쯤을 노리면 될 것 같아."

"쿡 로빈? 그게 뭐지?"

"이거."

아야코가 손에 든 건 표지에 외국인 여성의 웃는 얼굴이 실린 잡지였다. 세계 각국의 가정요리 레시피를 소개하는 책인 것 같았다.

"격주로 금요일에 나오는 잡지야. 그 영수증에 '잡지 540엔'이라는 게 있었어. 이 잡지가 바로 540엔이야. 중년 여성이라고 했으니까 이 책이 틀림없어."

이 또한 날카로운 통찰력이라고 세라는 감탄했다. 이런 종류의 잡지를 보는 사람들은 발간되는 족족 구입하지 않으면 성에 차지 않는 습성이 있다.

"대단한 추리력이네. 그런 단서라면 찾아낼 수 있겠어."

"응." 아야코는 고개를 끄덕였다. "나도 그렇게 믿고 기다려 보는 중이야."

"근데 몇 시부터 여기에 와 있었어?"

"오늘은……." 그녀는 손목시계를 들여다본 뒤에 말했다. "9시부터였나?"

세라는 눈이 휘둥그레졌다. 벌써 두 시간여를 이곳에 서 있었다는 얘기였기 때문이다.

"몇 시까지 있으려고?"

"12시쯤까지."

한순간 할 말을 잃었지만 세라는 조용히 고개를 저었다. 아까부터 점원이 수상쩍은 눈빛으로 흘끔흘끔 쳐다보는 이유를 알 것 같았다.

"네 심정은 이해하지만 이런 곳에 그렇게 늦게까지 있는 건 위험해. 이 근처에는 불량배들도 적지 않은데."

"괜찮아, 빈틈을 안 보이면 돼."

"네가 아무리 조심해도 안 된다니까. 그보다 여기까지 어떻게 왔어?"

아야코는 차도 없을 터였다.

"택시 타고 왔어. 돌아갈 때도 콜택시 부를 거야."

세라는 다시 한번 고개를 저었다. 그리고 크게 고개를 끄덕이며 말했다.

"좋아, 그럼 이렇게 하자. 나도 함께할게. 차 안에서 같이 감시하자. 그러면 점원이 이상한 눈빛으로 쳐다볼 일도 없어."

"미안하지, 그건."

이번에는 아야코가 고개를 저었다.

"미안할 거 없어. 이것도 내 업무야. 아, 둘만 있는 게 싫다면 내 차를 빌려주는 것도 괜찮아. 운전은 할 줄 알지?"

세라는 호주머니에서 차 열쇠를 꺼냈다. 차 열쇠와 세라의 얼굴을 번갈아 본 뒤에 아야코가 물었다.

"차는 어디에 세워 둘 건데?"

"노상주차를 하는 수밖에 없지. 즉각 쫓아갈 수 있게."

세라는 한쪽 눈을 찡긋해 보였다.

다음 날부터 둘이서 감시에 들어갔다. 세라는 일이 끝나고 경찰서를 나오면 식사를 하고 아야코를 데리러 갔다. 그녀를 조수석에 태우고 문제의 아우디가 주차했다는 장소에서 10미터쯤 뒤쪽에 차를 세웠다. 그다음엔 계속 눈을 번뜩이며 둘이서 지켜보았다.

"무슨 일이야, 요즘 유난히 기분이 좋아 보이는데?"

경찰서에서 일하는 동안 후쿠자와 동료들에게서 그런 말을 듣는 일이 많아졌다. 옆에서 보면 어쩐지 신이 난 것처럼 보이는 모양이다. 그럴 리가 없다는 마음과 그럴지도 모른다는 마음이 반반이었다.

단둘이 감시를 하다 보면 아무래도 대화는 예전 고등학교 시절로 흘러가곤 했다. 그러면 그녀를 좋아했던 그 무렵의 자신이 되살아나는 것 같았다. 동경하던 그녀가 지금은 손이 닿는 곳에 있었다.

"그 사건만 아니었다면." 시선을 골똘히 앞쪽으로 향한 채 아야코는 말했다. "내 인생은 뭔가 다른 모습이 됐을 거야. 공부도 나름대로 착실히 했으니까 대학에도 갔겠지. 물론 그게 지금보다 더 좋은 결과를 낳았을지 어떨지는 아무도 모르지. 하지만 그 일로 나는 가장 소중한 시간에 가장 소중한 것을 빼앗겼다고 생각해."

세라는 말없이 듣고 있었다. 그 사건,이라는 건 바로 그

일이다. 그 초밥집 사건. 아야코의 인생을 바꿔 버린 사건.

"규칙이란 결국 인간이 만들어 내는 거야." 그녀는 말했다. "근데 그게 너무 불공평해. 집안 형편 때문에 아르바이트를 한 사람은 3일 정학이고 그걸 가로막은 사람은 왜 아무 처벌도 받지 않아?"

"규칙이란 양날의 검이야. 우리를 지켜 줘야 할 규칙이 어느 날 갑자기 우리를 공격하기도 해. 그러니까 칼을 쓰는 사람이 중요하다는 얘기겠지. 무능한 바보라면 그걸 틀에 박힌 형식대로만 휘두르니까."

"그 교사들은 무능했어."

아야코는 영원한 원한을 드러내듯이 내뱉었다. "진짜 녹음기처럼 계속 똑같은 말만 하더라. 교칙으로 정해져 있다, 라는 말. 그래도 나는 다치기까지 하지 않았느냐고 아무리 말해도 그냥 어물어물 웃기만 하면서."

"눈에 선하다."

"세라 씨도 법을 다루는 직업이지? 제발 그런 무능한 사람은 되지 말아 줘."

"응, 노력해야지."

세라는 애써 웃으면서 대답했다.

그런 대화를 주고받으며 감시를 계속한 지 12일째, 마침내 검은색 아우디가 그들 앞에 나타났다.

6

차를 세우고 여자가 왼편 문을 열고 나오는 것과 거의 동시에 세라도 차에서 내렸다. 아야코도 그 뒤를 따랐다. 두 사람은 아우디를 타고 온 여자와 똑같이 도로를 가로질러 편의점으로 갔다.

어깨까지 내려온 머리에 살짝 웨이브를 넣은, 약간 통통한 체형의 여자였다. 갈색 카디건은 싸구려는 아닌 것 같았다. 부장 부인이라는 아야코의 추리는 의외로 적중한 것인지도 모른다. 이사급 정도의 부인이라면 이런 편의점에는 드나들지 않을 것으로 생각되었기 때문이다.

여자는 뭔가를 찾는 눈빛으로 편의점 안을 한 바퀴 돌았지만, 결국 원하는 것을 찾지 못한 기색이었다. 세라는 아야코와 눈짓으로 신호를 주고받으며 여자의 움직임을 주목했다. 여자가 잡지 코너로 가자 두 사람도 따라갔다.

통통한 여자는 여성 잡지들을 스윽 둘러보더니 거의 아무 망설임도 없이 책 한 권을 집어 들었다. 《쿡 로빈》이었다. 여자가 그 잡지를 들고 계산대로 향하는 것을 확인한 뒤에 세라와 아야코는 가게를 나왔다.

"틀림없어." 아야코의 목소리는 흥분한 나머지 약간 갈라져 있었다. "저 여자는 그 잡지를 정기적으로 이 편의점에서 구입했어. 그날 밤에도 그랬던 거야."

이윽고 여자가 차로 돌아와 왼편에서 아우디에 올랐다.

출발할 때 방향지시등을 켜지 않는 것을 보고 세라는 더욱 더 확신을 가졌다.

다음 날 다른 볼일로 외출했다가 돌아오는 길에 세라는 C동에 들렀다. 고급 주택이 줄줄이 이어진 곳이다. 그중에서 '이시다'라는 문패가 붙은 집 앞에서 발을 멈췄다. 주차장에는 검은색 아우디가 서 있었다. 그렇다면 남편은 지하철로 출퇴근을 하는 건가.

대문 옆에 달린 인터폰을 눌렀다. 잠깐 틈을 두고 응답이 있었다. 여자 목소리다. 어젯밤의 그 여자가 틀림없다고 세라는 생각했다.

"××경찰서 교통과에서 나왔습니다."

큰 소리로 신분을 밝히자 상대는 말문이 턱 막힌 것 같았다. 아무 대답도 들려오지 않다가 갑작스럽게 현관문이 벌컥 열렸다.

"여기서 북쪽으로 500여 미터 떨어진 시라이시 가도에서 2주 전에 트럭이 옆으로 넘어진 사고가 있었는데, 알고 계시지요?"

현관 앞까지 들어가 물어보았다. 여자는 노골적으로 부루퉁한 얼굴을 드러낸 채 "네, 그런데요?"라고 낮은 소리로 대답했다.

"실은 그날 밤에 검은색 아우디가 그 도로에 주차된 것을 여러 명이 목격했어요. 근처 편의점에서 조사해 본 바로는 아무래도 이 댁의 차 같은데, 아닙니까?"

약간의 각색은 있었지만 거짓말은 하지 않았다. 이 여자는 '입 싼 점원이 있는 편의점'에는 아마 두 번 다시 가지 않을 것이다.

"그러기는 했지만, 무슨 나쁜 짓을 한 것도 아니잖아요?"

여자는 떨떠름하게 인정했다. 노상주차를 나쁜 일이라고는 생각하지 않는 모양이다.

"네, 문제는 그다음부터예요."

세라는 검은색 아우디가 갑작스럽게 머리를 내미는 장면을 목격한 사람이 있었다, 트럭은 그 탓에 타이어가 미끄러진 것으로 생각된다,라는 이야기를 했다. 아니나 다를까, 여자의 얼굴이 험악해졌다.

"누가 그런 소리를 해요? 난 그런 적 없어요."

침방울이 세라의 턱 근처까지 튀었다. 그는 슬쩍 뒤로 물러섰다.

"하지만 사고 직후에 이시이 씨의 차가 출발한 건 사실이지요?"

"그, 그건 우연히 그렇게 됐죠."

"하지만 트럭은 급브레이크를 밟기 전에 클랙슨을 울렸어요. 즉, 트럭 앞에 진로를 방해하는 뭔가가 있었다는 얘기예요. 그렇다면 이시이 씨, 댁의 차인 것으로 생각할 수밖에 없어요."

"그런 방해 같은 거 안 했다니까요?"

여자는 얼굴을 홱 돌렸다. 자주 경험해 본 상황이다. 애초에 누가 지어냈는지는 모르지만, 교통사고를 냈어도 경찰이 무슨 말을 하건 자신의 잘못을 인정하지 않고 끝까지 버티면 어떻게든 넘어간다,라는 생각이 일반 운전자들 사이에 널리 퍼져 있다.

"이시이 씨, 한 사람이 죽었어요."

세라가 말했지만 여자는 팔짱을 낄 뿐이었다. 그게 나와 무슨 상관이냐는 얼굴이었다.

"솔직히 말씀해 주시면 안 되겠습니까?"

그래도 무시하고 입을 꾹 다물고 있었다. 묵비로 버티면 된다는 생각이다.

"네, 알겠습니다." 세라는 말했다. "끝까지 부인하시겠다면 그러셔도 괜찮습니다. 단, 우리로서는 조서를 작성해야 하니까 운전면허증을 지참하고 경찰서로 나오시겠어요?"

여기서 마침내 여자는 세라 쪽으로 시선을 돌렸다. 붉은 립스틱을 바른 입가가 비죽비죽 일그러졌다. 추한 얼굴이었다.

"조서를 작성해서 어쩔 건데요?"

"검찰로 넘기게 됩니다. 목격자는 봤다고 하고, 이시이 씨는 진로 방해 같은 건 없었다고 하셨죠. 이렇게 되면 재판으로 결론을 내리는 수밖에 없어요."

여자의 얼굴은 명백히 겁에 질린 기색이었다. 재판이라면 어떤 결과가 나올지 모른다. 그것이 여자를 불안하게 한 것이다.

"오늘 안으로 경찰서에 출두해 주세요. 접수처에서 교통과 후쿠자와 주임 팀이라고 말씀해 주시면 됩니다."

"아, 잠깐만요." 여자는 뭔가 쓰디쓴 것을 삼킨 것처럼 입가를 일그러뜨린 채 말했다. "알았어요. 그 얘기를 하면 되죠?"

"그 얘기라면?"

"트럭이 브레이크를 밟은 건 내가 그 앞을 지나갔기 때문이에요. 애초에 거기에 횡단보도가 없는 게 잘못이에요."

"잠깐만요, 트럭 앞을 지나갔다니, 이시이 씨가 걸어서 도로를 횡단했다는 겁니까?"

"그렇다니까요. 근데 그 트럭도요, 속도위반이었어요."

"아니, 하지만 그렇다면 좀 이상하잖아요?" 세라는 필사적으로 그 정경을 머릿속에 떠올리면서 말했다. "트럭은 급브레이크를 밟은 뒤에 오른쪽으로 핸들을 꺾었어요. 그건 왼편에 장애물이 있어서 그것을 피하려고 했다는 얘기인데요."

"그러니까, 그건요." 여자는 답답하다는 듯 미간을 찌푸리며 말했다. "길을 다 건너갔는데 중간에 샌들 한쪽이 벗겨졌어요. 얼른 되돌아가서 집어 와도 될 것 같아서 내가 다시……."

"다시 길로 뛰어들어 간 참에 트럭이 그걸 피하려고 핸들을 오른쪽으로 꺾었다……. 하지만 목격자는 사고 직후에 아우디 앞부분이 튀어나와 있었다고 증언을 했어요."

"그건 내가 차를 세울 때 그런 습관이 있기 때문이에요. 경찰 아저씨도 왼쪽 핸들의 차를 운전해 보세요. 주차가 진짜 어렵다니까요."

그렇다면 처음부터 앞부분이 튀어나오게 주차했었다는 얘기인가. 그리고 이 중년 여자가 걸어서 도로를 왔다 갔다 하는 바람에 아야코의 남편이 죽었다는 것인가.

"일단은." 세라는 침을 꿀꺽 삼키고 말을 이어갔다. "그래도 조서는 작성할 겁니다. 경찰서로 나오실 거죠?"

"흥, 나가야지 어쩌겠어요." 여자는 코로 숨을 토해 냈다. "하지만 경찰 아저씨, 내가 처벌받을 일은 없잖아요? 그때는 운전자가 아니라 보행자였어요. 그런 경우에는 트럭의 전방주시 태만 아닌가요?"

뺨을 올리고 히쭉 웃으면서 여자는 말했다. 너무도 추악한 모습에 세라는 구역질이 났다.

7

아야코의 얼굴은 가면처럼 표정이 없었다. 세라가 사정을 설명해 준 직후의 일이다. 일시에 핏기가 빠진 것처럼 하얗게 질려 버린 얼굴이었다.

세라는 아야코 앞에 우두커니 선 채 고개를 떨구었다. 뭔가 제대로 설명해 주고 싶었지만, 적확한 표현이 하나도 떠오르지 않았다.

"그러니까 그 얘기는," 아야코의 목소리에 세라는 얼굴을 들었다. 그녀는 공간의 어딘가를 멍하니 바라보는 눈빛으로 표정을 잃은 채 입만 달싹였다. "그 여자에게는 아무 책임도 없다는 거야?"

"조서를 검찰에 넘기기는 했는데……."

불기소 처분이 떨어질 게 거의 확실하다,라는 그다음 말을 세라는 꿀꺽 삼켰다.

"흥, 그렇구나." 아야코는 코끝이 찡해지더니 마치 바람에 흔들리듯 고개를 저었다. "내 남편은 그 중년 여자를 살리고 자기가 대신 죽은 거잖아. 근데 그 여자는 아무 잘못이 없다는 거야. 도로를 걸어서 무단으로 횡단했고, 게다가 트럭 앞으로 뛰어들었는데도. 법규에 따르면 그렇게 된다는 거지?"

세라는 대답할 말이 없었다. 아닌 게 아니라 그게 교통 법규인 것이다. 자전거 한 대를 둘이서 타고 일단정지를 무시한 채 달리다가 사거리 교차로에서 차와 충돌했다고 하자. 그런 경우에도 차 쪽에서 전적으로 책임을 지게 된다. 어처구니없게도 두 명분의 치료비를 책임져야 하는 것이다. 하지만 그게 현재의 도로교통법이었다.

"미안하다." 세라는 말했다. "나는 무능해. 무능한 바보야."

그러자 아야코는 처음으로 세라의 얼굴을 올려다보았다. 하지만 가면 같은 그 얼굴은 아무런 변화도 없었다. 입만 달싹거리며 그녀는 말했다.

"응, 그러네."

그로부터 일주일 뒤.

세라가 야근 당직을 서는 날이었다. 또다시 시라이시 가도 부근에서 인신사고가 발생했다. 하지만 이번에는 시라이시 가도가 아니라 조금 더 들어간 C동 근처라고 했다.

C동?

불쾌한 기억이 남은 곳이어서 세라는 얼굴을 찌푸렸다. 그 사건을 잊어버리기까지 앞으로 얼마나 더 많은 시간이 필요할까.

현장으로 향하면서 항상 그렇듯이 후쿠자와가 무선으로 사고 상황을 들었다. 검은색 아우디가 자택 주차장을 나와 수십 미터를 달리던 중에 길을 가던 젊은 여성을 치었다…….

"검은색 아우디?"

핸들을 꺾으면서 세라는 저도 모르게 큰 소리로 되물었다.

현장에 도착했을 때는 구조대가 들것으로 부상자를 옮기는 참이었다. 후쿠자와가 부르는 소리도 무시하고 세라는 그쪽으로 달려갔다.

아야코다. 역시 그녀였다. 생각했던 대로였다.

"괜찮아, 아야코? 나야, 나!"

이마 오른편의 깊게 찢긴 상처에 검붉은 피가 엉겨 있었다. 세라가 연거푸 이름을 부르자 아야코가 그를 알아보는 것 같았다. 희미하게 입이 움직이는 것을 세라는 보았다.

구조대가 아야코를 구급차에 싣고 사이렌을 울리며 떠난

뒤에도 세라는 한참이나 그 자리에 우두커니 서 있었다. 그녀의 입의 움직임이 눈꺼풀에 찍혀 있었다. 목소리는 들리지 않았지만 무슨 말을 했는지 분명하게 알았다. 부·탁·해…….

부탁해,라고 그녀는 말했던 것이다.

"이봐, 세라!"

후쿠자와의 목소리에 세라는 퍼뜩 정신을 차렸다. 검은색 아우디를 운전한 인간을 조사하지 않으면 안 된다.

통통한 중년 여자는 세라의 얼굴을 기억하고 있었다. 조금이라도 얼굴을 아는 사람이라면 편의를 봐 줄 거라고 생각했는지 여자는 유난히 친한 척 말을 건네 왔다. 지난번과는 너무도 달라진 태도였다.

"저 사람이 갑자기 뛰어들었어요. 이쪽을 전혀 안 보고 진짜 갑작스럽게 뛰어들었다니까요. 그건 도저히 피할 수가 없어요. 자살할 생각이었던 거 아니에요? 저기요, 경찰 아저씨, 이런 경우에는 나한테 책임이 없는 거죠?"

여자는 빠른 말투로 늘어놓았다. 하지만 세라는 아무 대답도 할 수 없었다. 후쿠자와가 틀에 박힌 형식적인 질문을 하고 순찰차에 타라고 말했다.

"아니, 거짓말 아니에요. 저 사람이 먼저 내 차에 뛰어들었어요."

경찰서로 향하는 순찰차 안에서도 여자는 계속 지껄였다. 나중에 피해자 진술을 들어 보면 다 알게 된다고 후쿠자와가 말하자 여자는 불안한 얼굴을 했다.

"네, 그렇겠죠? 근데 저 사람이 솔직히 얘기해 줄까요? 설마 거짓말을 한다든가……."

세라는 아야코를 생각했다. 법규는 아주 살짝 어긋나는 것만으로도 적이 되기도 하고 한편이 되기도 한다. 아야코는 제 몸을 던져 그 분리대를 뛰어넘었다.

시라이시 가도로 빠져 경찰서로 향했다. 얼마 전에 트럭에 의해 부서졌던 중앙분리대는 그새 말끔히 보수되어 있었다.

위험한 초보운전

1

크게 핸들을 꺾어 다리 앞에서 좌회전했다. 그 즉시 주위가 어두워졌다. 그래서 순간적으로 속도를 늦췄지만 금세 다시 액셀을 밟았다.

'여기까지 왔으니까 그다음은 일사천리야.'

시계를 보고 남자는 만족스러웠다. 오늘 밤은 생각했던 것보다 빨리 돌아갈 수 있을 것 같다. 보고 싶은 텔레비전 프로그램 시간에도 맞출 수 있다.

D시를 횡단하는 고속도로 옆길은 주요 간선도로로 나가는 데 편리한 지름길이라서 이 지역 운전자라면 누구나 알고 있다. 거리가 한참 가까워지는 데다 신호에 걸리는 일도 없어서 급할 때는 큰 도움이 되는 것이다.

결점은 가로등이 적다는 것과 도로 폭이 좁다는 것이다.

게다가 도로 포장 상태도 그리 좋지 않다. 일방통행이라 차들끼리 마주치는 일은 없지만 이따금 사람이 걸어가기라도 하면 조심조심 운전해야 한다. 오늘처럼 비가 온 뒤에는 곳곳에 물웅덩이가 생기기도 한다.

남자는 전방을 주의해 가며 신나게 차를 몰았다. 오른편으로는 고속도로의 벽이 있고 왼쪽에는 양배추 밭이 펼쳐져 있다. 길은 과도하게 구불구불 굽어 들었다.

잠시 달려가던 차에 남자는 혀를 끌끌 찼다.

'쳇, 하필 재수 없이.'

앞쪽에서 차의 미등이 보였기 때문이다. 서두르던 참이었던 만큼 이 길을 단숨에 빠져나가고 싶었는데 다른 차가 앞을 가로막으면 그럴 수도 없다.

남자는 속도를 유지한 채 앞차로 다가가 브레이크를 밟았다. 앞의 차는 생각보다 훨씬 더 느린 것 같았다. 차를 뒤에 바짝 갖다 붙였는데도 서두르는 기색조차 없었다.

"뭘 꾸물거리고 있어? 여기서 속도를 안 내면 지름길이 아무 의미도 없잖아."

남자는 혼자 투덜거렸다. 하지만 앞차의 뒷유리를 보고, 그는 어떻게 된 일인지 이해했다. 초보운전 스티커가 붙어 있었던 것이다.

"또 초보자야?"

남자는 중얼거렸다. 동시에 심술궂은 장난기가 끓어올랐다. 액셀을 밟아 부우웅 속도를 높였다. 앞차의 꼬리가 바로 눈앞까지 다가왔다. 번호판이 이쪽 차의 보닛에 감춰질 정도였다.

역시나 당황한 모양이다. 앞차가 속도를 올렸다. 차간 거리가 약간 벌어졌다. 그래서 그는 다시금 액셀을 밟았다. 속도계의 바늘이 올라가고 간격은 다시 줄어들었다.

바짝 붙은 채 양쪽 차의 속도는 점점 빨라져 갔다. 커브가 많아서 핸들 조작도 쉽지 않다. 초보운전 스티커를 붙인 운전자가 식은땀을 줄줄 흘리는 꼴을 한번 봤으면 좋겠다고 생각했다.

커브를 돌 때마다 앞차의 정지등이 깜빡거렸다. 그때마다 그도 브레이크를 밟지 않을 수 없었다.

'굼벵이가 따로 없네.'

다음 커브에 접어들기 전 그는 차간 거리를 약간 벌리고 상향등으로 앞쪽 운전석을 비춰 보았다. 차 안에 운전자 외에 다른 동승자는 없는 것 같았다.

다시 전조등으로 겁을 주며 거리를 좁혀 갔다. 이제는 충분히 속도를 내고 있었지만 어느새 그의 목적은 빨리 가는 것이 아니라 운전에 익숙하지 않은 초보운전자를 놀려 먹는 것으로 바뀌어 있었다.

몰아붙이는 것에 화가 났는지 초보운전자 쪽도 마음먹고 액셀을 밟는 모양이었다. 속도가 좀 더 올라갔다.

'내가 놓칠 줄 알아?'

남자도 오른쪽 발에 힘을 주었다.

그때였다.

약간 급한 커브에 접어들자마자 앞의 차가 브레이크를 밟으면서 핸들을 꺾었다. 빗물에 젖은 노면 위에서 타이어가 미끄러지며 비명을 내질렀다.

'헉, 위험해!'

남자가 생각했을 때, 앞차는 미처 커브를 돌지 못하고 타이어를 끌며 바깥쪽으로 쏠렸다.

다음 순간, 거친 소리와 함께 차는 가드레일에 충돌했다.

하지만 그것만으로 끝나지 않았다.

차간 거리를 거의 두지 않았기 때문에 남자 쪽도 대응이 늦어지고 말았다. 급브레이크를 밟았지만 그대로 밀리면서 차 왼편 끝부분이 앞차의 꽁무니를 쳤다. 동시에 엉덩이가 붕 뜨면서 남자는 앞 유리에 머리를 박았다.

가까스로 차가 멈추자 남자는 머리를 문지르며 급히 밖으로 뛰쳐나왔다. 그리고는 가드레일에 충돌한 차로 달려갔다.

운전자는 여자였다. 핸들을 두 손으로 움켜쥐고 그 틈새에 얼굴을 파묻고 있었다.

남자는 멈칫멈칫 유리창을 두드렸다. 한참이나 여자는 전혀 움직임이 없었다. 죽은 건가, 라고 남자는 생각했다. 만일 그렇다면 이제부터 자신은 어떻게 해야 하는지, 급히 머리를 굴렸다. 경찰은 이 상황을 보고 어떤 판단을 내릴까.

그때 여자의 머리가 꿈틀 움직였다. 천천히 머리를 들더니 남자 쪽을 쳐다보았다.

나이는 30대 정도다. 얼굴에 외상은 없었다.

'아, 살아 있네.'

남자는 우선 안도했다.

여자는 그를 올려다보며 뭔가 말을 하는 것 같았다. 가까스로 입을 움직이고 있었다. 그리고 그 눈빛도 뭔가를 호소하는 것 같아서 남자는 흠칫했다.

"에이, 괜찮아. 이제 곧 누군가 달려올 거야."

남자는 그 여자가 아니라 자기 자신에게 변명을 하며 뒷걸음질을 쳤다. 계속 여기에 있다가는 일이 귀찮아지리라는 건 불을 보듯 빤한 일이다.

다행히 자신의 차는 별 이상이 없었다. 남자는 잽싸게 차에 올라타고 서둘러 그 자리를 떠났다.

2

신고를 한 것은 그쪽을 지나가던 중년 운전자였다.

"여기는 어둑어둑한 커브 길이 많아서 바로 옆에 가기 전까지는 알지도 못했어요. 처음에는 누가 주차를 해 놓은 줄 알았다니까. 어이없는 곳에 차를 세웠구나, 하고 나 혼자 투덜거렸는데 사고 차량인 걸 알고는 정말 깜짝 놀랐어요."

"그 밖에 뭔가 못 보셨어요? 다른 차가 지나갔다든가."

교통과 사고처리반의 미카미가 물었다. 중년 남자는 고개를 저었다.

"아니, 못 봤어요. 이 차를 발견한 건 내가 맨 처음 아니겠어요? 안 그러면 더 일찍 신고를 했겠지."

"보통은 그렇죠. 하지만 다들 아저씨처럼 적절한 대처를 해 주는 건 아니니까요."

미카미가 감사 인사를 겸해서 말했다.

"신고도 안 하고 못 본 척 지나간다고? 에이, 그런 사람이 있을까?"

중년 남자는 벗겨진 머리를 쓱쓱 쓸어내렸다.

신고자에 대한 진술 조사를 마치자 미카미는 사고 차량 쪽으로 갔다. 흰색 일반 승용차다. 패밀리카나 주부용 세컨드카로 인기가 높다. 배기량은 1,200cc. 그 차의 왼쪽 앞부분부터 옆면이 찌그러져 있었다.

오늘 아침부터 내린 비로 노면이 젖은 것도 있어서 미처 커브를 돌지 못하고 가드레일을 들이받은 것으로 판단되었다.

"게다가 이런 것도 붙어 있고."

차 뒷유리에 붙은 초보운전 스티커를 손끝으로 툭툭 치면서 미카미는 중얼거렸다. 요즘에는 초보운전자일수록 더 속도를 낸다.

"이봐, 잠깐 여기."

팀장인 시노다 경사가 미카미를 불렀다. 시노다는 키는 작지만 가슴팍이 두툼하고 투박한 분위기를 풍기는 상사다.

"이것 좀 봐."

시노다가 가리킨 것은 오른쪽 측면의 맨 뒤쪽 가장자리 부분이었다.

"움푹 들어갔네요?"

타이어 옆에 쪼그리고 앉아 들여다보면서 미카미는 말했다. 분명히 뭔가 충돌한 흔적이었다.

"왜 이런 곳이 우그러진 것 같아?"

시노다가 물었다.

"왜냐면……. 전에 어딘가에 부딪친 모양이죠. 아니면 다른 차에 받혔거나."

"아니, 아냐." 시노다는 고개를 저었다. "전에 생긴 게 아니야. 이건 얼마 안 된 흔적이라고. 자세히 살펴봐, 페인트 조각이 붙어 있잖아."

그 말을 듣고 미카미는 손전등을 비추고 찬찬히 들여다보았다. 아닌 게 아니라 거뭇거뭇한 차량용 페인트 조각이 달라붙어 있었다.

"그러면 추돌일까요?"

"그럴 거야. 단 그게 이 사고와 어떤 관계가 있는지는 아직 확실치 않아. 사고 차량 옆을 빠져나가려다가 잘못해서 닿았을 수도 있으니까."

"어쨌든 본인에게서 직접 얘기를 들어 보는 게 우선이겠네요."

"그렇지. 가족에게는 연락했어?"

"네, 연락했습니다. 지금 곧 병원으로 출발한다고 했어요."

"그럼 우리도 갈까."

시노다는 몸을 일으켰다.

사고를 낸 여자의 이름은 후쿠하라 에이코였다. 나이는 서른세 살. 운전면허증의 주소로 미카미가 전화를 했다. 예상과는 달리 에이코는 독신이었다. 전화를 받은 사람은 함께 살고 있는 여동생이었다. 사고 얘기를 듣고는 크게 당황해서 어쩔 줄 모르는 기색이었다.

병원에 도착하자 접수처에 들러 상황을 문의했다. 현재 치료 중이고 가족이 대기실에 와 있다고 했다.

미카미와 시노다가 대기실로 가자 한 여자가 자리에서 일어나 인사를 건넸다. 머리가 길고 동양적인 얼굴이었다.

그녀는 후쿠하라 마치코라고 자신의 이름을 밝혔다. 미카미와 통화한 여자였다. 어느 정도 침착성을 되찾은 모습이지만, 얼굴빛은 여전히 좋지 않았다.

"정말이지 믿기지가 않아요." 대기실 벤치에 다시 자리를 잡자 마치코는 우선 그렇게 말을 꺼냈다. "언니가 운전면허를 딴 지 얼마 안 된 건 사실이지만, 그렇기 때문에 운전은 항상 신중하게 하는 편이었어요. 무리하게 속도를 낸 적도 없고, 융통성이 없다고 할 만큼 교통 표지판도 꼬박꼬박 지켰어요."

"그런 걸 융통성이 없다고 하면 안 되지요."

옆에서 시노다가 말했다. 그러자 마치코도 표정이 약간 누그러들었다.

"언니가 이런 사고를 내다니, 아무래도 이상해요. 비 오는 날이라 평소보다 더 속도를 줄였을 텐데."

"하지만 우리가 본 바로는 상당히 속도를 냈어요. 그래서 커브에서 미처 돌지 못하고 미끄러진 거예요."

미카미가 말했지만, 도저히 이해가 안 된다는 듯이 마치코는 고개를 저으며 한숨을 내쉬었다.

"그런 걸 할 수 있는 사람이 아니에요. 뭔가 사정이 있었다고 생각할 수밖에 없어요."

"본인이 어떻게 얘기하는지 들어 봐야겠군요."

미카미의 말에 마치코도 고개를 끄덕였다.

그녀의 말에 의하면, 후쿠하라 에이코는 시립재활센터에서 치료사로 일하고 있다. 그 재활센터는 시의 북단에 있는 자연공원 옆에 있다. 근처에 테니스 코트며 미술관 등이 나란히 이어진 곳이다.

에이코가 운전면허를 딴 것은 두 달 전이라고 했다. 지금까지는 일이 바빠서 자동차 학원에 다닐 틈도 없었지만, 업무량이 불어나면서 점점 귀가 시각이 늦어지고 버스와 전차를 갈아타야 하는 출퇴근이 힘들어져서 마음먹고 내 차를 몰고 다니기로 했다.

차를 구입한 것은 한 달 전이지만 거의 매일같이 타고 다녔기 때문에 운전면허를 따고 몇 년씩 장롱 속에 묵혀 둔 사람보다는 훨씬 운전을 잘할 거라고 마치코는 강조했다.

그런 이야기를 하는 사이에 치료실에서 에이코가 나왔다.

머리와 목에 붕대를 감고 있었다. 간호사의 부축을 받으며 아직 멍한 얼굴이었다.

"언니, 괜찮아?"

마치코가 달려갔다. 에이코는 힘없이 입을 벌렸지만 말은 나오지 않았다.

그 뒤를 따라 의사가 나왔다. 마흔이 넘은, 인텔리 느낌의 남자였다. 미카미와 시노다 쪽을 흘끔 쳐다보더니 눈짓을 보내왔다.

"어떻습니까?"

시노다가 물었다. 의사는 심각한 얼굴이었다.

"생각했던 것보다 가벼운 부상이고 뼈에도 이상은 없는데……."

"무슨 다른 문제라도?"

"머리가 무겁고 아프다고 하는군요. 게다가 의식도 또렷하지 않은 것 같아요. 엑스레이 사진을 찍어 봤는데……."

"진술 조사는 가능할까요?"

"짧은 시간이라면 괜찮아요. 하지만 간호사의 지시에 따라 주세요. 뭔가 생각하는 게 힘든 모양이니까."

알겠습니다,라고 시노다는 대답했다.

2, 3일 입원이 필요하다는 의사의 판단에 따라 에이코는 병실로 옮겨졌다. 마음에 걸리는 것은 병실 침대에 앉혀질 때까지 그녀가 한마디도 하지 않았다는 것이었다.

"후쿠하라 씨, 잠깐 괜찮겠습니까? 사고에 대해 몇 가지 질문을 했으면 하는데요."

시노다가 에이코의 얼굴을 들여다보며 말했다. 하지만 그
녀의 얼굴에는 어떤 반응도 떠오르지 않았다. 게다가 바로
앞에 있는 경찰관이 보이지 않는 것처럼 눈의 초점이 맞지
않았다.

"후쿠하라 씨."

다시 한번 시노다가 이름을 불러 보았다. 하지만 표정은
똑같았다.

옆에 서 있던 마치코도 말을 건넸다.

"언니, 정신 좀 차려 봐."

그러자 가까스로 에이코의 얼굴이 움직였다. 그녀는 고개
를 돌려 마치코를 보더니 꿈을 꾸는 듯한 눈빛으로 말했다.

"얘, 내가 왜 이런 곳에 와 있지?"

3

"부분적인 기억상실이라고나 해야 하나."

다음 날 아침 일찍, 현장 검증에 대한 보충 조사를 하면서
시노다가 말했다. 후쿠하라 에이코 얘기다. 어제 그녀는 결
국 사고에 대해 어떤 진술도 하지 못했다. 사고에 관한 것뿐
만이 아니었다. 최근 일주일 정도의 일을 전혀 기억하지 못
하고 있었다.

"의사가 정신적인 이유 때문일 거라고 했지요?"

그래서 시간이 지나면 서서히 기억이 되살아날 것이라는 얘기였다. 그다지 자신 있는 말투는 아니었지만 그 의사로서도 이런 증세를 맞닥뜨린 건 처음일지 모른다.

"근데 말이야……." 타이어가 미끄러진 흔적을 조사하던 시노다가 약간 심각한 얼굴이 되어서 말했다. "후쿠하라 에이코의 차가 미끄러진 흔적은 그렇다고 치고, 또 하나 다른 차의 흔적도 있었잖아. 위치가 전혀 다르고 타이어 간격도 달라."

"추돌했던 차일까요?"

"분명 그럴 거야. 그 차는 여기쯤에서 미끄러져서 먼저 사고를 낸 후쿠하라 에이코의 차를 쳤어. 직접적인 가해자라고 단정할 수는 없지만, 이건 그냥 넘어갈 수 없어. 후쿠하라 에이코의 진술 여하에 따라서는 그 페인트 조각으로 누군지 밝혀내는 작업을 서둘러야 할 것 같아."

그런 번거로운 일은 제발 없었으면 좋겠다,라고 시노다의 흐려진 표정이 말하고 있었다.

현장 조사를 마친 뒤, 미카미 혼자 다시 병원을 찾았다. 어쨌든 한시바삐 에이코에게서 진술을 듣고 싶었던 것이다.

병실에서는 마치코가 언니를 돌봐 주고 있었다. 간밤에 일단 집에 돌아갔다가 오늘 아침에 갈아입을 옷가지 등을 챙겨 다시 나왔다고 한다. 마치코는 다른 병원에서 간호사로 일하고 있다고 했다. 역시나 환자를 돌봐 주는 게 능숙

했다. 게다가 어제에 비해 오늘은 한결 침착해진 것 같았다. 부지런히 움직이는 마치코를 보면서 자매 둘이 사는 것도 나쁘지 않겠다고 미카미는 내심 감탄했다. 남자 형제간에는 이런 게 안 된다.

"좀 어때요?"

침대에 누워 있는 에이코에게 말을 건넸다. 그녀는 대답 없이 불안한 기색으로 검은 눈동자만 굴릴 뿐이었다. 그 대신 마치코가 안타깝다는 듯이 말했다.

"몸 상태는 나쁘지 않대요. 근데 기억은 여전히 돌아오지 않는 것 같아요."

"그렇습니까. 후쿠하라 씨의 진술을 듣지 못하면 우리도 어떻게 손을 써 볼 수가 없어서 난감하네요."

"목격한 사람은 없었나요?"

마치코의 질문에 미카미는 얼굴을 살짝 찡그리며 대답했다.

"이 지역 주민 외에는 거의 이용자가 없는 도로거든요. 게다가 고속도로 벽과 채소밭이 좌우를 둘러쌌고 민가와는 한참 떨어진 곳이라 웬만큼 큰 소음도 알아듣기가 어려워요."

그의 설명에 마치코는 말없이 고개를 끄덕였다.

"하지만 딱 한 가지, 가능성이 있습니다." 미카미는 퍼뜩 생각이 나서 말했다. "후쿠하라 씨의 차량 뒷부분에 누군가 들이받은 흔적이 있었어요."

"들이받아요?"

"하지만 그게 직접적인 사고 원인은 아니고, 후쿠하라 씨가 사고를 낸 다음에 들이받은 모양이에요. 어쨌든 그 차의 운전자를 찾아봐야 할 것 같은데."

"그 사람을 알아보는 데는 시간이 얼마나 걸릴까요?"

"글쎄요, 후쿠하라 씨가 직접 진술을 해 주면 일이 빨라질 텐데, 안 그러면 상당히 애를 먹을 것 같아요. 해당 차량의 페인트 조각이 남아 있으니까 그걸로 차종과 연식 정도쯤은 밝혀지겠지만."

"차종과 연식……."

마치코는 창밖으로 시선을 던지며 중얼거렸다.

병실을 나온 뒤, 미카미는 담당 의사를 찾아갔다.

"뇌파에도 별 이상은 없어요. 엑스레이 결과도 마찬가집니다. 이건 심리적인 게 원인이에요."

후쿠하라 에이코의 증세에 대해 의사는 그렇게 설명해 주었다.

"다시 떠올리기도 싫어서 기억을 거부하는 건가요?"

미카미는 생각난 것을 말해 보았다.

"네, 그럴 수도 있죠. 사고 순간의 공포감이 상당히 컸던 모양이니까."

의사는 애매한 대답을 할 뿐이었다.

미카미는 경찰서에 돌아와 그런 내용을 보고했다.

"이것 참, 어쩔 수가 없네."

시노다도 포기한 얼굴로 고개를 끄덕였다.

조서를 작성하지 못하는 건 골치 아픈 일이지만 현재로

서는 별반 번거로운 문제도 없었다. 현장 검증만 보자면 자손사고라는 게 명백하고, 누군가 사망한 것도 아니다. 현재 후쿠하라 에이코의 증세가 특이하긴 하지만, 냉정하게 말하자면 앞으로 살아가는 데 큰 지장은 없다. 즉, 이번 사고는 그다지 복잡한 절차를 밟을 것도 없이 해결될 터였다.

유일한 문제점은 추돌 차량이었지만, 그 건은 아무래도 적극적인 수사에 들어갈 것 같지는 않았다. 설령 그 차를 밝혀내고 운전자를 찾아낸다고 해도 어떤 책임을 지게 해야 할지가 어려운 문제인 것이다. 눈앞에서 사고가 일어나는 바람에 급하게 브레이크를 밟았는데 미처 피하지 못하고 부딪쳤다,라고 해 버리면 그걸로 끝이기 때문이다.

"이건 '기억 기다리기'라고 해야 하나."

시노다가 말했다. 그 표현이 재미있어서 미카미는 피식 웃었다.

4

세 군데의 신문을 모두 사서 읽어 봤지만 간밤에 일어난 사고에 대한 기사는 없었다. 아마 사망사고는 아니었던 모양이다.

'후유, 다행이다.'

남자는 신문을 접어 놓고 안도의 한숨을 쉬었다. 사람을 치고 뺑소니를 친 것은 아니지만, 그런 식으로 관계가 있었던 만큼 사망했다고 하면 아무래도 꿈자리가 사나웠을 것이다.

'살짝 들이받은 것뿐인데, 뭘.'

사고 차량에 자신의 차가 부딪쳤던 순간이 생각났다. 뭔가 흔적이 남았을 가능성은 충분히 있었다. 자칫 사망사고였다면 경찰도 핏대를 올리며 어떤 차인지 찾아 나섰을 것이다.

아무튼 다행이다,라고 그는 다시 한번 입속에서 중얼거렸다.

세 가지 신문을 다시 한번 훑어보았다. 이렇게 열심히 신문을 읽어 본 건 난생처음이다. 하긴 사회면을 들여다본 것뿐이지만.

오늘은 신문마다 사회면 기사 내용이 똑같았다. 며칠 전에 행방불명된 4세 여아의 사체가 발견되었다는 뉴스다. 사망한 지 일주일에서 열흘쯤 된 것으로 추정된다고 한다. 가슴을 예리한 칼로 찔렸다. 발견되었다는 강변을 확인하고 남자는 깜짝 놀랐다. 자신이 자주 드나드는 곳 근처였다.

'이렇게 가까운 곳에서 그런 잔혹한 사건이 일어났어? 세상 참, 무섭네.'

물론 제삼자로서 그는 그런 느낌에 젖어들었다.

5

사고가 발생하고 나흘이 지났다.

미카미에게 연락을 해 온 것은 후쿠하라 마치코였다. 지금
자신의 집에 와 달라는 것이었다. 에이코는 어제 퇴원해서
집에 돌아갔었다. 미카미는 시노다와 함께 즉각 달려갔다.

베이지색 벽돌집을 모방한 연립주택의 4층이 후쿠하라
자매의 집이었다. 미카미와 시노다가 도착하자 마치코는 거
실로 안내해 주었다. 여자들끼리 사는 집답게 구석구석까지
깔끔하게 청소의 손길이 닿아 있었다.

거실 소파에는 에이코가 앉아 있었다. 아직 파자마에 가
운만 걸친 차림새다. 그래도 상당히 회복된 기색이고, 눈빛
도 며칠 전처럼 멍하지는 않았다. 미카미와 시노다를 보자
또렷한 소리로 인사도 건넸다.

"뭔가 생각난 거예요?"

자매의 얼굴을 번갈아 바라보며 미카미가 물었다. 마치코
가 고개를 끄덕였다.

"아직 완전하지는 않지만, 단편적으로 기억이 돌아왔나
봐요."

"사고와 관련된 기억이?"

"네, 근데 그게……."

마치코는 말하기가 난처한 듯 언니를 돌아보았다.

"얘기해 봐요, 우선 기억나는 것만이라도."

시노다가 에이코를 재촉했다. 그러자 그녀는 두 경찰을 빤히 바라보다가 고개를 툭 떨구더니 이윽고 뭔가 결심한 것처럼 얼굴을 들었다.

"그날 밤에 나는…… 살해될 뻔했어요."

마치코에 비하면 허스키한 목소리였다. 재활센터에서 큰 소리로 환자를 다뤄야 하기 때문인가, 라고 미카미는 한순간 엉뚱한 생각을 했고, 그다음에야 그녀의 말이 어떤 의미인지 이해했다.

"응? 이게 무슨 얘기지?"

시노다의 반응도 상당히 느렸다. 머리 회전이 둔한 두 경찰에게 에이코는 책이라도 읽는 듯한 말투로 되풀이했다.

"하마터면 살해될 뻔했어요. 내가 차를 운전할 때, 뒤에서 공격했어요."

"그럴 리가요. 왜 후쿠하라 씨를?"

미카미가 물었다.

"왜인지는 모르겠어요. 하지만 누군가 내 목숨을 노린 건 확실해요."

그렇게 말하고 에이코는 겁에 질린 듯 어깨를 움츠렸다.

"좀 더 자세히 얘기해 줄 수 있어요?"

시노다의 말에 미카미도 몸을 앞으로 내밀었다.

에이코의 진술에 의하면 위험한 일을 당한 것은 이번이 처음이 아니었다. 열흘 전쯤부터 최소한 세 번은 누군가 자신을 노렸다고 한다. 첫 번째는, 그녀가 잠깐 차에서 내린 사이에 누군가 브레이크 페달 밑에 빈 주스 캔을 끼워 넣었다. 그때는 속도를 내기 전에 미리 눈치를 챘기 때문에 클러치와 핸드브레이크로 차를 멈출 수 있었지만, 자칫 내리막길에라도 접어들었다면 목숨이 오락가락할 뻔했다.

두 번째는 한창 운전하는 중에 갑자기 큰 소리와 함께 뭔가가 앞 유리를 쳤다. 급하게 차를 세우고 내려 보니 도로 위에 벽돌이 나뒹굴고 있었다. 누군가 도로가에 숨어 있다가 에이코의 차를 향해 던진 것 같았다. 그녀는 근처를 한참 찾아봤지만 사람의 자취는 이미 사라지고 없었다. 그때도 자칫 앞 유리가 깨졌다면 어떤 큰 사고로 번졌을지 알 수 없었다.

그리고 세 번째가 며칠 전의 사고였다.

"뒤에서 엄청난 속도로 몰아붙였어요. 게다가 전조등을 번쩍번쩍 비추는 거예요. 처음에는 단순히 놀리려는 거라고 생각했는데, 그전에 두 번씩이나 그런 일이 있었잖아요. 너무 무서워서 나도 자꾸 속도를 낼 수밖에 없었어요. 커브 길로 들어섰는데도 뒤차는 계속 똑같은 속도로 덮쳤어요. 내 차를 밀치려고 한 게 분명해요. 정신없이 도망치려다가 커브 길 앞에서 나도 모르게 순간적으로 브레이크를 밟아 버렸어요. 그 바람에 이런 사고를 내고……."

그때 일을 떠올리자 오싹했는지 에이코는 자신의 두 팔을 비볐다. 마치코가 그녀의 어깨에 카디건을 덮어 주었다.

"어떤 차였는지, 그때 그것만 확인했어도 좋았을 텐데, 도저히 그럴 여유도 없었어요."

억울하다는 듯 에이코는 입술을 깨물었다.

"흠, 그렇군요."

시노다는 끄응 신음하며 미카미를 돌아보았다. 어떻게 해석해야 할지 난감하다는 얼굴이었다.

"단순한 우연이었던 거 아니에요?" 이윽고 시노다가 말했다. "빈 캔이 굴러다니다 브레이크 페달 밑에 끼는 건 요즘 흔한 사고 원인 중 하나예요. 우리도 운전자들에게 항상 주의해 달라고 얘기하고 있으니까요."

"아뇨, 전혀 본 적도 없는 캔이었어요." 작은 목소리지만 에이코는 단호하게 부정했다. "게다가 벽돌이 우연히 날아오다니, 그럴 수는 없잖아요. 며칠 전 사고만 해도 그래요, 명백히 살의를 품고 저지른 짓이었어요."

그녀가 두려워하는 것도 이해할 만했다. 잇따라 그런 일을 겪었다면 단순한 우연이라고는 생각할 수 없을 것이다.

시노다는 몇 번이나 고개를 끄덕인 뒤에 미카미의 귓가에 대고 슬쩍 말했다.

"일이 커져 버렸네. 이건 우리 선에서 처리하기가 어려워."

"어떻게 하죠?"

"형사과에 맡기자고. 경찰서에 연락해."

미카미는 현재의 부서에 배속된 지 4년째지만 형사과와 함께 일하는 건 이번이 처음이었다. 시노다 선배도 이런 경험은 많지 않을 것이다.

형사과에서 나온 사람은 사이토라는 형사였다. 시노다와 비슷한 나이로 보였지만 키는 훨씬 더 컸다. 그리고 역시나 눈매가 날카로웠다.

사이토는 에이코에게서 다시 한번 진술을 받았다. 그리고 열흘 사이에 세 번이나 위험한 일을 당했다는 얘기에 그의 얼굴은 더욱더 험악해졌다.

"누가 노리는지, 짐작 가는 건 없어요?"

사이토 형사가 물었다. 그러자 에이코는 기억을 더듬는 것처럼 고개를 갸우뚱했지만, 이윽고 두 손으로 머리를 잡고 힘겹게 말했다.

"안 돼요. 아직도 머릿속이 흐릿하고 생각이 안 나요."

그녀의 모습에 사이토는 난처한 듯 한숨을 쉬었다.

그러자 마치코가 언니를 향해 말했다.

"언니, 그러고 보니 열흘 전쯤에 이상한 얘기를 했었잖아."

"이상한 얘기?"

에이코가 얼굴을 들고 여동생을 바라보았다.

"미술관 옆의 숲속이라고 했지? 언니가 거기서 뭔가 봤다고 했었어."

마치코의 말을 듣고 에이코는 미간을 찡그렸다. 그리고 두통을 견디려는 듯 눈두덩을 손끝으로 꾸욱 눌렀다.

그 상태로 잠시 움직임을 멈추더니 이윽고 아아, 하고 신음하는 듯한 소리를 냈다.

"그거 말이구나. 하지만 그건 이번 사건과 별로 관계가 없는데……."

"아니, 언니가 위험한 일을 당하기 시작한 건 그때부터였어. 그러니까 어쩌면 관계가 있을지도 몰라."

그렇게 자매간의 대화가 이어졌다.

그 의미심장한 이야기에 흥미를 느꼈는지 사이토가 의자에서 앉음새를 바로잡으며 말했다.

"무슨 일인지 자세히 좀 얘기해 줄래요?"

사이토의 질문에도 에이코는 마치코와 경찰의 얼굴을 멍하니 쳐다보기만 했다. 하지만 잠시 뒤에 결심을 했는지 꾸벅 고개를 끄덕였다.

"열흘 전의 일이에요. 일이 끝나고 항상 하던 대로 내 차를 타고 재활센터를 나왔어요." 낮은 목소리지만 비교적 또렷한 발음으로 에이코는 이야기를 시작했다. "그게 아마 밤 9시쯤이었을 거예요. 미술관 앞을 지나가는데 콘택트렌즈가 어긋나서 눈이 까끌까끌 불편했어요."

"콘택트렌즈가?"

"네, 제가 눈이 나빠서요. 그대로는 운전하기가 힘들어서 일단 갓길에 차를 세웠어요. 그런데 거울을 보면서 렌즈를 다시 끼울 때, 숲속 안쪽에서 짧은 비명 소리 같은 게 들렸어요."

"비명? 여자의?"

미카미는 자기도 모르게 옆에서 말을 보탰다.

"네, 그랬던 것 같아요." 에이코는 자신 없는 듯이 말했다. "그래서 좀 무섭긴 했지만 용기를 내서 확인해 보기로 했죠. 그쪽으로 갔더니 숲속에서 누군가 웅크리고 있는 게 보이더라고요. 혹시 속이 안 좋아서 허리를 숙이고 있나 싶어서 왜 그러냐고 말을 걸었어요. 그랬더니 그 사람이 벌떡 몸을 일으키고 이쪽을 쳐다봤어요. 놀랍게도 그 사람 밑에 누군가 또 한 명이 더 있는 거예요. 그래서 뭔가 민망한 장면을 목격한 모양이라고 생각했죠. 커플이 함께 있는데 내가 방해를 했나, 하고."

자신이 에이코의 입장이었어도 똑같이 느꼈을 거라고 미카미는 옆에서 들으면서 생각했다.

"그래서 어떻게 했어요?"

사이토 형사가 물었다.

"거기 있기가 거북해서 서둘러 내 차로 돌아왔죠. 그러고는 곧바로 그 자리를 떴어요."

그냥 그것뿐이에요,라고 에이코는 이야기를 마무리했다.

사이토 형사는 팔짱을 끼고 잠시 생각에 잠겨 있다가 입을 열었다.

"그때 상대에게 얼굴을 들킨 것 같아요?"

에이코는 고개를 갸우뚱했다.

"네, 어쩌면 봤을 수도 있어요. 근데 잘은 모르겠어요."

"상대의 얼굴은 봤어요?"

"아뇨, 못 봤어요."

"뭔가 특징 같은 것은?"

"글쎄요……."

에이코는 손을 뺨에 대고 어딘가 먼 곳을 보는 눈빛이었다. 하지만 잠시 뒤에 뭔가 떠올랐는지 아, 하고 입이 살짝 벌어졌다.

"왜요?"

사이토가 에이코의 얼굴을 지켜보았다. 그녀는 허공을 응시한 채 말했다.

"어쩌면 한 명은 어린애였는지도 모르겠어요. 밑에 있었던 사람이 아주 작았던 것 같아요."

"어린애?" 한순간 사이토의 눈빛이 번뜩였다. "남자애예요? 아니면……."

에이코는 답답하다는 듯 머리를 흔들더니 두 손으로 얼굴을 가려 버렸다.

"모르겠어요. 그런 것까지는 도저히 기억이 안 나요."

"그러면 혹시 숲속의 어디쯤인지, 지금 정확히 짚어 줄 수 있어요?"

이 질문에 에이코는 한참이나 생각에 잠겼지만 이윽고 가녀린 목소리로 대답했다.

"지금은 생각이 안 나요. 하지만 실제로 나가 보면 알 것 같기도 해요."

6

'엇, 이상하다?'

가방 속을 몇 번이나 뒤적거렸다. 하지만 눈에 띄지 않았다. 다른 곳에 넣어 둔 기억은 없다. 반드시 이 안에 들어 있어야 하는 물건이다.

리스트밴드가 없는 것이다.

땀을 막기 위해 손목에 차는 밴드다. 테니스를 칠 때는 필수품이다. 그게 한 짝이 눈에 띄지 않았다.

아니, 정확히 말하면 한 짝만 어느 틈에 다른 것으로 바뀌었다. 상당히 비슷하지만 미묘하게 색감이 다르다. 게다가 이니셜도 없다.

사흘 전까지는 분명히 있었다. 탈의실에서 옷을 갈아입을 때, 양쪽에 이니셜이 찍혀 있는 것을 확인했던 기억이 있다. 그것을 끼고 코트에 나갔을 터였다.

'아니, 아니지.'

전반부 연습을 마친 뒤에 풀어 놓은 기억이 났다. 풀어서 어디에 두었더라? 무의식중에 내려놓았을 테니까 아마도 가방 위였을 것이다.

그다음에 어떻게 했는가.

'어휴, 생각이 안 나.'

남자는 머리를 흔들었다. 아끼던 물건이라서 미련이 남았지만 어쩔 수 없었다. 아마 누군가 자기 것으로 착각하고 바꿔 간 모양이다. 나중에 다시 가져오기를 기대하는 수밖에 없다.

'사흘 전이라면 일반 손님도 많았었는데.'

그날의 정경을 머릿속에 떠올렸다. 별로 본 적이 없는 여성 손님들이 여러 명 코트에 나와 있었다.

'에이, 설마 그런 땀 냄새나는 리스트밴드를 누가 일부러 가져가겠냐.'

자신의 상상에 그는 스스로 쓴웃음을 지었다.

7

후쿠하라 에이코가 수상한 사람을 목격했다는 숲속은 다음 날 즉각 수색이 시작되었다. 울창하게 나무가 우거진 장소로, 밤이라면 외부에서 거의 보이지 않을 것으로 추측되었다.

수사원들이 에이코의 증언을 덥석 받아들인 데는 물론 이유가 있었다. 며칠 전에 발각된 유아 살해사건과 관계가 있을 만한 정보라고 판단했기 때문이다.

에이코가 목격한 것은 두 사람이었고 게다가 한쪽은 작았던 것 같다고 증언했다. 그러니 작은 쪽이 살해된 소녀일 가능성을 배제할 수 없었다.

이윽고 수사원들은 현장에서 오염된 천 조각을 발견했다.

손수건 정도 크기로, 반절 가까이가 검은 얼룩으로 뒤덮여 있었다. 그 얼룩의 정체가 무엇인지, 감이 예리한 수사원들은 감식과의 의견서를 기다릴 것도 없이 이미 짐작하고 있었다.

"후쿠하라 에이코가 목격한 사람이 역시 유아 살인범이었던 모양이야."

미카미가 보고서를 작성하고 있을 때, 시노다가 옆으로 바짝 다가와 말했다.

"확실한 겁니까?"

"아니, 아직 확실한 건 아니지만 가능성이 상당히 높은 것 같더라고."

시노다에 의하면 수사팀이 아연 활기를 띨 만한 정보가 나왔다고 한다. 그 숲속에서 발견된 천 조각의 얼룩은 역시 혈흔이었던 것이다. 게다가 살해된 소녀와 똑같은 AB형이었다.

"그러면 그 범인이 후쿠하라 에이코에게 자기 얼굴을 들켰다고 생각해서⋯⋯?"

"그렇지. 사실 에이코 씨는 얼굴을 못 봤는데, 그 범인 입장에서는 안심할 수가 없었을 거야. 그래서 에이코 씨를 살해하기로 마음먹었던 모양이지."

차를 홀짝홀짝 마시면서 시노다가 말했다.

"하지만 에이코 씨는 이번 사고가 나기 전에는 어디에도 그런 얘기를 한 적이 없어요. 그러니까 범인으로서는 조금 더 상황을 지켜보는 게 나았을 텐데요?"

"아니, 그게 바로 범죄자의 심리야."

시노다는 빤히 알 만하다는 얼굴로 책상을 타악 쳤다.

"에이코 씨가 어디에도 얘기를 안 한 것은 아직 그 사건이 발각되지 않았기 때문이라고 생각했겠지. 사건이 발각되었을 때, 아, 그러고 보니 그날 밤 그 장소에서 이러저러한 사람을 봤었다,라고 경찰에 가서 말해 버리면 큰일이라고 지레 겁을 먹은 거라고."

"그런 건가……."

어딘가 석연치 않은 얘기여서 미카미는 순순히 고개를 끄덕일 수 없었다.

"그건 그렇고, 그 페인트 조각으로 차종을 알아냈어."

시노다가 문득 생각난 듯이 말했다. 그의 말에 의하면 작년에 모 자동차 회사에서 발매한 스포츠 타입의 차라고 한다.

"젊은 층에게 인기가 있지만 신차 등록 대수는 아직 많지 않아. 우리 지역으로만 범위를 좁히면 기껏해야 수십 대 정도 수준이야."

"그러면 한 대 한 대 이 잡듯이 알아봐도 그리 힘들지는 않겠네요."

미카미의 대답에 시노다는 약간 목소리를 낮추며 말했다.

"아니, 그럴 필요도 없을 만한 얘기를 내가 형사과 쪽에서 듣고 왔어."

8

'이건 말도 안 돼.'

신문을 든 손이 파르르 떨렸다. 남자는 신문 사회면을 보고 있었다.

유아 살해사건의 중요한 단서를 찾았다는 기사가 거기에 실려 있었다. 새롭게 귀중한 증인이 나왔다는 내용이었지만, 그 증인이 이름을 밝히고 나설 때까지의 경험이라는 기사를 읽고 남자는 화들짝 놀랐다.

벌써 몇 번이나 증인의 목숨을 노렸다는 것이다.

아니, 그것까지는 괜찮다. 문제는, 며칠 전에도 차를 운전하던 중에 공격을 받아 사고를 당했다는 부분이었다. 그 부분을 읽어 보니 틀림없이 며칠 전의 그 사고를 가리키는 것이었다.

"마, 말도 안 돼!"

이번에는 소리를 질렀다. 그건 단순한 사고 외엔 아무것도 아니었다. 목숨을 노렸다니, 이건 완전히 잘못 건너짚은 얘기다.

하지만 기사를 읽어 볼수록 경찰이 유아 살해사건과 며칠 전의 사고를 하나로 엮어서 생각하는 것 같았다. 둘 다 동일인의 범행이라는 뉘앙스인 것이다.

'헉, 큰일났네.'

이대로 가만히 있다가는 자신에게 혐의가 씌워질지도 모

른다. 그렇다고 내가 그랬노라고 냉큼 나설 수도 없다.

'대체 어떻게 해야 되는 거야.'

입술을 악물었을 때, 문을 두드리는 소리가 들려왔다. 그는 자리에서 일어나 현관의 걸쇠를 풀었다. 문 앞에 두 명의 남자가 서 있었다. 양쪽 다 인상이 별로 좋지 않았다.

"경찰에서 나왔습니다. 모리모토 쓰네오 씨죠?"

앞에 있던 키 작은 남자가 말했다. 꿈틀, 심장이 크게 뛰었다.

"네, 그런데요."

"며칠 전에 ××고속도로 옆 도로에서 사고가 났었는데, 알고 있어?"

역시 그 일로 찾아온 것이다. 어설프게 시치미를 떼 봤자 소용없다고 그는 판단했다.

"죄송합니다. 실은 그때 곧바로 신고하려고 했었어요."
쓰네오는 머리를 긁적이고 억지웃음을 지어 가며 말했다. "근데 제가 좀 급했거든요. 그리고 그 사람도 괜찮은 것 같아서 그대로 와 버렸어요."

하지만 두 명의 형사는 한 번 빙긋 웃어 주는 것도 없이 말했다.

"그럼 그 차 뒤에 따라붙었던 것은 인정하는 거네?"

키 작은 형사가 무표정한 얼굴로 물었다.

"네, 그건 인정해요. 하지만 신문에 실린 얘기는 거짓말이에요. 내가 그 사람을 살해하려고 했다니, 말도 안 되는……."

"하지만 상당히 난폭하게 운전했다고 하던데?"

몸집이 크고 얼굴이 험상궂은 형사가 옆에서 말을 보탰다.

"아니, 난폭한 건 아니고요. 그 정도는 누구라도 하잖아요. 그 사람이 사고를 낸 건 운전이 서툴렀기 때문이에요. 게다가 내가 관련된 건 그 사고뿐이고, 목숨을 노렸다는 것과는 전혀 관계가 없어요."

쓰네오는 열심히 항변했다.

"흐흥, 그래?"

험상궂은 얼굴의 형사가 한 걸음 앞으로 쓱 나섰다.

"좋아, 그건 그렇다고 치고, 지지난주 수요일과 금요일 밤에 어디 있었어?"

갑자기 전혀 다른 질문을 던졌다. 쓰네오는 당황해서 눈이 휘둥그레졌다.

"뭡니까, 그건?"

"뭐든 됐으니까 대답부터 해. 어디 있었어?"

위압적이었다. 여기서 대들었다가는 괜히 일이 더 커지겠다고 판단했다.

"수요일과 금요일이라면 테니스 스쿨에 갔었어요. 아르바이트로 테니스 코치 일을 하고 있거든요."

"어떤 테니스 스쿨?"

"가와이에 있는 테니스 스쿨인데요."

"오호." 험상궂은 얼굴의 형사가 고개를 끄덕였다. "거참,

우연이네."

"우연? 뭐가요?"

"살해 위협을 당한 그 여자의 직장도 가와이에 있거든. 일 끝나고 집에 가는 길에 두 번이나 위험한 일을 겪었어."

"그래요? 정말로 우연이네요."

"그것뿐만이 아니야." 형사는 성큼 한 걸음을 내딛고 쓰네오의 코끝에 얼굴을 바짝 들이댔다. "게다가 그게 지지난 주 수요일과 금요일이었어."

"자, 잠깐만요." 쓰네오는 자신의 얼굴에서 핏기가 스르륵 빠지는 것을 느꼈다. "그것도 정말 우연이에요. 나는 아무 짓도 안 했어요. 아니, 애초에 내가 왜 아무 관계도 없는 사람의 목숨을 노립니까?"

그러자 형사는 으스스한 웃음을 지으며 나지막한 목소리로 말했다.

"당신, 신문을 봤다면서? 봤다면 거기에 다 적혀 있었을 텐데?"

형사가 하려는 말이 무엇인지 쓰네오도 이해했다.

"나는 여자애를 죽이지 않았어요. 어떻게 그런 말을 합니까, 나한테?"

"그럼 또 한 가지 묻겠는데, 그 주의 월요일에는 어디에 있었지? 그 여자가 수상한 놈을 목격했다고 한 날이야."

"월요일?" 쓰네오는 절망적인 기분으로 고개를 저었다. "그날도 테니스 스쿨에 있었어요. 월수금이 내 담당이에요.

하지만 그렇다고 꼭 그 사람이 나인 것은 아니잖아요?"

"그건 뭐, 그렇지. 하지만 당신이 그 숲속에 들어갔었다는 증거가 있어."

형사는 상의 호주머니에서 비닐봉지를 꺼냈다. 그곳에 들어 있는 물건을 보고 쓰네오는 하마터면 비명을 지를 뻔했다. 며칠 전부터 찾고 있던 리스트밴드였다.

"그, 그게 어디에?"

"어디였을 것 같아?"

형사가 씨익 웃으며 물었다. 쓰네오는 고개를 저었다.

"문제의 숲속이야. 혈흔이 묻은 천 조각 옆에 떨어져 있었어. 그래서 우리가 근처 테니스 스쿨을 다 조사해 봤어. 이 리스트밴드, 당신 것이지? T·M이라는 이니셜까지 있어, 쓰네오 모리모토. 그 참에 당신 차를 조사해 봤는데 최근에 추돌한 흔적도 있었고, 사고 현장에서 발견된 페인트 조각과 차종도 일치했어."

"아니, 아니에요. 그건 이래저래 사정이 있어서……."

"사정이 있다는 건 우리도 잘 알지." 키 작은 형사가 쓰네오의 겨드랑이 밑에서 목소리를 냈다. "그러니까 그 사정이란 것을 경찰서에 가서 얘기해 보자고."

"그게 아니라 나는 진짜 아무 짓도 안 했어요."

"그건 아니지. 실제로 남의 차를 들이받았잖아?"

"그러니까 그건 상대가 사고를 내는 바람에……."

"당신이 뒤에서 엄청난 기세로 위협했다고 하던데? 살의를 느꼈다고 했단 말이야."

"그럴 리가 없어요. 그야 약간 겁을 주기는 했지만 그런 사고가 날 줄은 꿈에도 생각을 못했다니까요."

"글쎄 왜 겁을 줬느냐고!"

험상궂은 얼굴의 형사가 더욱더 얼굴을 일그러뜨렸다.

"왜냐니, 그거야 상대가 너무 느릿느릿 달리니까……. 게다가 초보운전 스티커가 붙어 있어서 잠깐 놀리려던 것뿐이었어요."

"지금 우리를 놀리나?"

형사가 쓰네오의 멱살을 잡았다. 엄청난 힘이어서 두 다리가 들릴 뻔했다.

"초보운전 스티커가 붙어 있어서 놀리려고 했다고? 그게 말이 된다고 생각해? 초보 스티커는 안 붙였지만, 당신도 면허 따고 겨우 1년밖에 안 됐잖아!"

9

"그 남자, 체포됐대."

마치코가 바깥에서 돌아오자마자 말했다. 신이 난 듯 목소리가 통통 튀었다.

에이코는 말없이 고개를 끄덕이고 스테레오의 스위치를 켰다. 스피커에서 모차르트가 흘러나왔다. 그것을 들으면서 한마디 중얼거렸다.

"당연하지."

"그래도 이렇게 잘 풀릴 줄은 생각도 못했어. 역시 언니는 대단해. 계획이 완벽했다는 얘기잖아."

마치코의 말에 에이코는 후훗 웃음을 흘렸다. 그리고 다시 눈을 감았다. 그러자 그날 밤의 공포감이 다시금 뇌리에 되살아나는 것 같았다.

사고를 당한 순간에 느낀 공포감이다. 뒤쪽에서 몰아붙이는 바람에 저도 모르게 속도를 올렸지만, 타이어가 미끄러지면서 가드레일과 충돌한 순간, 이제 죽었구나,라고 생각했다. 충돌 직전의 몸이 붕 뜨는 듯한 감각과 충돌 순간에 온몸을 덮친 충격, 지금 다시 생각해도 부들부들 몸이 떨린다.

남에게 그렇게 큰 공포를 떠안겼으면서 그자는 부상당한 사람을 구조하지도 않고 도망쳐 버렸다. 뭔가 말을 하는 것 같았지만, 입가에는 희미한 웃음까지 떠 있었다.

그자가 발길을 돌렸을 때, 바람막이 등짝에 테니스 스쿨 이름이 찍혀 있었다. 그걸로 그 테니스 스쿨과 관련된 사람이라는 것을 알았다.

구조되어 치료를 받는 동안, 에이코는 작전을 짰다. 그자에게 복수하기 위한 작전이다. 자신이 얼마나 비열한 짓을 했는지, 똑똑히 알려 주지 않으면 안 된다.

기억상실로 위장했던 것은 시간을 벌기 위해서였다. 충분한 계획을 세우지 않은 채로 경찰에 진술을 해 버리면 그다음 행동에 나설 수 없게 된다. 물론 마치코에게는 일찌감치 털어놓았다.

유아 살해사건이 근처에서 일어났다는 게 마침맞게 눈에 띄었다. 거꾸로 말하면 그자에게는 큰 불행이었다고나 할까. 그 사건과 관계가 있다고 하면 경찰도 눈을 붉히고 열심히 수사를 해 줄 터였다.

마치코가 알아봐 준 덕분에 사고 다음 날에 벌써 그의 신원을 알아냈다.

모리모토 쓰네오, 사립대학 3학년. 경박함의 표본 같은 놈. 마치코가 전해 준 그의 인상이다.

게다가 마치코는 간호사 일을 활용해 AB형의 피가 묻은 천 조각을 준비해 주었다. 모리모토의 리스트밴드를 훔쳐 온 것도, 그 둘을 몰래 미술관 옆 숲속에 내버리고 온 것도 그녀였다.

그렇게 모든 준비는 끝났다. 그다음은 경찰을 불러 수수께끼 같은 살해 위협에 두려워하는 여자를 연기하는 것뿐이었다.

마치코의 말대로 계획은 완벽했다. 머지않아 모리모토는 석방되겠지만 그때까지 실컷 추궁을 당할 것이다.

그거면 된다,라고 에이코는 생각했다.

설령 이번처럼 덫에 걸리지 않았더라도 그의 행위가 살인미수에 해당된다는 것은 틀림이 없으니까.

다만 그것을 처벌해 줄 사람이 없었을 뿐이다.

건너가세요

1

그 전화는 사하라 유지가 회사에서 돌아와 슬슬 넥타이를 풀고 있을 때 걸려 왔다. 나오미인가 했지만 그렇다고 하기에는 약간 이른 시간이다. 넥타이를 손에 든 채 수화기를 들고 나지막한 소리로 "네"라고만 대답했다.

"여보세요, 사하라 씨 댁입니까?"

약간 허스키한 느낌의, 그리 젊지 않은 남자 목소리였다. 귀에 익은 목소리는 아니다.

"네, 그런데요."

"저는 마에무라라는 사람입니다. 실은 ××경찰서 교통과에서 연락처를 알려 주셨는데요······."

"예?"

혹시,라는 생각이 머릿속을 스쳤다.

"이번 일은 참으로 죄송합니다. 차는 저희 쪽에서 수리해 드리겠습니다. 잘 아는 정비 회사가 있으니까 거기에 맡겨 주시면 괜찮을 겁니다."

"자, 잠깐만요. 마에무라 씨라고 하셨죠? 그러니까 지금 내 차에 흠집을 낸 사람?"

"네, 그게…… 그렇습니다. 정말 죄송합니다."

남자의 목소리는 더욱더 힘없이 떨려서 말끝이 꺼져 버릴 것 같았다.

이게 웬 떡이야,라고 유지는 생각했다. 거의 포기한 일이었다. 흠집이 난 차는 여자친구 나오미도 영 타기 싫은 눈치여서 요즘 같은 때 그야말로 큰 타격이었지만 몇 만 엔의 지출을 각오했다. 그런데 가해자가 제 발로 나타나다니, 이건 감사한 일이다.

유지는 수화기를 살짝 귀에서 떼고 호흡을 가다듬었다. 내심 환호했지만 그런 기미를 상대방에게 눈치채이는 건 신경질 난다. 우선 굵은 한숨부터 내쉬고 잔뜩 짜증 난 소리로 퉁명스럽게 내뱉었다.

"왜 좀 더 일찍 연락하지 않았습니까?"

"죄송합니다. 이래저래 일이 바빠서 그만."

"아무리 바빠도 전화는 할 수 있잖아요? 그래서, ××경찰서에는 가셨었군요?"

"네, 다녀왔습니다. 사이토라는 주임 형사님께 크게 혼이 났습니다."

고소하다,라고 유지는 마음속으로 혀를 쏙 내밀었다. 그 사이토라는 형사에게는 유지도 된통 잔소리를 들었다.

"전화로 사과해 봤자 별수 없잖습니까. 일단 이쪽으로 나와 주셔야지요."

"그야 당연히 사과드리러 찾아뵐 생각입니다. 그래서 말인데요, 댁이 어디신지⋯⋯."

"아뇨, 집으로 오는 건 곤란하고요. 근처 카페에서 만나시죠."

유지는 장소와 일시를 일방적으로 정해 주었다. 교통사고와 관련된 일은 최대한 콧대 높게 나가야 이긴다고 알고 있었다. 특히 이번 일은 이쪽이 피해자다. 괜히 배려해 주고 말고 할 것도 없다.

"그러면 그때 정비 회사 직원도 데리고 갈까요?"

"아뇨, 됐습니다. 차는 진즉에 수리하려고 맡겼어요. 그러니까 이번에 만나면 청구서를 전해 드릴게요. 그래도 괜찮지요?"

"⋯⋯네에, 괜찮습니다."

"일단 그쪽 연락처도 알려 주시죠. 자택과 직장, 둘 다 얘기해 주세요."

"직장 전화번호는 ××××입니다. 이건 직통이에요. 자택은 ××××이고, 팩스는 ××××입니다."

집에 팩스용 전화까지 따로 놓은 걸 보면 경제적으로는 여유가 있는 모양이다. 유지는 한결 마음이 놓였다. 가해자

중에는 수리비가 너무 많이 든다고 불평하는 사람들이 있다고 들었다.

"그럼 다음 주에 만나는 걸로."

"네, 정말 죄송합니다. 이만 실례합니다."

마에무라라고 이름을 밝힌 그 남자는 전화기 너머에서 무릎이라도 꿇은 거 아닌가 싶을 만큼 처음부터 끝까지 공손한 말투였다.

유지는 수화기를 내려놓자마자 저도 모르게 야호, 하고 손가락을 따악 튕겼다. 그리고 다시 수화기를 들고 나오미에게 이 기쁜 소식을 알려 주려고 버튼을 꾹꾹 눌렀다.

연말연시 연휴 기간에 유지는 그야말로 기분이 최고였다. 나오미와 단둘이 스키 여행을 다녀왔고 이어서 1월 2일부터는 그녀의 아파트에서 내내 함께 지냈던 것이다. 나오미는 여름에 만난 직장인으로, 몇 차례 관계는 가졌지만 함께 여행하고 그녀의 집에서 머문 것은 처음이었다. 3일 아침 침대에서 눈을 떴을 때, 이 여자라면 결혼해도 괜찮지 않을까,라고 콧날이 오뚝한 옆얼굴을 바라보며 생각했다. 유지도 올해 스물아홉이다. 웹 서비스 회사에서 근무하고 있지만 직장에는 이 사람이다 싶은 여자가 없었다.

이윽고 잠이 깬 나오미가 커튼 틈새로 바깥 풍경을 바라보더니 깜짝 놀라 소리를 질렀다.

"우와, 저거 봐, 엄청 쌓였어. 스키장 같아."

"그렇게 많이 내렸어?"

유지도 창가에 서서 바깥을 내려다보니 아닌 게 아니라 건물마다 지붕이 새하얗고 도로는 연갈색 셔벗 상태였다. 어젯밤부터 가랑눈이 내려 쌓인다는 건 알고 있었다.

"그나마 설 연휴라서 다행이다. 평일에 이렇게 내렸다가는 난리가 났을걸?"

사람들이 모두 집 안에서 텔레비전이라도 보고 있는 듯 도시 전체가 쥐 죽은 듯 고요했다.

점심때가 다 되도록 침대에서 뒹굴뒹굴하다가 아침 겸 점심을 먹고 나자 나오미는 새해 첫 참배(參拜)를 가자고 했다. 유지는 눈이 휘둥그레졌다.

"아무리 눈이 내렸어도 거기는 사람이 엄청 몰렸을 텐데?"

"유명한 절에 가려고 하니까 사람들에 치이는 거야. 별로 알려지지 않은 한적한 곳으로 가자, 응? 드라이브하는 셈 치고, 응?"

나오미가 자꾸만 졸라 댔다.

"이 눈 속에 나가자고?"

"너무 멋있잖아. 스키장에도 가는데, 이 정도면 오히려 쉬운 편이지."

"참내, 못 말리겠네."

귀찮아 죽을 것 같았지만 유지는 여자친구의 소원을 들어주기로 했다.

2시 넘어서 집을 나와 두 사람은 좁은 길을 따라 걸었다. 차 한 대가 겨우 지나갈 정도의 비좁은 도로다. 나오미의 원룸에는 주차장이 없었다. 유지의 차는 조금 떨어진 곳에 노상주차를 해 두었다. 눈을 밟는 사락사락 소리가 귓가에 기분 좋게 울렸다.

도로가 약간 넓어진 곳에 유지의 차가 있었다. 건물과 마찬가지로 차 지붕에도 두툼하게 눈이 쌓였다.

"어이쿠, 눈사람이 됐잖아?"

유지는 쓴웃음을 지으며 차 문을 열었다. 그때 나오미가 앗, 하고 소리를 질렀다.

"왜 그래?"

"이거, 진짜 심한데?"

그녀는 차 오른쪽 뒷부분을 가리키고 있었다. 그곳을 보자마자 유지도 헉 하고 입이 떡 벌어졌다. 미등은 깨졌고 차체에는 길게 긁힌 흠집이 났다. 어제는 없었던 것들이다.

"제기랄, 차를 쳐 놓고 그냥 가 버렸어?"

유지는 입을 악물며 주위를 둘러보았다. 그래 봤자 차를 망가뜨린 범인이 근처에 있을 리 없다.

"새해 초부터 웬일이야. 얼른 경찰에 신고해."

"괜히 번거롭기만 하고, 됐어. 포기하고 그냥 가자."

"이걸 타고 간다고?"

나오미는 팔짱을 끼더니 차의 흠집을 곁눈질로 쳐다보았다. 입가가 삐뚜름해져 있었다.

"별로 눈에 띄지도 않잖아."

"싫어. 절에 갈 마음도 싹 가셔 버렸어."

"여기에 차를 세워도 된다고 한 건 나오미였잖아."

"어머, 지금 내 탓이라는 거야?"

나오미의 눈이 치켜 올라갔다.

"그런 얘기가 아니지. 흠집이 난 건 내 차야. 좀 딱하게 생각해 주면 안 돼?"

"딱하게 생각하지, 물론. 그래서 내가 경찰에 신고하라고 했잖아."

"어차피 범인은 잡지도 못해. 신고했다가 결국 범인도 못 잡고 분통을 터뜨리는 친구들이 한둘이 아니었어."

"그거야 모르는 일이지. 경찰이 잡아 줄 수도 있잖아. 그때 신고할걸 그랬다고 나중에 후회해도 난 몰라."

나오미는 얼굴을 홱 돌렸다. 호흡이 거칠어진 것을 코에서 나오는 하얀 숨으로 알 수 있었다. 유지는 턱을 문지르면서 다시 한번 주위를 둘러보았다. 담배 자동판매기가 있고 그 옆에 공중전화가 있었다.

"어휴, 미치겠네."

내뱉듯이 말하고 공중전화를 향해 걸어갔다.

"난 집에 올라가 있을게."

나오미가 말했지만 유지는 뒤돌아보지 않았다.

112에 신고하고 잠시 뒤에 근처 파출소에서 경찰이 나왔다. 사정을 설명했더니 순찰차를 타고 경찰서까지 가자고 했다. 유지는 눈을 동그랗게 떴다.

"여기서 현장 검증 같은 것도 안 해요?"

"교통과가 지금 눈코 뜰 새 없이 바빠. 눈까지 쏟아져서 오늘은 아침부터 사고가 끊이질 않아. 실은 접촉사고 뺑소니 정도로 일일이 출동할 수 없는 상황이야."

목에 갈색 머플러를 두른 초로의 경찰이 딱하다는 듯이 말했다. 유지는 한숨을 내쉬었다. 이래서야 분통을 터뜨리던 친구들과 똑같은 신세가 될 것 같았다.

경찰서 대기실에서 30여 분을 기다린 끝에 겨우 차례가 돌아왔다. 사이토라는 네모난 얼굴의 중년 경찰이 담당이었다. 유지가 한바탕 설명을 했더니 사이토는 얼굴을 잔뜩 찌푸렸다.

"당신 말이지, 그 길이 주차 금지라는 거 몰랐어?"

"아뇨, 알고는 있었는데 내 친구가 다들 거기에 차를 세우니까 괜찮다고 해서……."

"글쎄 그 차들이 다 주차 위반이야. 잠깐만 생각해 봐도 뻔히 알 거 아냐. 그런 비좁은 도로를 주차장처럼 써서는 안 된다는 거. 솔직히 말해서 약간 긁히더라도 그건 자업자득이야. 접촉사고를 내고 도망쳤다고 신고하는 사람들, 80퍼센트 이상이 불법주차라고. 그런데도 자기 잘못은 전혀 모른다니까. 당신은 어때, 알고는 있어?"

"네, 알고 있습니다. 죄송합니다."

유지는 머리를 숙였다. 마음속에서는, 왜 내가 이런 사과를 해야 하는가, 하고 분노가 소용돌이쳤다.

"어이, 진짜로 반성하기는 한 거야?"

사이토는 서류에 뭔가 써넣으면서 중얼중얼 계속 잔소리를 했다.

'거봐, 내 말이 딱 맞잖아.'

유지는 머릿속에서 원망스럽게 나오미의 얼굴을 떠올렸다. 역시 경찰에 신고하지 말았어야 한다. 설마 주차 위반 딱지까지 떼지는 않겠지만, 이런 잔소리를 들어야 하다니, 진짜 어이가 없다. 게다가 가해자를 찾아낼 가능성은 한없이 희박하다.

"앞으로는 주차 금지라고 표시된 장소에는 절대 세우면 안 돼. 운전면허 딸 때, 그런 거 다 배웠잖아?"

사고 증명 수속을 마친 뒤에도 사이토는 깐족깐족 잔소리를 늘어놓았다.

새해 연휴가 끝나자마자 유지는 차를 정비 업체로 끌고 갔다. 견적이 5, 6만 엔이나 나왔다.

"최대한 저렴하게 해 주세요. 그냥 겉만 멀쩡하면 되니까."

유지는 정비 업체 담당자에게 누누이 부탁했다. 연말 보너스는 거의 다 써 버리고 이제 얼마 남지도 않았다.

나오미는 그 뒤로 만나지 못했다. 별것도 아닌 일로 싸움을 할 생각은 없었지만 어쩐지 전화하기가 망설여졌기 때문이다. 나오미 쪽에서 먼저 걸어 주면 좋을 텐데 그녀도 사근사근 굽히고 들어올 생각은 없는 모양이었다. 아무튼 요즘 여성은 자존심이 엄청 세다.

정초부터 완전 재수 꽝이구나. 유지는 우울한 기분으로 지난 2, 3일을 보냈다. 그러던 참에 생각지도 못하게 가해자에게서 전화가 걸려 온 것이다.

아무래도 영 재수 없는 한 해는 아닌 모양이네.

당장 나오미에게 전화를 걸고 신호음을 들으면서 유지는 씨익 웃었다.

2

일부러 약속 시간보다 5분쯤 늦게 나갔더니 안쪽 테이블에 30대 중반의 남자가 앉아 있었다. 옆의 의자에는 큼직한 흰색 종이 가방이 보였다. 그게 전화로 약속한 표식이다. 큰 걸음으로 성큼성큼 다가가 마에무라 씨냐고 물었더니 상대는 튕겨진 것처럼 자리에서 일어났다.

"아, 죄송합니다. 사하라 씨지요? 이렇게 나오시게 해서 미안합니다."

마에무라가 연거푸 머리를 숙이는 것도 무시하고 유지는 의자에 앉았다. 그리고 새삼 상대를 관찰했다. 키도 작고 어깨는 구부정하다. 게다가 눈꼬리는 처졌고 입은 칠칠맞게 벌어졌다. 어디서 어떻게 봐도 단정한 풍모라고 하기는 어려웠다.

유지가 커피를 주문한 뒤, 마에무라는 명함을 꺼내 내밀었다. 유지는 손끝으로 명함을 집어 들여다보았다. 그 순간 엇, 하고 유지의 눈이 큼직해졌다.

'주식회사 마에무라 제작소 기술부장 마에무라 도시키.'

"마에무라 제작소? 그러면 마에무라 사장님의……."

"네, 사장님이 저의 큰아버지예요."

집안에 대해 물어본 것이 흐뭇했는지 구부정한 어깨의 작은 남자가 하얀 이를 내보였다.

마에무라 제작소는 공작 기계 분야의 중견 회사다. 유지가 다니는 회사와도 업무상 관련이 있을 터였다.

유지도 명함을 꺼내 내밀었다.

"아, 이 회사에 다니시는군요. 이것 참, 저희가 항상 이런저런 도움을 받고 있죠."

마에무라가 기업가의 얼굴이 되어서 말했다.

이어서 그는 옆의 종이 가방을 들어 유지 쪽으로 내밀었다.

"이건 변변찮지만, 받아 주십쇼."

안을 들여다보니 고급스러운 보자기로 감싼 유명 백화점 상품이었다.

"네에, 고맙습니다."

사양할 이유는 없다고 유지는 생각했다. 이 정도의 위로 선물은 당연하다.

자칫 상대의 페이스에 말려들까 봐 유지는 최대한 무표

정한 얼굴로 안주머니에서 봉투를 꺼냈다.

"이번에 나온 수리비예요."

그러자 마에무라는 다시 등을 꼿꼿이 세웠다.

"잠깐 살펴봐도 되겠지요?"

마에무라는 공손한 손놀림으로 봉투를 들고 안에서 청구서를 꺼냈다. 유지는 남자의 얼굴빛을 슬쩍 살펴봤지만 별다른 변화는 없는 것 같았다.

"10만 엔이군요."

마에무라가 한숨을 섞어 말했다.

"자세히 살펴보니까 예상보다 심각한 증상이었대요. 이것저것 교체해야 할 부품도 있어서 결국 비용이 그만큼 나왔다고 하더라고요."

저도 모르게 변명처럼 길게 늘어놓은 것은 사실 약간 뒤가 켕겼기 때문이다. 이번에 흠집이 난 부분만 수리했다면 실제로는 5, 6만 엔이면 끝날 일이었다. 하지만 마에무라가 자진해서 나타난 직후에 유지는 정비 업체에 연락해 전부터 미심쩍었던 부분까지 모두 다 수리해 달라고 했던 것이다. 이 청구서에는 그 수리비도 포함되었다.

뭔가 불만을 제기할지도 모른다고 내심 조마조마했는데 마에무라는 이해한다는 듯이 고개를 주억거렸다.

"그렇습니까. 솔직히 이 정도면 좋죠. 좀 더 많이 들 거라고 생각했는데. 이건 당장 내일이라도 입금하도록 하겠습니다."

"보험 처리로 하실 거예요?"

"아뇨, 이 정도면 어설피 보험은 쓰지 않는 게 좋아요. 실은 내가 아직 무사고 무위반이에요. 보험료 할인율도 최고 등급입니다. 그런데 지금 보험을 쓰면 내년부터는 할인율이 뚝 떨어질 거예요."

즉, 수리비는 자기 지갑을 털어서 내겠다는 얘기다. 유지는 내심 안도했다. 설마 그럴 일은 없겠지만 혹시라도 보험 담당자가 수리 내용에 대해 이의를 제기하면 일이 귀찮아진다.

"무사고 무위반인 분이 남의 차를 치고 그냥 달아나다니, 어떻게 된 겁니까?"

미운 소리를 해 주고 유지는 커피를 마셨다. 그야말로 간단히 이쪽 요구를 들어주는 바람에 심리적으로 여유가 생긴 것이다.

"치고 달아났다……. 뭐, 말하자면 그런 얘기가 되겠네요."

마에무라는 얼굴을 쓱쓱 비볐다. 범죄자 취급을 당한 것이 불쾌했는지도 모른다.

"아무튼 그날 아침은 너무 다급했어요. 지름길을 찾아 일부러 그 길로 들어갔는데 도로가 좁아서 사하라 씨 차 옆을 지날 때 깜빡 닿아 버렸죠. 특히나 그날은 눈이 많이 내려서 타이어가 슬슬 미끄러졌어요. 도로 폭이 조금만 더 넓었다면 별문제가 없었겠지만 그 좁은 곳에 주차해 둔 차까지 있으면 아주 힘들어져요."

아무래도 노상에 주차한 너도 책임이 있다는 뜻인 것 같았다. 유지는 한쪽 뺨을 치켜올리며 코웃음을 쳤다.

"잠깐 세워 뒀을 뿐이에요."

노골적으로 불쾌한 목소리를 내자 그 즉시 마에무라는 어깨를 움츠렸다.

"예, 알고 있어요. 잠깐 세워 놓는 것쯤은 누구나 다 하니까요. 물론 사하라 씨에게는 아무 책임도 없습니다. 다만 뭐랄까, 현재의 도로 상황을 한시바삐 어떻게 좀 해 줬으면 하는 마음이 들어서."

유지는 남은 커피를 마셨다. 이 남자의 끈끈한 말투를 듣고 있자니 속이 느글거렸다. 청구서도 건네줬고, 더 이상 이런 곳에 오래 앉아 있을 필요는 없다.

"수리비는 되도록 빨리 입금해 주셨으면 합니다. 자, 그럼 이만."

유지는 커피 계산서를 남겨 둔 채 자리에서 일어났다. 그런 유지의 등짝에 마에무라의 말이 날아왔다.

"네, 다음에 또 뵙죠."

유지는 순간적으로 발을 멈췄지만 다시 걸음을 옮겼다. 다음에 또 뵙죠,라고? 당신을 또 볼 일은 이제 두 번 다시 없을 텐데요,라는 말은 목구멍 속으로 꿀꺽 삼켰다.

집에 돌아와 마에무라가 건네준 종이 가방을 열어 보니 고급 브랜디가 들어 있었다. 그날 밤 유지는 술병의 삼분의 일쯤을 비웠다. 향기로운 술이었다.

3

유지가 다시 마에무라를 만난 건 그로부터 일주일쯤 지나서였다. 퇴근길 지하철 안에서 그가 불쑥 말을 건네 온 것이다. 봄비는 승객들 틈을 헤치고 마에무라는 유지 옆으로 다가왔다.

"엇, 여기서 또 뵙네요? 지난번에는 제가 실례가 많았습니다."

힘겹게 손잡이에 매달린 자세로 그는 인사말을 늘어놓았다.

"저야말로 실례했습니다. 근데 항상 이 지하철을 이용하세요?"

"아뇨, 오늘은 거래처와 상담할 게 있어서 거기 다녀오는 길입니다. 그나저나 참, 이렇게 우연히 만나기도 하는군요."

"예에⋯⋯."

정말 우연인가, 하는 생각이 머릿속을 스쳤지만 유지는 그것을 얼른 지워 버렸다. 두 사람의 입장을 생각한다면 오히려 마에무라 쪽에서 자신을 피하고 싶을 것이다.

"그 뒤로 차 상태는 좀 어떻습니까?"

"네, 괜찮아요, 덕분에."

"그래요? 다행이네. 범퍼도 깨졌던 모양이던데, 정말 죄송합니다."

유지는 애매하게 고개를 끄덕였다. 범퍼에 대한 얘기는 정비 업체에서 들었을 것이다. 범퍼에 살짝 금이 간 건 사실이지만, 그건 이번 일이 나기 전에 생긴 것이다. 마에무라가 그걸 알아챈 건가. 알면서도 모르는 척하는 것 같기도 하고, 그런 건 전혀 모르는 것 같기도 했다. 뭔가 종잡을 수 없는 사람이라고 유지는 생각했다.

"사하라 씨는 다음 역에서 환승이지요?"

잠시 조용히 있다가 마에무라가 물었다. 그렇다고 대답하자 그는 흐뭇한 듯 실눈을 뜨며 웃었다.

"그럼 차라도 한잔 할까요?"

"아뇨, 오늘은 다른 약속이 있어서."

물론 거짓말이다. 이런 사람과 마주하고 차를 마셔 봤자 아무 재미도 없다.

"그래요? 이거, 섭섭하네요."

마에무라는 순순히 물러섰다.

그날 밤, 나오미에게서 전화가 걸려 왔다. 차도 무사히 수리했겠다, 둘 사이는 원래대로 회복되었다. 그녀는 곧 다가올 사흘 연휴의 일정을 상의하자고 했다.

"우리, 스키 타러 가자, 응? 가까운 데라도 괜찮으니까, 응?"

"그건 어렵다고 했잖아. 지금 예약하려고 해 봤자 죄다 꽉 차서 안 된다니까."

유지는 미간을 찌푸렸다. 나오미는 요즘 스키를 막 배우기 시작했다. 얼마 전에 둘이 스키장에 갔을 때 유지가 좀 가르쳐 줬더니 부쩍 실력이 늘었다. 스키를 타고 싶어서 안

달이 난 시기인 것이다.

"어딘가 아무도 모르는 곳, 숨겨진 보물 같은 스키장은 없을까? 좀 찾아봐, 유명한 곳이 아니라도 괜찮다니까."

"아니, 그런 데를 내가 어떻게 찾아, 다들 눈에 불을 켜고 그런 곳만 찾고 있는데? 그냥 당일치기로 다녀올 수밖에 없어. 꼭두새벽부터 일어나 고속도로 정체에 시달려 가면서. 게다가 겔렌데는 러시아워 지하철처럼 사람들로 꽉 차서 리프트 한번 타려면 한 시간은 줄을 서야 될 거고."

"미리 질리게 하는 말만 골라 가면서 하지 말고, 어떻게 든 방법을 찾아봐."

"노력은 해 보겠는데, 아마 어려울 거야."

유지는 말과는 달리 그런 노력을 할 생각 따위 없었다. 소용없을 게 뻔하기 때문이다.

"그나저나 요즘 뭔가 좀 이상한 낌새가 느껴지는데, 자기는 그런 거 없었어?"

"뭐? 이상한 낌새라니?"

유지는 당황해서 되물었다. 나오미는 이런 식으로 갑작스럽게 화제를 바꾸는 버릇이 있다.

"글쎄 뭐랄까, 누군가 나를 지켜보는 듯한 느낌이 들어."

"그야 지켜보겠지, 회사 남자들이. 너무 짧은 스커트는 좀 생각해 볼 문제야."

"그런 거 아니야. 회사에는 그런 스커트, 입고 가지도 않아. 근데 분명 누군가 나를 지켜보고 있어. 이건 직감이야."

"아, 그러서?"

그게 바로 자의식 과잉이라는 거야,라는 말은 입 밖에 내지 않았다.

"나는 그런 낌새 같은 건 느낀 적이 없어. 우리 회사에는 여직원이 거의 없으니까."

"흥, 오히려 자기가 흘끔흘끔 쳐다보겠지. 아무튼 그건 됐고, 스키장 좀 어떻게든 해 봐."

갑자기 화제가 되돌아왔다. 너무 기대하지는 마,라고 유지는 다짐을 했다.

4

다음 날, 집에 돌아오는 길에 또다시 마에무라와 마주쳤다. 어제와 똑같은 지하철 안이었다. 유지는 잽싸게 못 본 척 고개를 돌렸지만 마에무라가 연거푸 인사를 건네는 바람에 더 이상 무시할 수도 없었다.

"아, 자주 뵙게 되네요. 사하라 씨는 항상 이 지하철을 타는 모양이지요?"

"뭐, 항상 탄다기보다……. 오늘도 어딘가 들렀다 오는 길이에요?"

"그렇죠. 단골 거래처와 상의할 게 좀 있어서요."

어제와 똑같은 소리라고 유지는 생각했다. 말 붙이기 어려운 분위기를 만들려고 유지는 손에 든 신문을 골똘히 읽는 척했다.

하지만 환승역이 다가오자 마에무라는 어제와 똑같이 차나 한잔 하자고 말했다. 유지도 어제와 똑같이 거짓말을 둘러 대며 거절했지만 마에무라는 오늘은 순순히 물러서지 않았다.

"잠깐이라도 좀 안 될까요? 실은 제가 부탁할 게 있어요."

"부탁?" 유지는 눈빛에 강한 경계심을 담고 그 키 작은 남자를 내려다보았다. "뭔데요?"

"사하라 씨, 스키 타시지요?"

"예, 조금 타는데……"

어떻게 그런 것까지 알고 있는지, 의아한 눈빛으로 바라보자 마에무라는 실실 웃으면서 말했다.

"아니, 차에 스키 가방을 싣고 다니시잖아요. 그래서 알았죠."

"네에……"

"이번 시즌에도 몇 번 더 가실 예정인가요?"

"가고 싶기는 한데 아직 확실한 예정은……"

"그렇군요. 실은 내가 별장이 있는데, 거기를 이용해 줬으면 좋겠어요. 그 부탁을 하려는 겁니다."

유지는 손잡이를 바꿔 잡고 마에무라의 얼굴을 마주 보았다.

"저한테 댁의 별장을 쓰라는 말입니까?"

"예, 실은 사정이 좀 있어서……. 어때요, 잠깐 얘기라도 들어 볼래요?"

마에무라의 말이 끝나자마자 지하철이 역에 들어섰다. 문이 열리기 전에 유지는 키 작은 남자를 향해 말했다.

"그러시다면 잠깐만."

마에무라는 빙긋이 하얀 이를 내보였다.

두 사람은 역 앞에 있는 카운터뿐인 카페로 갔다. 마에무라는 신슈 쪽에 있다는 마에무라 가의 별장에 대해 이야기하기 시작했다. 마에무라 제작소 사장인 그의 큰아버지 소유의 별장이라고 했다.

"실은 다음 달에 거기서 일가친척 모임이 있는데 한 가지 큰 걱정거리가 생겼어요. 그게 뭔가 하면, 벌써 몇 달째 가 본 적이 없어서 별장 안이 어떤 상태인지 짐작도 안 가는 겁니다. 설마 그렇게 심한 상태는 아니겠지만, 역시 직접 가 보지 않고서는 불안하지요. 그래서 이번 모임 전에 누구든 2, 3일 거기 가서 지내 주면 환기도 되고 좋지 않겠느냐는 얘기가 나왔어요. 여기저기 적당한 사람을 찾고 있던 참입니다."

"한마디로, 그 별장의 환기 담당자를 구한다는 건가요?"

"실례되는 부탁인 줄은 알지만, 좀체 적당한 사람을 찾을 수가 없어서……." 마에무라는 뒷목을 긁적이며 말했다. "근데 그 별장이 아주 괜찮은 곳이에요. 차로 20분 거리에 스키장도 있고, 대중적인 별장지가 아니니까 사람들로 붐비

지도 않고 아주 조용한 곳입니다."

"하지만 너무 멀지 않나요? 거기까지 가는 것만으로도 힘들 것 같은데."

유지는 별로 내키지 않는다는 태도를 취하기로 했다. 하지만 마음속으로는 그리 나쁜 얘기가 아니라고 계산기를 두드려 보고 있었다.

"일단 생각을 좀 해 보세요. 그 별장에 가는 건 언제라도 괜찮아요. 아차, 2주일 안에 언제라도."

2주일 안이라면 사흘 연휴와 겹치는 일정이다. 이제 남은 문제는 나오미가 이 제안을 어떻게 받아들이느냐는 것뿐이다.

"알겠습니다. 그렇게까지 말씀하시니 저도 한번 생각해 보죠. 하지만 원하는 대로 해 드릴 수 있을지 어떨지, 아직 모르겠어요."

"네에, 잘 부탁합니다."

마에무라는 굳이 의자에서 일어나 정중히 머리를 숙였다.

집에 돌아와 나오미에게 전화로 사정을 얘기했더니 그녀는 예상 밖으로 반색을 했다.

"와아, 이건 엄청 큰 행운이잖아. 별장에서 숙박하고 스키도 탈 수 있다니, 진짜 꿈만 같다. 이번 접촉사고는 완전히 운이 좋았던 거네."

"그럼 오케이해도 될까?"

"당연하지. 우리가 가겠다고 빨리 말해. 어물거리다가 다른 사람이 가로채 가면 안 되잖아."

"그럴 일은 없을 테지만, 얼른 얘기할게."

전화를 끊고 즉시 마에무라의 집에 다시 걸었다. 신호음이 일곱 번 울린 뒤에 마에무라가 전화를 받았다. 다른 가족은 없는 건가, 하고 유지는 한순간 의아하게 생각했다.

별장에 갈 수 있다고 대답하자 마에무라는 과장스러울 만큼 안도하는 소리를 냈다.

"아, 다행이네요. 거절하면 어떻게 해야 하나, 걱정하던 참이었는데."

"마에무라 씨라면 발이 넓으셔서 다른 사람도 얼마든지 구할 수 있을 텐데요."

"아니, 이건 꼭 사하라 씨에게 맡기고 싶었거든요. 정말 잘됐네요."

자세한 건 나중에 연락하겠다는 마에무라의 말에 유지는 그럼 기다리겠다고 대답하고 수화기를 내려놓았다. 하지만 순간, 뭔가 불길한 예감이 가슴속을 스쳤다.

이건 꼭 사하라 씨에게 맡기고 싶었다……. 그 말이 묘하게 마음에 걸렸던 것이다.

"에이, 너무 깊이 생각할 거 없어."

이상한 생각을 떨쳐 버리려고 유지는 일부러 명랑한 곡으로 콧노래를 불렀다.

　사흘 연휴의 첫째 날은 맑음, 드라이브를 하기에 최상의 날씨였다. 역시나 도로는 곳곳이 정체되었지만 이제부터 누리게 될 즐거움을 생각하면 약간의 고생은 참을 수 있었다. 평소에는 금세 토라져서 툴툴거리던 나오미도 오늘은 옆에서 기분 좋게 카 스테레오의 테이프를 바꿔 주고 있었다.

　주오 고속도로를 빠져나와 국도를 북쪽으로 달렸다. 마에무라가 보내 준 지도를 들여다보며 두 시간쯤 달리자 본격적으로 흰 눈이 덮인 경치가 펼쳐졌다.

　"와아, 멋있어. 드디어 스키장에 왔다는 실감이 나네."

　나오미는 점점 더 신이 나서 와와 감탄사를 연발했다.

　중간쯤까지는 다른 스키객이나 고속버스와 나란히 달렸지만, 이윽고 유지의 차만 주요 도로를 벗어났다. 마에무라의 별장은 대중적인 관광지와는 한참 떨어져 있었다. 그것이 두 사람에게 뭔지 모를 우월감을 안겨 주었다.

　도로가 점점 좁아지고 나중에는 구불구불한 산길로 바뀌었다. 가드레일이 없는 곳도 있었다. 눈길 운전에는 제법 익숙해졌지만 유지는 신중하게 핸들을 감았다.

　"뭔가 으스스한 곳이네? 길을 잘못 든 거 아냐?"

　나오미가 불안한 목소리를 냈다.

　"괜찮아. 잘못 들어올 만한 길도 없었어. 그리고 좁은 길이 계속 이어진다고 그 사람이 준 지도에도 적혀 있잖아."

그대로 한참 올라갔더니 작은 Y자로가 나타났다. 지도에 표시된 길 쪽으로 들어갔다. 숲을 빠져나가자 널찍하게 개간한 평지가 있고 북유럽풍의 건물이 모습을 드러냈다.

광대한 부지 안쪽에 차를 세우고, 두 사람은 짐을 챙겨 들고 차 밖으로 나왔다. 역시나 호화로운 건물이었다. 일가친척 모임에 적합한 곳이라고 할 만했다. 나오미도 몇 번이나 멋있다, 멋있다,라고 감탄했다.

유지는 주위를 둘러보았다. 정기적으로 건물 상태를 점검하는 관리인이 있어서 오늘 이곳에 올 거라고 했었다. 열쇠도 그 관리인에게서 받기로 했다.

"정말 누가 오긴 왔나 봐."

주차장 쪽을 보며 나오미가 말했다. 랜드크루저 한 대가 서 있었다.

거기서 15분쯤 기다렸을 때, 어디선가 차 엔진 소리가 들려왔다. 돌아보니 하이럭스가 부지 안으로 들어서는 참이었다. 차를 세우고 한 남자가 운전석에서 얼굴을 내밀었다.

"미안해요. 오래 기다렸어요?"

마에무라가 싱글벙글 웃고 있었다.

별장 안은 어디든 자유롭게 써도 된다고 했다. 나오미는 2층 남쪽의 침실을 선택했다. 세미더블 침대 두 개가 놓였고 화장실과 샤워실도 딸려 있었다.

"그나저나 영 신경 쓰이네. 왜 마에무라가 일부러 여기까지 왔지?"

침대에 걸터앉아 유지는 중얼거렸다.

"관리인이 갑자기 사정이 생겨서 못 오게 됐기 때문이라잖아."

"그렇다면 누군가 다른 사람을 대신 보내면 되잖아. 굳이 자기가 직접 올 것까지는 없는데."

"성의를 보여 주려는 거 아닐까?"

"성의……."

아무래도 느낌이 좋지 않았다. 이번 일은 처음부터 뭔가 이상했다.

"그 사람, 정말 내일 아침에 돌아갈까? 아예 눌러앉으면 모처럼 우리끼리 별장에서 지내기로 한 것도 물거품이 되잖아."

"그 사람 별장인데 눌러앉는다는 말은 이상하지. 하지만 내일 아침 일찍 떠난다고 했으니까 일정을 바꾸지는 않을 거야."

"그러면 좋겠는데."

나오미가 우울한 표정을 지었을 때, 밖에서 다시 엔진 소리가 들려왔다. 유지가 창가에서 내려다보니 사륜구동 경차가 들어오는 참이었다. 운전석에서 마에무라가 내렸다.

"이상하네, 아까 랜드크루저를 타고 나갔었는데?"

"앗, 저 차는……." 나오미가 옆에 와서 말했다. "여기 올라올 때 길가에 세워져 있었어."

"그래, 나도 본 것 같아."

마에무라는 양손을 비비면서 현관을 향해 걸어왔다. 발자국이 하나둘 눈 위에 또렷하게 새겨졌다.

"유지 씨, 아무래도 좀 이상해."

"뭐가?"

"스키장이 정말 여기서 가까운 곳에 있을까? 이 근처 지리를 모르니까 확실하게 말할 수는 없지만, 아무래도 스키장이 있을 만한 곳이 아닌 것 같아."

"에이, 설마 그건 아니겠지. 우리가 스키를 탄다고 하니까 여기를 빌려준 거잖아."

"그건 나도 알지만……."

노크 소리가 났다. 대답을 하자 문이 열리고 마에무라가 밋밋한 얼굴을 내밀었다.

"저녁 준비도 할 겸 주방 사용법을 알려 드릴까 하는데, 어때요?"

"아, 네에."

나오미가 방을 나섰다. 오늘 저녁은 마에무라가 직접 요리를 해 주기로 했었다.

유지는 위장이 조여드는 듯한 불쾌감을 느꼈다. 창문으로 다시 바깥을 내다보았다. 조금 전에 마에무라가 세워 둔 차가 바로 밑에 있었다.

그는 랜드크루저를 어디에 세워 놓고 온 것일까.

6

마에무라는 요리 솜씨가 상당히 뛰어났다. 정식으로 오르
되브르에서부터 시작해 와인 병의 코르크 마개까지 땄다.

"너무 잘하셔서 깜짝 놀랐어요. 전문 셰프 같아요."

함께 주방에 있었던 나오미는 마에무라의 요리 솜씨에
감탄한 모습이었다.

"오래전부터 요리하는 걸 좋아해서 프랑스인 셰프에게
직접 배운 적도 있어요. 하지만 재능이 없다면서 더 이상 가
르쳐 주지 않더군요."

겸손해하면서도 나름대로 요리에는 자신이 있다는 말투
였다.

"마에무라 씨는 결혼하셨어요?"

유지는 내내 마음에 걸렸던 것을 직접 물어보았다. 마에
무라는 포크를 든 손을 멈추고 유지의 눈을 똑바로 쳐다보
았다.

"네, 결혼했어요."

"자녀분은?"

그러자 마에무라는 한 차례 시선을 떨궜다가 다시 유지
를 빤히 쳐다보았다.

"아이는 없어요."

"그렇군요."

유지는 고개를 숙이고 접시의 음식을 입에 넣었다. 마에

무라의 시선이 마음에 걸렸기 때문이다.

"그러면 오늘은 부인이 댁에 혼자 계시겠네요?"

나오미의 말에 마에무라는 잠시 틈을 두고 대답했다.

"아뇨, 아내는 지금 몸이 아파서 병원에 입원 중이에요."

유지는 흠칫 얼굴을 들었다.

"어디가 안 좋으신데요?"

마에무라는 곧바로 대답하지 않고 자신의 잔에 와인을 따르더니 단숨에 반 정도를 비웠다. 그리고 오른손 검지로 자신의 관자놀이를 가리켰다.

"여기."

유지는 저도 모르게 헉 하는 소리를 흘렸다.

"머리가 안 좋아요. 그래서 정신병원에 가 있어요. 입원한 지 이제 2주일 됐군요."

유지는 대답할 말을 잃었다. 그릇 달그락거리는 소리를 내고 있던 나오미도 손을 딱 멈췄다.

"아차차, 시답잖은 얘기를 해 버렸네. 자아, 어서어서 드세요."

마에무라는 두 사람의 잔에도 와인을 따라 주었다. 유지는 한 모금 마시고 다시 요리에 집중하기로 했다.

"그나저나 참 부러워요. 이런 아름다운 여성분과 교제하시다니. 머지않아 결혼하겠지요?"

마에무라는 조용히 식사할 생각은 없는 모양이다. 별수 없이 유지는 고개를 숙인 채 대답했다.

"아직은 잘 모르겠어요."

"결혼할 거라면 빨리 하는 게 좋아요. 나이 들어 결혼하면 좋지 않거든요. 아이는 젊을 때 낳아야지, 안 그러면 두고두고 고생할 수 있으니까."

유지가 얼굴을 들자 마에무라는 몇 번이나 고개를 끄덕였다.

"마에무라 씨는 일부러 아이를 안 낳으신 건가요?"

나오미가 물었다. 마에무라는 웃으면서 고개를 저었다.

"그건 아니에요. 결국 신께서 허락해 주시지 않았다고 할까? 우리에게 아이는 어울리지 않는다고 생각하셨는지도 모르지요."

남에게 설명한다기보다 자기 자신을 이해시키려는 듯한 말투였다.

"실례지만, 결혼이 상당히 늦으셨던 건가요?"

나오미가 다시 물었다.

"서른네 살 때였으니까 일반적으로 보자면 늦다고 할 수 있겠지요."

"그래서 좀 더 젊을 때 아이를 낳지 않은 것을 후회하시는 거군요."

유지의 말에 마에무라는 쓴웃음을 지으며 손을 내저었다.

"그건 우리 얘기가 아니에요. 우리는 더 일찍 결혼했더라도 아이를 얻지 못했을 거예요. 내가 한 말은 좀 이른 시기에 아이를 낳으면 설령 불행한 일이 생기더라도 다시 시도

해 볼 수 있다는 얘기예요."

"불행한 일?"

"내 친구 중에 그런 사람이 있거든요. 최근에 불행한 일을 겪은 사람이." 마에무라는 잔을 비우고 다시 와인을 따랐다. 그리고 말을 이어 갔다. "아이가 죽었어요, 그 친구의 아이가."

뭔가가 유지의 가슴을 쿡 찌르고 들어온 듯한 느낌이 들었다.

"그 친구도 결혼이 상당히 늦었죠. 네, 분명 나와 비슷한 나이에 결혼했을 거예요. 하지만 그쪽도 아이가 좀체 생기지 않았어요. 몸이 안 좋은 게 아닌가 하고 부부가 나란히 병원에도 찾아다녔으니까."

마에무라의 담담한 목소리가 주방 안에 울렸다. 왜 이런 이야기를 하는 건가, 하고 유지는 의아했다.

"그런데 2년 만에 덜컥 임신을 한 거예요. 얼마나 좋았는지, 집안 간은 물론이고 우리 친구들에게까지 전화를 하더군요. 네, 정말 기뻤을 거예요. 태어난 아이는 아들이고 제 엄마를 꼭 닮았더군요. 생일은 11월 3일, 문화의 날이에요. 그해 설날에는 당장 가족사진을 인쇄한 연하장을 보냈어요."

마에무라는 어딘가 먼 곳을 바라보는 듯한 눈빛이었다.

"그 뒤 1, 2년은 그 친구에게 가장 행복한 시절이었어요. 회사에서는 착착 실적을 쌓아 가고 집에 돌아가면 아내와 아기가 반겨 줬으니까요. 네, 옆에서 지켜보기에도 생기가 넘쳤어요."

"하지만⋯⋯." 마에무라의 표정이 갑자기 침울해졌다.
"그런 만큼 아이가 죽었을 때는 마치 나락에 떨어진 것처럼
비참한 모습이었어요. 그 친구도 함께 죽는 게 아닐까 싶을
정도로."

"아이는 어쩌다가⋯⋯."

나오미가 무겁게 입을 열었다.

"사고였어요. 사소한 일이 원인이었죠. 부모가 조금만 더
주의를 기울였다면 막을 수도 있었던 사고였는데." 마에무
라는 툭 내던지듯이 말했다. "아이가 여기저기 동동거리고
다닐 때가 되면 특히 조심해서 지켜봐야 해요. 그 부모도 평
소에는 늘 조심했는데 그날따라 연초 인사로 찾아온 손님
이 많아서 잠깐 눈을 뗀 사이에⋯⋯."

연초라면 올 1월의 얘기인 것 같았다. 그게 다시 유지의
가슴속에 턱 걸렸다.

"욕조로 굴러떨어졌어요."

지금까지보다 더 강한 말투로 마에무라는 말했다. 마치
가슴속에 응어리진 것을 토해 내는 것 같았다.

"아이가 욕조 근처에 갔던 적은 한 번도 없었어요. 그래
서 부모는 깜빡 마음을 놓고 있었죠. 하지만 아이를 키울 때
는 잠시도 방심해서는 안 됩니다. 하필 그날 왜,라고 나중
에 후회해 봤자 이미 때늦은 일이에요. 아이의 모습이 보이
지 않는 것을 깨닫고 엄마가 아이를 욕실에서 발견했을 때

는 이미 상당히 시간이 지난 뒤였습니다. 아이는 축 늘어져서 아무리 흔들어도 반응이 없었어요. 부모가 급하게 병원에 데려갔지만 이미 손을 쓸 수 없는 상태였죠."

마에무라는 테이블 위에서 손깍지를 꼈다. 그 손이 파르르 떨리는 것을 유지는 멍하니 바라보았다.

"아무리 후회해도 소용없는 일이었어요. 부모의 실수라고 할 수밖에 없는 사고였으니까요. 아이 아빠……는 내 친구지만, 아내에게 몹시 화를 냈다는군요. 그런 때 남자는 저 좋을 대로 행동하는 동물이지요. 책임을 모두 엄마 쪽에 떠넘기는 거예요. 대찬 여자였다면 말대꾸를 하고 잘잘못을 따져 가며 싸우기도 했겠지만, 그의 아내는 여리고 착한 사람이었어요. 사랑하는 아들을 잃은 충격에 더해서 남편의 원망까지 듣고는 완전히 소진되어 버린 거예요. 며칠 만에 그녀는 중증 노이로제로 병원에 입원해야 했습니다."

나오미가 옆에서 아아, 하는 소리를 냈다. 유지는 나이프도 포크도 내려놓고 이야기를 이어 가는 남자의 얼굴을 멀거니 바라보았다.

"사고 원인이 부모의 실수라는 건 분명하지만, 그때는 원통하게도 불운까지 겹쳤어요. 병원 측의 설명으로는 30분, 최소한 15분만 더 일찍 데려왔어도 아이를 살릴 수 있었다는군요. 그때 그 불운만 아니었다면 훨씬 더 빨리 데리고 갈 수 있었을 텐데."

"불운이라니, 그게 뭐지요?"

나오미가 머뭇머뭇 입술을 달싹이며 물었다.

그러자 마에무라는 등을 꼿꼿이 세우고 두 사람의 얼굴을 번갈아 바라보더니 크게 심호흡을 한 뒤에 말했다.

"그건 항상 지나다니던 길을 그날만은 지나갈 수 없었다는 겁니다."

심장이 한 차례 쿵쾅, 하고 뛰는 것을 유지는 느꼈다.

"병원 응급실까지 가는 가장 빠른 코스의 중간쯤에 잠깐 도로 폭이 좁아지는 곳이 있었어요. 좁기는 해도 차 한 대는 지나갈 수 있는 길이죠. 하지만 그날은 거기에 노상주차를 한 차가 있었습니다. 그 친구의 차가 외제차라서 폭이 조금 넓어요. 그래서 어떻게 해 봐도 옆을 빠져나갈 수가 없었습니다. 당연히 클랙슨을 울렸지만 아무도 나오지 않았어요."

자기 얘기를 하는 것이다,라고 유지는 확신했다. 이 사람은 이 얘기를 하고 싶어서 유지와 나오미를 일부러 이런 곳까지 불러들인 것이다.

"결국 그는 차를 뒤로 뺄 수밖에 없었어요. 근데 이게 상당히 번거로워서 거기서 너무 많은 시간을 빼앗겨 버렸어요. 그 노상주차만 아니었다면,이라고 그는 억울해하고 있습니다."

"하지만 그건 조금 이상하지 않아요?"

유지는 반격에 나서기로 했다. 입 다물고 계속 듣고 있을 필요는 없다. 마에무라의 눈썹이 꿈틀거렸다.

"그래요? 어떻게 이상하지요?"

"그게 정초 연휴 때의 일이잖아요. 그렇다면 뒷길을 이용할 게 아니라 처음부터 넓은 길로 갔어야죠. 정초에는 큰길이 대부분 비어 있으니까요. 노상주차를 한 사람도 정초 연휴에 이런 좁은 길을 이용할 사람은 없을 거라고 생각했던 거 아닐까요?"

"그래요, 그렇게 생각할 수도 있겠군요. 근데 상황이라는 게 어떤 일로 어떻게 달라질지 모르는 거예요. 그 친구도 처음에는 큰길로 갈 생각이었어요. 하지만 그때는 큰길도 차들로 막혀 있었어요."

"정월 연휴에? 그럴 리가요."

"사실이에요. 왜냐면 전날 밤부터 아침까지 기록적인 대설로 눈이 쌓이는 바람에 사고가 연달아 일어났으니까요. 아무리 차량 통행이 적더라도 사고 차량이 도로를 막고 있어서는 지나갈 수가 없어요."

유지는 흠칫했다. 그러고 보니 파출소에서 나온 경찰도 그날 아침에 사고가 잇따라서 교통과가 몹시 바쁘다고 말했었다.

"구급차를 불렀어야 하는 거 아닐까요? 그랬다면 좀 더 일찍 도착했을 텐데요."

나오미가 말을 보탰다. 그녀도 이미 마에무라의 이야기가 어떤 의미인지 알고 있을 터였다.

마에무라는 흥, 하고 콧방귀를 뀌었다.

"구급차가 올 때까지 손 놓고 기다리지 못하는 게 그런 때의 부모 마음이에요. 게다가 구급차에 실려 갔다가 이 병원 저 병원 전전하는 일도 많죠. 단골로 다니던 병원으로 달려간 건 잘못된 선택이 아니었다고 생각합니다."

"그래도……."

나오미는 그뿐, 더 이상 말을 잇지 못했다.

무겁고 답답한 침묵이 한참 동안 세 사람을 휘감았다. 더이상 누구도 요리에 손을 대려고 하지 않았다.

"다들 그렇게 해요." 유지는 말했다. "노상주차는 누구든 다 한다고요."

"그렇죠, 누구든 으레 노상주차를 합니다. 경찰이 단속에 두 손을 들어 버릴 정도예요. 이 사람도 저 사람도 그걸 전혀 나쁜 일이라고 생각하지 않아요. 주차 위반 딱지를 붙여도 태연히 떼어 내는 사람도 있어요. 주차장도 없으면서 대형차를 구입하기도 하고. 다들 미쳤다고밖에는 할 말이 없어요."

"그런 말을 하는 사람도 주차 위반을 한 적이 있을걸요?"

유지가 입을 삐죽이며 말하자 마에무라는 가슴을 젖히며 말했다.

"분명하게 말씀드리지요. 그 죽은 아이의 아빠는 기억하는 한에서는 교통 법규를 위반한 적이 없습니다. 물론 주차 위반도 마찬가지예요. 그렇기 때문에 더더욱 억울하고 원통하다고 하는 거예요. 무신경한 노상주차로 타인에게 폐를 끼쳤다는 것을 알고 나서도 여전히 잠깐 세워 뒀을 뿐이라고 말하는 그 사람이." 그는 다시 심호흡을 하고 말을 이었다. "죽이고 싶을 정도,라고 하더군요."

유지는 그의 얼굴을 멍하니 바라보며 유리잔에 손을 내밀었다. 목이 바싹 탔던 것이다. 하지만 떨리는 손끝이 유리잔을 쳐서 와인이 왈칵 쏟아지고 하얀 테이블보에 붉게 번져 갔다.

7

2층 방으로 돌아오자마자 유지는 나오미에게 짐을 챙기라고 말했다. 지금 당장 이곳을 나갈 생각이었다.

"내일 아침에 가면 안 돼?"

"안 돼. 그 사람이 뭔가 꾸미고 있는 게 틀림없어. 아이의 복수를 하려는 거야."

유지는 가방을 가져와 난폭하게 옷가지 등을 쑤셔 넣었다.

"아니, 왜 우리한테 복수를 해? 기껏해야 노상주차를 한 것뿐인데."

"그 사람한테 그렇게 말해 봐. 그 사람은 분명 아이가 죽은 게 우리 탓이라고 생각하고 있어. 그래서 우리를 여기까지 유인한 거라고. 우리가 스키장에 가고 싶어 하는 건 탐정이든 뭐든 사람을 써서 알아냈겠지. 그러고 보니 누군가 계속 지켜보는 것 같다고 나오미도 말했었잖아?"

"역시 괜한 걱정이 아니었네. 하지만 대체 어떻게 하려는 걸까?"

"나도 모르지. 알고 싶지도 않아. 아무튼 서둘러, 목숨이 아깝다면. 이건 농담으로 하는 말이 아니야."

"대체 이게 무슨 일이야."

나오미는 입을 삐죽거리며 울먹이는 얼굴로 짐을 꾸리기 시작했다.

밤 11시가 넘은 시각에 두 사람은 방을 나왔다. 발소리를 죽여 계단을 내려갔다. 마에무라의 방은 식당 바로 옆이었다. 문 앞을 지나갈 때 유지는 슬쩍 귀를 대 보았다. 아무 소리도 들리지 않았다.

종종걸음으로 현관으로 나가 문고리를 풀고 밖으로 나왔다. 얼어붙은 냉기가 한꺼번에 덮치면서 팔다리가 부르르 떨렸다.

"너무 추워. 빨리 차 문 좀 열어 줘."

"응, 알았어."

차에 올라타자마자 시동을 걸었다. 이런 추위에는 잠시 공회전이 필요하다. 엔진 소리 때문에 마에무라가 눈치를 챘다고 해도 상관없다. 갑자기 덮치기라도 하면 즉시 출발해서 달아나면 된다.

엔진 회전수가 진정되기를 기다리면서 유지는 마에무라가 왜 이런 장소를 선택했을까, 하고 생각했다. 복수를 하려면 인적 없는 한적한 곳이 필요했던 건가. 그러고 보니 여기까지 오는 도로는 요즘 같은 겨울철에는 어떤 차도 올라오지 않는다고 했었다. 그야말로 밀폐된 공간인 것이다.

"어서 탈출하자."

유지는 사이드브레이크를 풀었다.

낮에 올라온 길을 조심조심 되돌아갔다. 둘 다 멍하니 침묵에 빠졌다. 나오미는 턱을 괸 채 전조등 불빛이 비추는 앞쪽을 바라보고 있었다.

"노래라도 틀어 봐. 소리가 없으니까 더 으스스하다."

유지의 말에 나오미는 내키지 않는 기색으로 옆에 있던 테이프를 카세트에 밀어 넣었다. 낮 동안에 질리도록 들었던 노래가 스피커에서 흘러나왔다.

"저기……." 나오미가 머뭇머뭇 입을 열었다. "객관적으로 생각해 보면 역시 우리가 잘못한 걸까?"

골치 아픈 얘기를 꺼내는구나, 하고 유지는 내심 혀를 찼다. 우리에게 잘못이 없다는 건 아니다. 하지만 이렇게까지 비난받을 일은 아니라고 생각하는 것이다.

"우연히 그렇게 된 거야." 그는 말했다. "아무렇지도 않게 주차 위반을 하는 사람이라면 하늘의 별만큼 많아. 마에무라처럼 특별한 경우와 연결된 게 우연히 우리였던 것뿐이라고. 재수가 없었던 거야. 불운이라는 게 바로 이런 거지."

"그러고 보니 그 사람도 불운이라고 했어. 그 길에 노상주차 한 차가 있었던 게……."

"제발 그런 식으로 말하지 마."

유지가 날카롭게 내뱉자 나오미는 조개처럼 입을 딱 다물었다. 차 안은 다시 숨이 막힐 듯한 침묵에 휘감겼다.

별장을 나와 10분쯤 지났을 무렵, 돌연 눈앞에 검은 물체가 나타났다. 유지는 충돌 직전에 가까스로 브레이크를 밟았다.

산 쪽에 대고 큼직한 차가 서 있었다.

앗, 하고 나오미가 작게 외쳤다. "저거, 랜드크루저야."

"그래, 맞네."

좁은 길의 반 이상을 차지하고 서 있어서 유지의 차가 지나갈 수 있을지 어떨지 애매한 도로 폭이었다. 게다가 반대측에는 가드레일도 없다. 절벽 같은 급경사면 저 아래는 깊은 암흑에 휩싸여 있었다.

"그렇군, 결국 이런 짓을 하려던 거였어."

"뭐야, 혼자서 고개를 끄덕거리고? 무섭잖아."

"그 사람, 우리가 한밤중에 빠져나갈 거라고 예상했던 거야. 아니, 상황을 그렇게 끌고 갔다고 하는 게 맞겠지. 그러고는 여기를 랜드크루저로 막아 놓은 거라고. 노상주차가 얼마나 큰 피해를 끼치는지 우리한테 깨닫게 해 주려는 모양이지?"

유지의 설명에 나오미는 입이 떡 벌어졌다.

"어이가 없네. 그러려고 우리를 이런 곳까지 유인했다는 거야? 무슨 어린애도 아니고, 말로 해도 다 알아들을 텐데."

"그나저나 난감하네. 저 노상주차 때문에 피해를 보게 된

건 사실이야."

"어떡하지? 다시 돌아갈까?"

"바보냐? 그런 곳에 다시 돌아가는 건 절대 사양하겠어. 내가 어떻게든 해 볼게."

유지는 핸들을 돌리며 천천히 액셀을 밟았다.

"괜찮겠어?"

나오미는 걱정스러운 얼굴이었다.

"내 운전 실력을 믿어 봐. 이건 아슬아슬하게 지나갈 수 있어. 랜드크루저에 부딪치건 말건 내가 알게 뭐야."

유지는 차를 슬금슬금 앞으로 내밀었다. 실제로 도로 폭은 아슬아슬했다. 사이드미러가 랜드크루저에 닿으려고 해서 창밖으로 손을 내밀어 안으로 접었다.

"조심해, 이쪽은 진짜로 여유가 없어."

창문으로 아래를 내려다보면서 나오미가 가느다란 소리를 냈다.

"알아, 알아. 이런 식으로 살살 가면 지나갈 수 있다니까."

유지가 그렇게 말했을 때였다. 덜컹하는 가벼운 충격과 함께 갑작스럽게 차체가 왼편으로 기울었다. 나오미가 비명을 질렀다.

"왜, 왜 이러지?"

"내가 어떻게 알아?"

"창문 내리고 바깥쪽 좀 살펴봐."

나오미는 파워윈도를 내리고 멈칫멈칫 얼굴을 내밀었다.

183

다음 순간, 그녀는 눈을 희번덕거렸다.

"큰일 났어. 이쪽 흙이 무너지고 뒷바퀴가 빠졌어."

"뭐라고?"

온몸에서 땀이 쏟아졌다. 유지는 핸들을 단단히 잡고 신중하게 차를 앞으로 끌어내리려고 했다. 이 차는 전륜구동이다.

"앗, 안 돼. 움직이면 안 돼." 나오미의 목소리가 갈라졌다. "앞바퀴 쪽도 무너지고 있어. 어설프게 움직였다가는 앞바퀴도 빠져 버릴 것 같아. 좀 더 오른쪽으로 꺾을 수 없어?"

"안 되지. 랜드크루저에 걸리잖아."

유지는 차를 세우고 사이드브레이크를 당겼다. 그 순간 차체가 다시 왼편으로 기우뚱 기울었다. 길이 조금씩 조금씩 무너지고 있는 것이다.

"어떡해? 이대로 있다가는 차하고 함께 떨어질지도 몰라."

"종알거리지 좀 마! 나도 지금 방법을 생각 중이라고!"

고함을 쳤지만 유지에게도 무슨 묘안이 있는 게 아니었다. 뒷바퀴가 빠졌으니 후진은 할 수 없다. 그렇다고 이대로 전진하면 이번에는 앞바퀴가 위험하다. 문을 열고 일단 차 밖으로 탈출하고 싶지만, 오른쪽 문은 랜드크루저에 막혀 열리지 않고 왼쪽 문 밑은 절벽이다.

"자기, 어떻게든 좀 해 봐."

나오미가 유지의 어깨를 흔들었다. 유지는 나오미의 손을 급히 뿌리쳤다.

"움직이지 마! 차가 흔들리잖아."

"그래도……."

나오미는 두 손으로 얼굴을 가려 버렸다.

어떤 해결책도 생각나지 않았다. 이제는 차 안에 가만히 있는 수밖에 없다. 누군가 와 줄까. 하지만 이 길을 이용하는 사람은 거의 없다고 했다.

"어쨌든 마에무라도 여기로 나올 거야. 그때까지 기다리자."

"우리를 구해 줄까?" 나오미가 중얼거렸다. "그 사람, 우리를 원망하고 있잖아."

"안 구해 주면 어쩔 건데? 그 사람도 여기를 지나가지 않고서는 집에 갈 수 없어."

말을 하고 나서 유지는 꿀꺽 숨을 삼켰다. 나오미도 회색빛 얼굴을 하고 있었다.

그렇구나,라고 유지는 비로소 마에무라가 무엇을 노렸는지 정확히 이해했다. 그는 유지와 나오미가 이런 꼴이 되도록 철저히 꾸며 놓은 것이다. 절벽이 무너진 게 우연이 아니다. 유지의 차가 지나가면 부슬부슬 무너지게 미리 손을 써 두었다. 그리고 모든 것이 그의 계산대로 진행되었다. 유일한 오산은 유지의 차가 아직 굴러떨어지지 않고 가까스로 매달려 있다는 것이다.

"죽이고 싶다고 했어. 죽이고 싶을 만큼 증오한다고……."

"시끄러, 조용히 좀 하라고."

핸들을 쥔 손이 땀으로 흠뻑 젖었다. 침을 삼키려고 했지만 입안이 바짝 말라 있었다.

그때 후방에서 불빛이 다가오는 게 백미러로 보였다. 고개를 돌려 보니 몇 미터 뒤쪽에 하이럭스가 멈춰 서는 참이었다. 운전석 문이 열리고 마에무라가 내렸다. 그는 유지의 차 뒤로 다가오더니 상황을 파악하려는 듯 허리를 숙여 아래쪽을 들여다보았다.

잠시 뒤에 그는 랜드크루저 건너편을 넘어 유지의 차 앞으로 내려왔다. 전조등 불빛에 마에무라의 가면 같은 얼굴이 드러났다. 그는 실눈을 뜨고 지그시 유지와 나오미를 내려다보았다.

"살려 주세요, 제발……."

옆에서 나오미가 신음하듯이 말했지만 그 목소리는 그에게 가닿지 않은 것 같았다.

몇 초 동안인지, 그는 가만히 있었다. 그물에 걸린 사냥감을 바라보는 거미 같은 눈이라고 유지는 생각했다. 어떻게 요리해 볼까, 생각하는 중일 것이다. 실제로 그는 어떻게라도 할 수 있다. 차체를 살짝 옆으로 밀기만 해도 되는 것이다. 그리고 그럴 수 있는 도구가—조금 전까지는 길 한쪽을 가로막는 역할을 했었지만—바로 옆에 있었다.

이윽고 마에무라가 움직였다. 랜드크루저에 타는 것 같았다. 덜걱덜걱하는 소리가 어디선가 들려왔다. 깨닫고 보니 그건 유지 자신의 이가 맞부딪치는 소리였다. 나오미도 바들바들 떨고 있었다. 둘 다 비명조차 지를 수 없었다.

랜드크루저의 엔진 소리가 밤공기를 울렸다. 그 순간, 유지의 차가 다시 기우뚱 기우는 것 같았다. 유지는 눈을 질끈 감았다.

타이어가 지지직 눈을 밟는 소리가 났다. 랜드크루저가 앞으로 나간 것이다. 이윽고 움직임은 멈춘 것 같았지만 좀처럼 다음 행동으로 이어지지 않았다.

어떻게 할 작정인가,라고 유지는 생각했다. 후진해서 이쪽 차를 밀어 버릴까. 꽤 긴 시간이 흐른 것 같았지만 눈을 떠 볼 용기는 없었다.

그때 덜컹하는 충격이 다가왔다. 옆에서 나오미가 비명을 질렀다. 유지도 더욱더 눈을 꽉 감았다.

하지만 차가 추락하는 기척은 없었다. 오히려 질질 앞으로 끌려가는 느낌이었다. 유지는 머뭇머뭇 눈을 떴다.

앞쪽으로 랜드크루저가 보였다. 뒷부분의 로프가 유지의 차와 연결되어 있었다.

유지의 차가 길 한가운데까지 당겨졌을 때, 마에무라가 차에서 내렸다. 그는 유지 쪽은 돌아볼 것도 없이 연결 로프를 풀더니 다시 랜드크루저를 타고 길을 내려갔다.

유지는 한참 동안 아무 생각도 떠오르지 않았다. 방금 무슨 일이 일어났는지, 얼른 파악이 되지 않았다. 알고 있는 것이라고는 자신들이 무사하다는 것뿐이었다.

"유지 씨, 어서 가자."

이윽고 나오미가 말했지만 그녀도 아직 멍하니 꿈을 꾸는 듯한 얼굴이었다.

"응, 가자."

유지는 액셀을 밟았다.

수백 미터쯤 달렸을 때, 길 왼편에 랜드크루저가 서 있었다. 이곳은 도로 폭이 넓어서 옆을 빠져나가는 건 어렵지 않다.

유지는 잔뜩 긴장한 채 그 옆을 건너갔다. 또 뭔가 공격하는 건 아닌지, 겁이 났던 것이다. 하지만 옆을 지나친 뒤에도 아무 일도 일어나지 않았다. 나오미도 옆에서 안도의 한숨을 내쉬었다.

유지는 백미러로 마에무라의 모습을 살펴보았다. 어두워서 잘 보이지 않았다. 운전석에 가만히 앉아 있다는 것만은 알았다.

유지는 조용히 브레이크를 밟아 차를 세웠다.

"왜 그래?"

나오미가 물었다.

"응, 잠깐 여기서 기다려 줘."

유지는 차에서 내려 랜드크루저 옆으로 다가갔다. 마에무라는 유지를 쳐다보지 않았다. 가만히 눈을 감고 있을 뿐이었다.

"마에무라 씨……."

그를 불러 봤지만 반응은 없었다. 유지는 말을 이어 갔다.

"정말…… 죄송합니다. 노상주차, 진심으로 사과드립니다."

그래도 마에무라는 꿈쩍도 하지 않았지만 10여 초가 지난 뒤, 눈을 감은 채 말했다.

"어서 가 봐."

유지는 깊숙이 머리를 숙이고 차로 돌아왔다.

무슨 일이냐고 나오미가 물었지만 유지는 "아니, 그냥"이라고만 대답했다.

유지는 핸들을 잡고 차를 출발시켰다. 어둠 속에서 구불구불한 길이 하얗게 다가왔다. 그 길이 영원히 이어질 것만 같은 기분이었다.

버리지 말아 줘

1

고텐바 인터체인지에서 도메이 고속도로로 올라탔다. 골프를 치고 돌아오는 길이었다.

"그래서 어떻게 할 거야?"

조수석에 앉은 하루미가 캔커피에서 입을 떼고 말했다.

"어떻게 해야 할지, 이것 참, 난처하게 됐어."

사이토 가즈히사는 앞을 바라본 채로 입을 삐뚜름하게 틀었다.

"부인이 나에 대해 다 알아 버린 거잖아."

하루미의 말에 가즈히사는 흥 하고 코로 숨을 토해 냈다.

"다 알았으니까 이혼 얘기를 꺼냈겠지."

"그치? 근데 이대로 이혼하면 어떻게 돼? 당신은 아무것도 못 받아?"

"당연하지, 책임이 나한테 있는데. 자칫하면 위자료까지 물어야 할 판이야. 하긴 나한테 그럴 만한 돈이 없다는 건 마누라가 더 잘 알지만."

"그렇구나······."

하루미는 다시 커피를 한 모금 마셨다.

"이혼을 해 준다면야 나는 너무 좋지. 근데 부인의 재산이 한 푼도 안 들어오는 건 아쉽네."

"아쉽네 마네 정도가 아니야. 분명히 말하겠는데, 그렇게 되면 나는 무일푼이야. 어쨌든 내가 마누라 회사에 고용된 처지잖아."

이 차도 그 여자 거야,라고 볼보의 핸들을 슬쩍 치면서 사이토는 중얼거렸다.

"그럼 나한테 들어오는 돈도 제로겠네?"

"당연하지, 내가 무일푼인데."

"어떡하지?"

"그래서 내가 얘기하는 거잖아."

사이토는 앞을 바라본 채 오른손만 옆으로 내밀어 하루미의 손에서 캔커피를 빼앗아 쭈욱 들이켰다. 미지근해진 달달한 액체가 매끈하게 목을 타고 넘어갔다.

"뭔가 방법을 찾아야 한다고. 그 여자는 이미 이혼 준비에 들어갔어. 일 당하기 전에 뭔가 좋은 방법을 찾아야 해." 그리고 그는 곁눈으로 슬쩍 하루미를 보았다. "너도 도와줄 거지?"

그러자 그녀는 약간 당황한 표정을 짓더니 머뭇머뭇 대

답했다.

"응, 내가 할 수 있는 일이라면 뭐든 해야지."

"정말이지? 그 말, 잊으면 안 돼!"

그렇게 말하고 사이토는 빈 커피 캔을 창밖으로 휘익 던졌다.

2

앞차에서 뭔가 날아온 것 같다고 생각한 직후의 일이었다.

핸들을 잡은 후카자와 신이치의 옆에서 둔탁한 소리가 나고 그와 동시에 다무라 마치코가 아악, 하고 비명을 질렀다.

후카자와는 얼핏 옆을 돌아보고 깜짝 놀랐다. 마치코가 손으로 왼쪽 눈을 가리고 있었다.

"눈이, 눈이 아파!"

그녀가 울먹이면서 소리쳤다. 후카자와는 당황해서 급하게 차를 갓길에 세웠다.

"어떻게 된 거야? 왜 그래?"

"모르겠어, 눈이 너무 아파. 자기야, 나 좀 살려 줘."

마치코는 손으로 왼쪽 눈을 가린 채였다. 마치코의 손을 떼려다가 후카자와는 흠칫 멈췄다. 그녀의 손가락 사이로 피가 흘렀기 때문이다.

"얼른 병원으로 가자."

후카자와는 다시 차를 몰았다.

다음 인터체인지에서 고속도로를 내려와 주유소에서 병원 위치를 물어보고 단숨에 그쪽으로 향했다. 주유소 점원은 조수석의 마치코를 보고 기겁을 했다.

마침내 찾아낸 병원은 안타깝게도 그리 큰 병원이 아니었다. 의사는 마치코의 부상을 살펴보더니 곧바로 지역 대학병원으로 연락해 주었다. 후카자와는 다시 그녀를 차에 태우고 몇 킬로미터 떨어진 대학병원으로 달려갔다. 그때쯤에는 통증이 너무 심해서 그런지 마치코는 아무 말도 못하고 있었다.

미리 연락해 준 덕분에 마치코는 곧장 치료실로 실려 갔다. 무슨 일이 있었느냐고 간호사가 물었지만 후카자와도 어떻게 된 영문인지 알지 못했다.

치료를 기다리는 동안, 후카자와는 마치코의 시즈오카 본가에 연락해야 한다는 것을 깨달았다. 그래서 공중전화 쪽으로 갔지만 뭘 어떻게 얘기해야 좋을지 알 수 없어서 수화기를 든 채 한참 동안 우두커니 서 있었다.

마치코의 부모님에게는 방금 전에 인사를 드리고 나온 참이었다.

오늘 정식으로 결혼 허락을 받으러 갔던 것이다.

두 사람의 교제를 전부터 알고 있던 부모님은 서운함보다 오히려 안도감을 드러내며 후카자와의 청혼을 승낙해 주었다. 어머니는 내내 싱글벙글 웃고 있었고 아버지 쪽은 벌써부터 아이 얘기를 꺼낼 정도였다.

"잘 부탁하네. 우리 마치코가 워낙 세상 물정 모르는 철부지라서."

조금 전 헤어지면서 마치코의 어머니가 했던 말이다. 그때 마치코는 옆에서 새침하게 대꾸했었다.

"내가 아직도 어린앤 줄 알아? 엄마 아빠한테 걱정 끼친 적은 한 번도 없었잖아."

그런 그녀를 어머니는 변함없이 다정한 웃음으로 배웅해주었다.

'걱정 끼친 적은 한 번도 없었다고 했는데…….'

어쩌면 이번 일로 인생 최대의 걱정거리를 안겨 드리는 건 아닐까. 후카자와는 한 차례 심호흡을 하고 수화기를 들었다.

마음 아픈 소식을 전한 뒤, 후카자와는 병원을 나와 주차장으로 향했다. 왜 이런 일이 벌어졌는지 알아보기 위해서였다. 대체 어떻게 된 일인가. 전화를 받은 마치코의 어머니도 몇 번이나 그 점을 캐물었지만, 뭔가 눈에 맞은 것 같다는 말만 되풀이할 수밖에 없었다.

후카자와는 조수석 쪽의 문을 열고 바닥을 들여다보았다. 그것은 금세 눈에 띄었다. 발치에 떨어져 있었다.

빈 커피 캔이다.

자신들이 마신 게 아니라는 건 분명하다. 후카자와도 마치코도 캔커피는 좋아하지 않는다.

'그러고 보니⋯⋯.'

후카자와의 머릿속에 사고가 일어나기 직전의 광경이 떠올랐다. 달리던 앞차에서 뭔가를 내던진 것이다. 그게 이 빈 캔이었던 게 틀림없다.

"제기랄!"

격한 분노가 치밀었다. 그 빈 캔을 멀리 치워 버리려고 팔을 내밀었지만 손이 닿기 전에 흠칫 멈췄다. 이건 중요한 증거물이다. 자칫 엉뚱한 지문이 찍히면 조사가 어려워질지도 모른다. 차 안을 둘러보다가 비닐봉지가 있는 것을 발견하고 자신의 지문이 찍히지 않게 조심조심 그 빈 캔을 봉지 안에 넣었다.

'대체 누가 이런 짓을.'

후카자와는 프리 카메라맨이다. 아웃도어가 주요 활동 무대지만 식물이며 야생 조류를 촬영하기도 한다. 그래서 각지의 관광지와 캠프장에 가는 일이 많은데, 사람들이 버리고 간 빈 캔이 너무 많은 것에 매번 놀라곤 한다. 하지만 설마 이런 식으로 자신들이 피해를 입을 줄은 꿈에도 생각하지 못했다.

후카자와는 병원으로 돌아가 다시 공중전화로 지역 경찰서에 전화를 걸었다. 하지만 담당자는 그의 이야기를 반쯤 듣다가 말을 가로막았다. 사고가 일어난 장소가 이웃 현의 관할이라는 것이었다. 후카자와가 그쪽 전화번호를 문의하자 그는 귀찮은 기색이 역력한 목소리로 알려 주었다.

그 번호로 다시 전화를 걸어 교통과로 연결해 달라고 했지만 여기서도 후카자와는 실망하지 않을 수 없었다.

"요즘 그런 일이 아주 많더라고요."

그의 말을 다 듣고 난 담당자가 심드렁한 감상을 내뱉은 것이다.

"많다니요?"

"빈 캔을 창밖으로 던지는 사람들 말이에요. 대체 생각이 있는 건지 없는 건지, 원."

"저기요, 그래서 어떻게 할까요? 여기서 이대로 기다리면 됩니까?"

피해자의 신고를 잡담처럼 받아들이는 담당자에게 후카자와는 점점 화가 나기 시작했다.

"네에, 그건 말이죠." 담당자의 대답은 여전히 시원치 않았다. "방금 말씀하신 것만으로는 상대 차량을 특정하기가 어려워요. 게다가 설령 찾아내더라도 자기는 빈 캔 같은 건 버린 적이 없다고 딱 잡아떼면 저희도 어쩔 수가 없어요."

후카자와는 입을 다물어 버렸다. 그러자 담당자는 결국 이런 말까지 했다.

"실은 오늘 사고가 여러 건 발생해서 저희가 좀 바쁘네요. 미안하지만 이쪽으로 와 주실 수 있을까요? 일단 조서를 작성할 테니까요."

그 순간, 후카자와는 포기하자,라고 생각했다. 경찰에 기대를 걸어 봤자 소용없다. 그들은 피해자와 가해자가 확실한 사건 이외에는 관심이 없는 것이다. 누군가 내던진 빈 캔 때문에 느닷없는 부상을 당했어도 그저 운이 나빴다 치고 넘어가면 된다고 생각하는 것이다.

담당자가 주소와 이름을, 그야말로 일단 적어 둔다는 투로 묻기에 후카자와도 일단 대답은 했다. 하지만 경찰서까지 찾아갈 생각은 이미 없었다. 그리고 그가 찾아가지 않는다고 해서 경찰 쪽에서 먼저 연락이 올 리 없다는 것도 잘 알고 있었다.

수화기를 거칠게 내려놓고 치료실로 돌아갔다. 마침 마치코가 실려 나오는 참이었다. 얼굴의 반이 하얀 붕대로 둘둘 감겨 있었다.

"보호자세요?"

담당 의사인 듯한 사람이 후카자와에게 말을 건넸다. 마흔 살 정도의 마른 남자였다. 그렇습니다,라고 대답하자 의사는 그를 복도 한 켠으로 데려갔다.

"생각보다 상처가 깊어요. 대체 뭐에 맞은 겁니까?"

"이거예요." 후카자와는 손에 들고 있던 커피 캔 봉지를 내보였다. "고속도로를 달리는데 이게 앞에서 날아왔어요."

"어휴, 저런."

의사는 미간에 주름을 잡으면서 두어 번 고개를 가로저었다.

"가끔 있어요. 자동차 창밖으로 물건을 버리는 멍청이들

이. 하지만 고속도로에서 그랬다니, 나도 이런 경우는 처음
보는군요."

"선생님, 그나저나 마치코의 눈은요?"

그러자 의사는 일단 시선을 피했다가 다시 후카자와의 얼
굴을 보았다. 틀렸구나,라고 그 순간 후카자와는 깨달았다.

"상처가 너무 깊어요." 의사가 말했다. "시력을 되찾기가
힘들 것 같습니다."

"그렇습니까……."

후카자와는 비닐 속의 캔을 멍하니 바라보았다. 어차피
경찰에 제출할 일은 없을 것이다. 그렇다면 지금 여기서 내
발로 실컷 밟아 버릴까, 하고 생각했지만 이번에도 꾹 참았
다. 그리고 머릿속으로 이제 곧 도착할 마치코의 부모님에
게 어떻게 설명해야 할지를 생각했다.

3

"농담이지?"

하루미는 둥그레진 눈으로 사이토의 얼굴을 응시했다. 하
지만 그는 고개를 저었다.

"유감스럽게도 지금 농담 따먹기를 할 여유는 없어. 한시
바삐 방법을 찾지 않으면 때를 놓친단 말이야."

"아무리 그래도 죽이다니……." 하루미는 자신의 엄지손

가락을 깨물며 몸을 부르르 떨었다. "그런 거 말고 다른 좋은 방법은 없을까? 설마 사람을 죽이다니, 그건 안 되잖아."

"그럼 나하고 헤어질래?" 사이토는 침대에서 몸을 일으켰다. "너하고 깨끗이 헤어지고 마누라 앞에 납작 엎드려 싹싹 빌면 아마 이혼을 다시 생각해 줄 텐데."

"아니, 그건 안 돼." 하루미가 사이토의 허리에 매달렸다. "당신하고는 못 헤어져. 그것만은 절대 안 돼."

"그렇지? 그럼 달리 방법이 없잖아. 내가 이혼당하면 여기 맨션 임대료도 대 줄 수가 없어. 너도 그건 싫지?"

하루미의 팔을 뿌리치고 사이토는 베갯머리에 놓인 담배 한 개비를 빼내 입에 물고 불을 붙였다. 회백색 연기가 흐늘흐늘 천장으로 피어올랐다.

하루미는 침대에 엎드린 채 잠시 아무 말이 없더니 이윽고 천천히 그를 올려다보았다.

"잡히면 어떡해?"

"잡히긴 왜 잡혀?" 사이토는 말했다. "잡히지 않을 만한 기막힌 방법을 내가 생각해 냈다니까."

"어떻게 할 건데?"

"알리바이를 만드는 거야. 물론 가짜 알리바이지만." 사이토는 재떨이를 끌어당겨 톡톡 담뱃재를 떨었다. "근데 그 일에는 너의 협조가 필요해. 뭐든 도와주겠다고 했던 거, 잊지 않았지?"

"그야 잊지는 않았지만……."

"어려울 거 하나도 없어. 너는 잠깐 운전만 해 주면 되니까."

"운전?"

"응, 내 볼보를 몰고 와 주기만 하면 돼."

사이토는 속옷을 주워 입고 침대에서 내려와 전화대에서 메모지와 볼펜을 들고 왔다.

"실은 다음 주에 내가 마누라와 야마나카호수의 별장에 가기로 했어. 그쪽 별장 친구들하고 1년에 한 번씩 모여서 그동안 얼마나 사업을 잘했는지 자랑하는 모임이 있거든. 그날만은 우리도 사이좋은 부부인 척 연기를 하는 거야."

그렇게 말하고 그는 메모지 위쪽에 '야마나카호수, 사이토 가즈히사, 마사에'라고 썼다. 마사에는 그의 아내 이름이다.

"한편 하루미 너는 기차를 타고 아무도 몰래 도쿄를 출발해. 물론 우리가 있는 야마나카호수로 오는 거지. 저녁 시간 전에 도착할 수 있도록 하면 돼."

메모지에 '도쿄, 하루미'라고 썼다.

"기차 타고? 차로 가면 안 돼?"

"아니, 차는 안 돼." 사이토는 딱 잘라 말했다. "차는 눈에 띄기 쉽잖아. 혹시라도 아는 사람에게 들켰다가는 내가 공들여 짜낸 트릭이 물거품이 된다고. 자아, 잘 들어 봐, 우리 별장에 도착하면 너는 몰래 내 볼보 트렁크에 들어가 숨어 있어. 열쇠는 내가 미리 너한테 줄 거고, 별장 뒷문도 열어 둘 거니까."

"차 트렁크에? 아이, 싫어, 안 돼." 하루미는 침대에서 다리를 버둥거렸다. "갇힌 것 같아서 무섭잖아. 그러다 혹시 못 나오면 어떡해?"

"내가 그 옆에 있을 건데 무슨 걱정이야. 아, 일단 끝까지 들어 보라고. 저녁때가 되면 내가 마누라를 데리고 쇼핑을 나갈 거야. 하지만 실제로 쇼핑을 하려는 게 아니야. 아무도 보는 사람이 없는 산속으로 들어가서 빈틈을 노려 마누라를 살해하려는 거지. 그 산속을 × 지점이라고 해 두자고. 마누라의 사체를 이곳에 내려놓고 내가 차 트렁크를 열어 줄 거야. 그러면 너는 밖으로 나와서 잽싸게 마누라 옷으로 갈아입어. 그냥 상의를 걸치고 안경이나 모자 정도만 써 주면 되니까 괜찮아. 네가 마침 마누라와 키도 몸매도 엇비슷하니까 얼핏 봐서는 아무도 구분을 못 할 거라고. 아무튼 변장이 끝나면 너는 운전석에 앉고, 나는 조수석에 앉는 거야. 그렇게 네가 운전해서 원래의 별장으로 돌아가면 돼. 그때쯤에는 별장 정원에서 바비큐 파티가 시작될 테니까 그 앞에 세우는 거야."

"사람들이 보는 곳에 세운다고? 변장한 걸 눈치채지 않을까?"

"그건 걱정할 거 없어. 아무리 친하다고 해도 1년에 한두 번 만나는 정도야. 바깥은 어둑어둑하고 게다가 차 안에 있는 사람을 얼굴까지 정확하게 구별할 수는 없어."

"그렇다면 괜찮겠지만……. 그럼 그다음에는 어떻게 해?"

"나 혼자만 먼저 차에서 내릴 거야. 너는 다시 차를 몰고 방금 온 길을 되돌아가면 돼. 친구들한테는 아내가 뭔가 빠뜨린 게 있어서 다시 사러 갔다고 얘기해 둘 테니까. 그리고 너는 × 지점으로 가는 거야."

"시체가 있는 곳에 가라고? 나 혼자?"

하루미는 금세라도 울음이 터질 듯한 얼굴이었다. 사이토는 재떨이에 담배를 비벼 껐다.

"잠깐만 참으면 되잖아. 별거 아냐, 그곳에 도착해서 상의와 안경과 모자 등을 다시 시체에 입혀 놓기만 하면 된다고."

"뭐야? 안 돼, 난 못해."

하루미는 절망적인 표정으로 강하게 고개를 저었다.

"아니, 해야 돼. 그 정도는 할 수 있잖아? 나를 위해서라고 생각하고 해 줘. 부탁한다."

"그래도……. 모자와 안경은 그렇다 쳐도 옷을 입히기는 어려워. 시체는 시간이 지날수록 딱딱해진다고 어떤 책에선가 본 적이 있단 말이야."

"그럼 상의는 차 안에 던져 두기만 해도 돼. 그거라면 할 수 있지?"

사이토가 끈질기게 말했지만 하루미는 여전히 침울한 얼굴이었다.

"한밤중에 나 혼자 시체 옆에 있어야 하다니, 너무 무서워서 손도 못 내밀 텐데."

"아니, 할 수 있어. 너는 닥치면 뭐든 해낼 수 있는 여자야."

사이토는 하루미의 어깨를 잡고 앞뒤로 잘게 흔들었다.

그녀는 괴로운 듯 그의 얼굴을 마주 보았다.

"……그다음에는 어떻게 해?"

"다시 볼보 트렁크에 숨어 있으면 돼."

"또 차 트렁크에?"

하루미가 얼굴을 찌푸렸다.

"그때쯤에 나는 친구들에게 큰일 났다고 떠들어 댈 거야, 쇼핑하러 간 아내가 돌아오지 않는다고. 모두 나서서 찾으러 가자고 얘기가 될 거고, 그러면 내가 누군가의 차를 얻어 타고 × 지점으로 유인하는 거야. 볼보를 발견하는 것과 동시에 사체도 발견되겠지? 빨리 가까운 파출소에 신고해 달라고 동행했던 친구를 먼저 보낼게. 그리고 그 친구가 신고하러 간 사이에 나는 볼보를 근처 역까지 몰고 가서 트렁크에서 너를 꺼내 줄게. 너는 태연한 얼굴로 다시 기차를 타고 도쿄로 돌아오면 돼."

"그다음에 당신은 어떻게 할 건데?"

"당연히 × 지점으로 돌아가야지. 만일 누군가 먼저 거기에 와 있으면, 친지들에게 연락하려고 공중전화를 찾으러 갔었다고 둘러 대면 돼."

"그러면 결국……." 하루미가 마른 입술을 핥으며 말했다. "부인은 혼자 쇼핑을 하러 갔다가 도중에 누군가에게 살해되었다는 얘기네? 그때 당신은 별장 친구들과 바비큐 파티를 하고 있었으니까 알리바이가 성립되는 거고."

"그렇지, 바로 그거야."

사이토는 침대에 걸터앉아 하루미의 머리칼을 슬슬 쓰다 듬었다.

"근데 내 알리바이는 없잖아. 만일 경찰이 나를 의심하면 어떻게 빠져나가야 해?"

"경찰이 하루미를 의심할 일은 없어." 사이토는 낙관적으로 말했다. "우리 관계를 알고 있는 사람은 현재로서는 마누라뿐이야. 게다가 마누라는 자존심이 강해서 아직 아무한테도 그런 얘기를 내비친 적이 없을 거라고. 그러니까 마누라가 죽더라도 당장 너한테 혐의가 씌워질 일은 없어. 하긴 사건 이후에는 우리도 한동안 만나지 않는 게 좋겠지. 그리고 또 한 가지, 마누라를 살해할 때, 여자 힘으로는 도저히 할 수 없다고 생각될 만한 방법을 선택할 생각이야. 그러니까 설령 우리 관계를 경찰에서 알아낸다고 해도 네가 용의선상에 오를 일은 없어."

그의 설명을 다 듣고 난 뒤에도 하루미의 침울한 표정은 달라지지 않았다. 아직 결심이 서지 않았다는 것을 사이토도 잘 알 수 있었다.

"실은 또 한 가지 생각해 둔 게 있어." 그는 다시 입을 열었다. "만일의 경우에 대비해서 하루미 너의 알리바이도 만들어 줄 거야."

"내 알리바이를? 어떻게?"

"뭐, 그렇게 대단한 트릭은 아니고, 그냥 전화를 이용하는 거야. 우선 내가 너희 룸살롱에 전화를 해, 하루미 좀 바꿔

달라고. 그러면 마담이 당연히 이렇게 말하겠지. 오늘 안 나
왔어요,라고. 그러면 전화를 탁 끊는 거야."

"그러고는?"

"그다음에 네가 휴대전화로 룸살롱에 전화를 걸어. 물론
별장지에서 거는 것이지만, 도쿄 집에서 거는 것처럼 얘기하
라고. 방금 이상한 남자에게서 전화가 왔었는데 가게 쪽에는
그런 전화가 안 왔었느냐는 식으로 물어보면 돼. 그러면 마
담이 당연히 그런 전화를 받았다고 말하겠지? 너는 그야말
로 짜증 난다는 목소리로 어떤 불량배가 추근추근 달라붙어
서 너무 힘들다고 한바탕 우는소리를 하고 전화를 끊으라고.
그렇게 해 두면 가게에서는 다들 네가 도쿄 집에서 전화를
했다고 생각할 거라고. 알리바이가 성립되는 거지."

사이토의 계획을 머릿속에서 정리해 보는지 하루미는 잠
시 생각에 잠겨 있었다. 그러더니 불쑥 중얼거렸다.

"……잘 될까?"

사이토는 미끄러지듯이 침대에 몸을 눕히고 하루미의 어
깨를 끌어안았다.

"잘 되고말고. 내가 보증할게."

"그래도…… 무서워."

그녀는 아직도 파르르 떨고 있었다.

4

차는 볼보였다. 그리고 분명 고텐바 인터체인지에서 도메이 고속도로를 타고 왔다. 그것이 후카자와 신이치가 갖고 있는 유일한 기억이다. 그날 앞을 달려갔던 차 얘기다. 색깔은 흰색이 틀림없다.

그밖에 다른 단서는 아무것도 없었다. 그리고 기껏 그 정도의 정보로 마치코의 눈을 다치게 한 범인을 찾아낸다는 것은 애초에 불가능에 가까운 일이다.

'조금만 더 단서가 있으면 좋을 텐데.'

마치코의 본가로 가는 길을 걸으면서 후카자와는 한숨을 내쉬었다. 사고 이틀 뒤에 퇴원한 그녀는 현재 본가 부모님 밑에서 통원치료를 받고 있었다.

원래는 내일 병문안을 갈 예정이었지만 간밤에 마치코의 어머니가 전화를 해서 하루만 일찍 와 줄 수 없겠느냐고 부탁했던 것이다.

"애가 예민해져서 나하고 제 아빠에게 자꾸만 화를 내네? 자네 얼굴을 보면 마음이 조금 가라앉지 않을까 싶어서."

어머니의 하소연을 듣고, 당연히 예민해질 수밖에 없다고 후카자와는 생각했다. 한쪽 눈이라고는 해도 갑작스럽게 시력을 잃었는데 평정심을 유지할 수 있는 사람은 세상 어디에도 없을 것이다. 더구나 마치코는 헤어디자이너다. 누구보다 시력이 중요한 직업인 것이다.

본가에서는 후카자와를 반갑게 맞아 주었다. 왼쪽 눈에 두른 붕대가 너무도 애처로웠지만, 마치코도 그의 얼굴을 보고 기뻐하는 모습이었다. 일상생활을 하는 데 별다른 불편은 없다고 애써 웃으며 말했다.

"앞으로 일주일이면 붕대를 풀 수 있대. 하긴 그래 봤자 눈이 보이는 것도 아니지만."

마치코는 희미하게 미소를 지으며 아픔을 토해 내듯이 말했다. 그렇게 해서 큰 슬픔이 밀려드는 것을 어떻게든 막아 보려는 것이다. 그것을 잘 아는 만큼 후카자와로서는 어떤 말을 건네야 할지, 그저 가슴이 미어질 뿐이었다.

"자기, 내 방으로 가자." 마치코가 그의 손을 잡았다. 그녀의 방은 2층이다. "엄마, 내 방에 오면 안 돼! 우리끼리 재미있게 얘기하면서 놀 거니까."

"어이구, 네네, 방해 안 합니다."

마치코의 어머니가 웃으면서 대답하고 후카자와를 보며 슬쩍 고개를 끄덕였다.

방에 들어서자마자 마치코는 후카자와의 품속으로 뛰어들었다. 갑작스러워서 조금 놀랐지만 그도 그녀를 힘껏 껴안았다.

"나, 싫어지지 않았어?" 마치코가 물었다. "한쪽 눈이 멀어 버린 여자, 싫어지지 않았어?"

"그런 말, 하지 마. 나는 마치코의 왼쪽 눈과 약혼한 게 아니야."

후카자와의 말에 마치코는 흐느껴 울었다. 그녀의 눈물로 그의 폴로셔츠가 젖어 들었다.

"아, 눈이 아파."

시력이 없어도 눈물은 나오는 것이리라. 그녀는 붕대가 감긴 왼쪽 눈가를 가리며 신음했다.

"저런, 마치코, 괜찮아?"

"으응, 이제 괜찮아."

마치코는 빙긋이 웃더니 책상 위에 놓인 비닐봉지를 집어 들었다. 그 안에 문제의 빈 캔이 들어 있다.

"분노라는 감정도 때로는 큰 도움이 되는 것 같아. 자기가 주고 간 이 빈 캔을 보고 있으면 슬픔 따위, 어디론가 날아가 버려."

"정신 건강상 별로 좋지 않을까 봐 걱정했었는데 다행이다."

아직 병실에 있을 때, 후카자와가 이 빈 캔을 보여 주자 마치코는 자신이 갖고 있겠다고 고집을 피웠던 것이다.

"어떻게든 범인을 찾아낼 수는 없을까?"

비닐봉지 안의 캔을 바라보며 마치코가 말했다.

"나도 그걸 고민하는 중인데 좀체 좋은 방법이 떠오르지 않네. 게다가 우리는 경찰처럼 수사를 할 수 있는 것도 아니잖아."

"뺑소니 사망사고 같은 것이었다면 경찰에서도 열심히 수사했을 텐데. 역시 피해자가 죽지 않으면 안 되나 봐."

"그게 아니라 뺑소니 사망사고의 경우에는 수사로 범인

을 체포할 가능성이 높기 때문일 거야. 현장에 흔적도 있고 차체에도 흠집 같은 증거들이 남아 있으니까 범인을 밝혀 내기가 그리 어렵지 않겠지. 그에 비해 이번 같은 일은 수사 해 봤자 성과가 나오기 어려우니까 애초에 열의를 갖고 뛰 어들기도 어려워."

"고생만 하고 범인도 못 잡고?"

"응, 결국 그런 거야." 후카자와는 어깨를 움츠렸다. "경 찰도 그렇게 생각할 정도인데 우리가 범인을 찾아낸다는 건 거의 불가능에 가까워."

"포기할 수밖에 없겠다."

"아니, 나는 아직 포기할 생각이 없어." 후카자와는 단호 하게 말했다. "흰색 볼보라는 단서가 있으니까 그걸로 어떻 게든 방법을 찾아봐야지."

"흰색 볼보……."

마치코는 멍하니 허공을 응시하다가 문득 생각난 듯이 입을 열었다.

"이건 내가 잘못 본 것인지도 모르겠는데 그 차의 뒷유리 앞에 가스통이 있었던 것 같아. 그거 있잖아, 전에 캠프장에 갔을 때 자기가 램프용으로 가져왔던 작은 가스통."

"가스통? 진짜?"

"아니, 확실한 건 아니고……. 하지만 눈을 다치기 전에 내가 앞차를 보면서 혼자 멍하니 생각했었어. 저 사람들, 캠 프장에라도 다녀온 모양이네,라고. 왜냐면 그때 자기가 가져왔던 가스통하고 아주 비슷했거든."

"그렇구나."

마치코가 어떤 가스통을 얘기하는지 후카자와는 금세 알아들었다. 가스 랜턴용 연료다. 초록색의 넙적한 통이었다.

"근데 그런 걸 자동차 뒷좌석 선반에 놓아둘까? 게다가 볼보 같은 외제차를 타는 사람들이?"

"글쎄 잘 모르겠네. 역시 내가 잘못 본 건가."

마치코는 힘없이 고개를 떨구었다. 그 모습을 보고 후카자와는 그녀가 어렵게 꺼내 놓은 기억을 어떻게든 살려 보고 싶었다.

"고텐바 인터체인지에서 고속도로를 탄 걸 보면 후지산 쪽의 호수에서 왔을 수도 있어." 그는 말했다. "거기서 캠핑을 하고 돌아오는 길이었는지도 모르지. 그렇다면 아웃도어 용품을 싣고 다닐 수도 있잖아."

"후지산 쪽의 호수? 맞아, 정말 그럴지도 모르겠다." 마치코는 손뼉을 쳤지만, 금세 얼굴빛이 흐려졌다. "근데 그것만으로는 알아내기 어려워. 주말에 후지산 쪽을 찾는 사람이 엄청 많잖아."

"그건 그렇지만 만일 그쪽에 별장을 가진 사람이라면 다시 나타날 수도 있어."

"별장? 아, 그렇구나. 깜짝 놀랄 만큼 고급차는 아니어도 볼보를 타고 다닐 정도라면 별장을 가졌을 가능성도 있지."

"좋아." 그는 크게 고개를 끄덕였다. "내일부터 후지산 호숫가의 별장지를 돌아봐야겠어. 문제의 흰색 볼보를 발견하는 기적이 일어날지도 몰라."

"뜬구름 잡는 얘기 같지만……. 만일 흰색 볼보를 찾아내더라도 그게 범인의 차라는 걸 어떻게 확인하지?"

"글쎄." 후카자와는 잠시 생각해 본 뒤에 대답했다. "일단 찾아내고, 그건 그때 가서 생각해 보면 돼."

5

토요일 낮, 사이토 가즈히사는 볼보를 몰고 집을 나섰다. 조수석에는 아내 마사에가 타고 있었다. 마사에는 들고 있던 카폰을 끊고 빙긋이 웃으면서 말했다.

"이걸로 일단 일은 마무리했어. 오늘은 더 이상 전화 올 일도 없어."

"작년에는 갑작스럽게 호출이 오는 바람에 한참 허둥거렸잖아."

"누가 아니래. 모처럼의 파티가 엉망이 됐었지."

마사에는 부친의 회사를 물려받아 패션 전문 쇼핑몰을 몇 군데나 경영하고 있다. 더구나 명색뿐인 2세 경영자가 아니라 타고난 대담함으로 사업을 착착 키워 가는 중이다. 사이토와는 연애결혼을 했지만 회사에서는 완전히 상사와 부하의 관계였다.

버리지 말아 줘

사이토가 브레이크를 밟았을 때, 뒷좌석에 뭔가 떨어지는 소리가 났다.

"뭐야, 이거?"

마사에가 허리를 틀어 주워 들고 사이토에게 내보였다. 넙적한 초록색 깡통이었다.

"아, 그거? 지난번에 주유소에서 무슨 기념품이라면서 주더라고. 차량용 왁스인 모양이야."

"별 시시한 걸 다 주네."

그녀는 초록색 통을 뒷좌석으로 휙 던졌다.

야마나카 호숫가 별장에는 6시 넘어서 도착했다. 외관은 캐나다풍의 통나무집이다. 하지만 내부는 고급 호텔처럼 꾸며져 있다.

사이토가 짐을 옮기는 동안 마사에는 곧장 별장 친구들에게 인사하러 나갔다. 그녀의 모습이 사라지기를 기다려 그는 별장 전화의 수화기를 들었다. 하루미에게 따로 건네준 휴대전화 번호를 눌렀다. 두 번의 신호음 만에 연결되었다.

"응, 나야."

하루미의 숨죽인 목소리가 들려왔다.

"지금 어디야?"

"당신 별장 근처."

"여기 오는 도중에 혹시 만난 사람 없지?"

"응, 없었어."

"잘했어." 사이토는 손목시계를 확인했다. 6시 반이다.

"그럼 계획대로 진행해. 미리 준비하고 있으라고."

일단 전화를 끊고 다시 다른 번호를 눌렀다. 이번에는 하루미가 일하는 룸살롱이다. 곧바로 상대가 나왔다. 룸살롱 마담의 목소리다.

"거기, 하루미 있어?"

일부러 막돼먹은 말투로 을러대듯이 물었다. 마담의 표정이 홱 바뀌는 것이 눈앞에 선하게 떠오르는 것 같았다.

"하루미는 오늘 쉬는 날인데, 누구세요?"

"내가 누구든 당신이 뭔 상관이야? 그보다 하루미 진짜 없어? 있는데도 없다고 거짓말하는 거 아냐?"

"거짓말을 하다니, 무슨 말씀이세요? 대체 누구시죠? 자꾸 이러시면 경찰에 신고할 거예요."

그 말에는 대꾸하지 않고 거칠게 수화기를 내려놓았다. 내가 생각해도 연기를 잘했다고 내심 흡족해하면서 다시 하루미에게 연락했다.

"룸살롱 쪽에 전화했어. 이제 하루미가 나설 차례야. 그게 끝나면 내가 얘기했던 대로 차 트렁크에 숨어 있으면 돼."

"진짜로 금세 꺼내 줄 거지?"

"당연하지. 나를 믿으라고."

전화를 끊자마자 별장을 나왔다. 주차장은 뒤편이라서 건물 앞쪽에서는 보이지 않는다.

"아, 오랜만이네요. 올해도 잘 부탁합니다."

옆 별장의 주인이 사이토를 발견하고 인사를 건네 왔다.

6

후카자와 신이치는 가와구치호수에서 야마나카호수 쪽
으로 향했다. 이 근처의 사진을 찍어 달라는 일거리가 들어
왔기 때문이다. 하지만 호숫가 별장지만 골라서 차를 달리
는 데는 일 이외의 이유가 있었다.

'근데 의외로 별로 없구나.'

주차장에 세워 둔 차들을 훑어보며 그는 중얼거렸다. 흰
색 볼보가 좀체 눈에 띄지 않았던 것이다. 오늘은 아직까지
한 대도 못 봤다.

마치코와 약속한 뒤로 후카자와는 흰색 볼보를 발견하는
족족 사진을 찍었다. 어쩌면 그중에 범인이 있을지도 모른
다고 생각하면서 차곡차곡 모아 둔 것이다.

야마나카호수 근처에서 카페에 들어갔다. 그림책에나 나
올 것 같은 하얀 건물이었다. 카페 안에는 역시나 젊은 여자
손님들이 가득했다. 후카자와는 구석에 자리를 잡고 커피를
주문했다.

'하긴 흰색 볼보를 찾아낸다고 뭐가 어떻게 되는 것도 아
니지만.'

가방에서 비닐봉지를 꺼내 그 안의 빈 캔을 들여다보며
한숨을 내쉬었다. 애초에 범인을 꼭 찾아낼 생각으로 시작
한 일이 아니다. 마치코의 억울한 심정을 생각하면 아무것
도 안 하고 포기할 수는 없었던 것뿐이다.

어제 마치코를 만나고 왔다. 그녀는 예전의 명랑함을 조금 더 되찾은 것 같았다.

"아빠한테 혼났어." 그녀는 장난꾸러기처럼 혀를 쏙 내밀며 말했다. "지나간 일은 이제 어쩔 수 없다, 그런 일에 언제까지고 매달려 있을 거냐고 하시더라고."

마치코의 아버지는 목수다. 장인다운 기질로 매사에 남에게나 자신에게나 엄격한 성품이다.

"사위에게도 더 이상 폐를 끼쳐서는 안 된다, 할 일도 많은 사람인데 그런 일에 시간을 빼앗겨서야 제대로 사진을 찍겠느냐……."

"엇, 그동안 땡땡이친 거, 반성해야겠는데?"

후카자와는 쓴웃음을 지으며 머리를 긁적였다.

"아냐, 나도 아빠 말이 맞다고 생각했어. 그러니까 그거, 내일로 끝을 내자." 마치코는 진지한 눈빛으로 그를 바라보며 말했다. "아무것도 안 하고 포기했다면 두고두고 억울하겠지만 이제는 웬만큼 속이 풀렸어. 그러니까 마지막으로 딱 한 번만 찾아보고 그걸로 끝내자. 나도 잊어버리도록 노력할게."

"마치코, 정말 괜찮겠어?"

"응, 이제 됐어. 아빠 말대로 이미 지나간 일인걸, 뭐." 그녀는 커피 캔이 든 봉지를 그에게 내밀었다. "내일, 이거 어딘가에 내버려 줘. 내가 갖고 있으면 자꾸 생각나니까."

"알았어."

그렇게 후카자와는 커피 캔을 받아 온 것이다.

'그래, 이제 그만 어디에 내버릴지나 생각해 보는 게 좋겠다.'

비닐봉지 안의 커피 캔을 바라보며 그는 연한 커피를 마셨다.

7

바비큐 파티 준비가 착착 진행되었다. 해마다 만나던 멤버들이 빠짐없이 얼굴을 내보였다. 화제의 중심에 선 사람은 항상 마사에다. 안 그러면 직성이 풀리지 않는 성격인 것이다.

시계를 흘끗 본 뒤에 사이토는 마사에게 말했다.

"잠깐 쇼핑 좀 하고 올게."

"뭔가 빠뜨렸어?"

"응, 술을 안 사 왔네, 버번위스키를."

"그럼 나간 김에 와인도 사다 줘. 아무래도 모자랄 것 같아."

"알았어."

별장 뒤편의 주차장으로 들어가 볼보의 트렁크를 열었다. 예정대로 안에 하루미가 숨어 있었다.

"아, 살았다!" 어지간히 불안했었는지 사이토의 얼굴을 보자마자 하루미는 울먹거렸다. "깜깜하고 게다가 너무 추워. 여기 한참 더 있어야 해?"

"조금만 더 참아. 이제 곧 마누라가 올 거니까 얌전히 있어."

하루미가 뭔가 더 말하려는 것을 무시하고 사이토는 트렁크를 닫았다.

1분쯤 기다렸다가 그는 차에 타고 시동을 걸었다. 천천히 차를 몰아 주차장을 빠져나왔다. 별장 앞을 지나갈 때, 바비큐 친구가 손을 흔들어 주었다.

장소는 정해져 있다. 만에 하나 비명을 지르더라도 들리지 않을 만큼 깊은 숲속이다. 범행은 그리 어렵지 않을 터였다. 무엇보다 하루미는 살해되는 사람이 자신인 줄은 꿈에도 모른다.

딱하지만 어쩔 수 없다,라고 사이토는 생각했다. 그저 재미 삼아 만났던 것뿐인데 그걸 진심으로 받아들인 쪽이 잘못인 것이다. 얼마 전에 헤어지자는 얘기를 꺼냈을 때 깨끗이 헤어져 줬더라면 별문제가 없었다. 그런데 헤어질 바에는 차라리 지금까지의 일을 부인에게 모두 털어놓겠다느니 뭐니 떠들고 나서니까 결국 죽일 수밖에 없게 된 것이다.

어리석은 여자다.

그리고 어리석기 때문에 이번 같은 계략에도 쉽게 걸려들었다.

"머리 나쁜 것들은 죽어도 돼."

사이토는 시니컬한 표정으로 중얼거렸다.

목적지에는 예정대로 도착했다. 주위는 온통 나무로 둘러싸여 있었다. 사이토는 차를 세우고 장갑을 낀 뒤에 밖으로 나왔다.

트렁크를 열었다. 하루미는 몸을 일으키고 주위를 둘러보았다. 잔뜩 겁이 났다는 건 어둠 속에서도 잘 알 수 있었다.

"끝난 거야?"

그녀가 물었다. 마사에를 살해하는 일이 끝났느냐는 뜻이다. 사이토는 고개를 저었다.

"아니, 지금부터 해야지."

"지금부터라니?"

"지금부터 죽인다는 얘기야."

그리고 그는 하루미의 목덜미를 잡았다.

8

후카자와가 고급 별장지 쪽으로 들어선 순간, 바로 옆의 부지 안에서 흰색 볼보가 나왔다. 급히 카메라 포커스를 맞추려고 했지만 차는 금세 달려가 버렸다.

하지만 그 순간, 기묘한 감각을 느꼈다. 지금까지 마주친 흰색 볼보와는 뭔가 다르다. 이 차가 아닐까 하는 직감이 있었던 것이다.

'에이, 설마. 아니야, 어쩌면…….'

차가 나온 곳을 살펴보았다. 별장 주인으로 보이는 사람들이 정원에서 파티를 하고 있었다. 모두 30대에서 40대 초반 정도다.

후카자와는 별장 주위를 한 바퀴 빙 돌아보았다. 주차장은 건물 뒤편에 있었다. 차가 한 대도 없는 걸 보면 조금 전에 나간 볼보는 여기에 세워 뒀던 것이리라.

부지 주위에 철조망을 둘러쳤지만 한쪽에 뒷문이 있고 자물쇠도 채우지 않았다. 후카자와는 마음을 굳게 먹고 그 안으로 들어갔다. 주차장은 지붕도 있고 셔터도 달린 곳이었다. 아닌 게 아니라 그러는 게 좋을 것이다. 별장까지 소유한 부자들에게 반감을 품고 한밤중에 차를 긁고 가는 일이 적지 않다는 얘기를 후카자와도 들은 적이 있었다.

주차장 안이 널찍해서 창고도 겸하는 모양이다. 벽 쪽의 작은 선반에 밧줄이며 텐트 등이 정리되어 있었다. 접이식 피크닉 테이블도 있었다.

'램프 가스통은 없는 것 같네.'

후카자와가 그렇게 생각했을 때, 뒤쪽에서 날카로운 목소리가 날아왔다.

"여기서 뭐 하고 있죠?"

깜짝 놀라서 그는 한손에 들고 있던 비닐봉지를 떨어뜨렸다. 빈 커피 캔이 데굴데굴 바닥을 굴러갔다.

고개를 돌리자 짙은 화장의 자그마한 여자가 그를 노려보고 있었다.

"앗, 죄송합니다. 제가 이런 일을 하고 있는데요." 후카자와는 명함을 꺼냈다. "별장이 너무 아름다워서요. 꼭 사진에 담게 해 주셨으면 합니다."

여자는 명함을 흘끗 쳐다보고는 그뿐, 곧바로 그에게 되돌려 주었다.

"미안하지만 응해 드릴 수 없군요. 그쪽 분야에는 별로 관심이 없어서."

"그렇습니까."

"볼일이 없다면 그만 나가 주세요."

"그전에 한 가지 여쭤볼 게 있는데요, 지난주 토요일에도 여기에 오셨습니까?"

"지난주 토요일?" 여자는 의아한 듯 고개를 가로저었다. "아니, 안 왔는데? 왜요?"

"아뇨, 아무것도 아닙니다. 실례했습니다."

"아, 잠깐." 이번에는 여자가 그를 불러 세웠다. "빠뜨린 게 있군요."

그녀는 후카자와가 떨어뜨린 비닐봉지를 집어 주었다. 그는 주차장 안을 새삼 둘러보았다. 빈 캔은 어디로 가 버린 걸까.

"왜 그래요?"

"아뇨. 아무것도 아닙니다. 그럼 이만."

후카자와는 총총히 뒷문으로 그곳을 나왔다. 그리고 이걸로 이제 끝내자,라고 생각했다.

'캔도 없어져 버렸고.'

마치코도 이해해 줄 거라고 후카자와는 생각했다.

9

일요일 밤, 사이토는 마사에와 함께 도쿄 집에 도착했다. 여기서도 짐을 나르는 건 사이토가 전담했다. 마사에는 피곤해, 피곤해,라면서 곧장 소파에 누워 버렸다.

"나, 톳포 데려올게."

톳포는 집에서 기르는 개 이름이다. 여행 때 친구 집에 맡기고 간 것이다.

"응, 다녀와."

반쯤 잠이 든 목소리로 마사에는 대답했다.

사이토는 차를 타고 하루미의 맨션으로 향했다. 트렁크 안에는 아직 그녀의 사체가 들어 있었다. 그래서 별장을 나올 때 짐을 모두 뒷좌석에 실었지만, 짐 따위에는 관심도 없는 마사에는 전혀 의심하는 기색이 없었다.

하루미의 맨션에 도착한 것은 밤 9시를 지난 무렵이었다.

사이토는 차로 지하 주차장에 들어갔다. 가장 안쪽에 세워 둔 프리메라가 하루미의 차다. 그 옆에 자신의 볼보를 바짝 붙이고 장갑을 낀 뒤에 밖으로 나왔다.

뒤쪽으로 돌아가 한 호흡 내쉬고 트렁크를 열었다. 간밤에 밀어 넣은 모습 그대로 하루미는 누워 있었다. 걱정했던 냄새는 아직 나지 않는다. 하루미의 말처럼 트렁크 안은 의외로 추운지도 모른다.

사체는 눈을 뜨고 있었다. 그 눈을 쳐다보지 않도록 조심하며 그녀의 가방에서 차 열쇠를 꺼내 프리메라의 문을 열었다. 그리고는 끌어낸 사체를 차 뒷좌석에 눕혔다.

열쇠는 다시 하루미의 가방에 넣고 뭔가 빠뜨린 게 없는지 확인한 다음 차 문을 잠갔다.

'좋아, 아무도 본 사람 없어.'

잽싸게 볼보에 올라타고 사이토는 부아앙 엔진 소리를 울렸다.

10

사체가 발견된 것은 10월 30일 월요일이었다. 발견한 사람은 나카이 하루미의 차 옆에 차를 세워 두었던 은행원이었다. 아침 출근길에 무심코 옆의 차를 돌아봤다가 발견한 모양이었다. 젊은 은행원은 사체를 한 번도 본 적이 없는지 경찰 진술 조사 중에도 얼굴이 새파랗게 질려 있었다.

즉시 맨션 주민에 대한 탐문 조사가 시작되었지만, 사체가 언제부터 차 안에 있었는지는 분명하게 밝혀지지 않았다. 다만 하루미의 차가 금요일 밤부터 계속 그 자리에 있었다는 건 거의 확실했다.

　도난당한 것도 없고 폭행당한 흔적도 없다. 따라서 원한 관계일 가능성이 높다는 것이 수사 당국의 의견이었다.

　그런 가운데 형사 한 명이 흥미로운 정보를 물고 왔다. 정보 제공자는 하루미가 일하던 룸살롱의 마담이었다.

　"지난 토요일 6시쯤에 어떤 이상한 남자가 가게로 전화를 했어요. 하루미를 바꿔 달라고. 쉬는 날이라고 했더니만 이름도 안 밝히고 탁 끊더라고요. 그러고는 바로 뒤에 하루미가 전화를 해서 가게에 이상한 남자가 전화하지 않았느냐고 묻는 거예요. 그런 전화가 왔다고 했더니 역시나,라면서 한숨을 쉬었어요. 그 남자가 하루미 집에도 전화를 한 모양이에요. 자꾸 추근추근 달라붙어서 힘들다고 하더라고요."

　"어떤 남자인지, 하루미 씨가 얘기하지 않던가요?"

　"아뇨, 그건 알려 주지 않던데요. 별로 얘기하고 싶지 않은 것 같아서 나도 안 물어봤어요. 정말로 힘들면 털어놓을 거라고 생각했거든요."

　그 증언은 수사에 하나의 방향타가 되었다. 하루미 주변의 남자를 훑어보기로 한 것이다. 지금까지 사귄 사람들을 비롯해 조금이라도 관련이 있는 남자들은 모두 용의선상에 올랐다.

　사이토 가즈히사의 이름이 나온 것은 사체 발견 나흘째의 일이었다. 하루미의 친구가 그녀의 새 옷을 부러워하자 룸살롱 손님이 의류 관련 일을 하는 사람이라서 선물을 받았다고 슬쩍 내비친 적이 있다는 것이었다. 조사해 본바, 그경우에 해당하는 사람은 사이토뿐이었다. 또한 하루미의맨션을 수색해 보니 사이토의 아내가 경영하는 패션 전문쇼핑몰에서 판매하는 것과 동일한 상품의 의류가 속속 나왔다.

즉각 두 명의 수사원이 사이토를 만나러 갔다. 경시청 수사1과의 가네다 형사, 그리고 관할서의 다도코로 형사였다.

두 형사와 마주한 사이토는 나카이 하루미라는 이름을듣고 얼른 생각나지 않는 듯한 표정을 보였다. 그래서 룸살롱 이름을 말했더니 아아, 하고 살짝 손뼉을 쳤다.

"그 여자요? 룸살롱에서 한두 번 얘기한 적이 있었죠. 근데 그 여자가 살해됐어요? 와아, 이거, 정말 놀랍네."

옷을 선물한 적은 없느냐고 가네다 형사가 묻자 사이토는 천만뜻밖이라는 얼굴로, 사귀지도 않는 여자에게 그런선물을 할 리가 없다고 부정했다.

"그런데 지난주 토요일에서 일요일까지 어디에 계셨지요?"

가네다 형사가 물었다. 사망 추정 시각은 폭을 넓혀서 토요일 낮부터 일요일 아침까지로 잡고 있었다.

"내 알리바이를 확인하시는 건가요?" 사이토는 피식 웃더니 그날이라면 야마나카 호숫가의 별장에 갔었다고 진술했다. 증인은 가까운 별장의 친구들이라고 했다. "그때 내내그 친구들과 함께 있었어요. 누구한테 물어보시든 정확히 확인해 줄 겁니다."

자신만만한 말투였다.

수사 본부로 돌아온 두 형사에게 본부장이 사이토 가즈히사의 인상을 물었다. 두 사람의 심증은 똑같았다. 범인일 가능성 매우 높음,이라는 것이었다.

그 주 토요일, 가네다와 다도코로 형사는 야마나카호수를 찾아갔다. 그전 주 토요일에 사이토 부부와 바비큐 파티를 했던 야마시타 부부가 이번 주에도 다시 갈 예정이라는 말을 들었기 때문이다. 야마시타 부부는 시즈오카 시에서 살고 있지만 한 달에 두 번은 호숫가 별장에 간다고 했다.

형사의 질문에 부부는 당혹스러워하면서도 사이토의 진술과 거의 동일한 내용의 증언을 했다.

"네, 그렇습니다. 6시 조금 넘어서 왔고, 그 뒤로는 계속 우리와 함께 있었어요. 다들 흥이 올라서 바비큐 파티가 끝난 뒤에도 사이토 씨의 별장에서 새벽 2시경까지 떠들썩하게 놀았죠. 덕분에 다음 날 숙취로 고생했습니다."

선한 얼굴의 남편이 실눈을 뜨고 웃으며 말했다.

"사이토 씨는 평소와 다른 기색은 없었어요? 이를테면 혼자 생각에 잠긴 것 같았다든가."

다도코로가 물었다. 하지만 야마시타는 고개를 갸웃거릴 뿐이었다.

"글쎄요, 그런 건 기억나지 않네요."

"정말 계속 함께 있었어요? 잠깐이라도 사이토 씨 혼자서 자리를 뜬 적은 없었어요?"

가네다가 거듭 확인하듯이 물었다.

그러자 야마시타는 팔짱을 끼고 끄응 신음하며 생각에 잠겼다.

"아, 그러고 보니 딱 한 번 자리를 비운 적이 있었네." 이윽고 퍼뜩 고개를 들고 그가 말했다. "본격적으로 파티를 시작하기 조금 전이었으니까 6시 반쯤이었나? 술을 산다면서 차를 타고 나갔어요."

"혼자 갔습니까?"

"네, 그랬죠. 한 3, 40분쯤 뒤에 돌아왔던 것 같아요."

"3, 40분……."

형사들은 일요일의 상황도 물어본 뒤에 고맙다는 인사를 건네고 야마시타 부부와 헤어졌다.

"30분이면 하루미 씨를 살해해 트렁크에 싣는 게 충분히 가능하죠?"

다도코로가 말했다. 가네다도 고개를 끄덕였다.

"이제 그 여자도 여기에 왔었다는 증거만 찾으면 되는데……."

수사 본부에서는 하루미의 교제 상대는 사이토라고 봐도 일단 틀림없다는 결론을 내렸다. 지금까지 하루미의 룸살롱 쉬는 날과 사이토의 외박 날이 정확히 일치한 점, 하루미의 액세서리 중에 사이토가 구입해 준 것으로 보이는 물건이

다수 있었다는 점 등이 그 근거였다.

하지만 사이토가 재벌급 아내와 실제로 이혼할 마음을 먹고 하루미를 사귄 건 아니었을 터였다. 아마도 하루미와의 불륜 관계를 정리하려다가 서로 얘기가 틀어지면서 살해를 결심한 것이 아닌가,라는 것이 수사 회의의 중론이었다.

문제는 알리바이였다.

룸살롱 마담의 증언에 따르면, 토요일 저녁에 하루미는 자기 집에 있었다. 한편 그 시간대에 사이토는 후지산 야마나카호수의 별장에 있었다. 이래서는 범행이 불가능하다.

하지만 젊은 수사원 중에 그럴싸한 가설을 내놓은 사람이 있었다. 하루미가 룸살롱에 전화했을 때, 실제로는 도쿄의 자기 집이 아니라 후지산 야마나카호수 근처에 있었을지도 모른다,라는 것이었다. 그전에 걸려 온 이상한 남자의 전화는 물론 사이토의 소행이다. 거기에 하루미를 설득해 룸살롱에 가짜 전화를 걸게 했을 것이라는 게 그 젊은 형사의 추리였다.

만일 그날 하루미가 야마나카호수 근처에 있었다면 사이토 범행설도 충분히 성립된다. 즉, 그는 하루미를 살해하고 사체를 차 트렁크에 숨겨 둔다. 다음 날 도쿄로 돌아오는 길에 사체를 싣고 와서 하루미의 맨션 지하 주차장에 버린다. 그렇게 하면 사이토의 알리바이 조작도 가능한 것이다.

실은 또 다른 수사원이 전날 사이토를 만나 볼보의 트렁크를 보게 해 달라고 부탁했다. 사이토는 흔쾌히 허락해 줬지만 트렁크 안은 명백히 최근에 청소한 흔적이 있었다.

그걸로 점점 더 그에 대한 의혹이 깊어졌다.

가네다와 다도코로는 하루미의 사진을 들고 야마나카 호수 주변의 레스토랑이며 매점 등을 한 집 한 집 돌면서 탐문에 나섰다. 하지만 그녀의 모습을 봤다는 사람은 없었다.

"별수 없네. 오늘은 그만 돌아가자."

저물어 가는 해를 바라보며 가네다가 말했다.

"영 찜찜하군요. 사이토가 하루미 씨를 감쪽같이 잘 숨겼다는 얘기잖아요."

"그렇지. 문제는 어디에 숨겼느냐는 건데……." 가네다는 문득 발을 멈췄다. "살해한 뒤에 사체를 트렁크에 넣었다는 건 틀림이 없어. 그렇다면 살아 있을 때도 차 근처에 숨겨 뒀던 거 아닐까?"

"아하, 주차장!"

다도코로가 손가락을 따악 튕기며 대답했다.

"그렇지. 좋아, 일단 가 보자."

두 사람은 도쿄에 연락해 별장 수색에 대한 허가를 받았다. 주차장은 건물 뒤편에 있었다.

"여기라면 하루미 씨를 숨겨 두지 못할 것도 없겠는데요?"

"하지만 아내의 눈이 있었으니까 쉽진 않았을 거야."

두 사람은 하루미의 흔적이 될 만한 것을 필사적으로 찾아보았다. 담배꽁초가 몇 개 떨어져 있었지만 그녀가 담배를 피우지 않는다는 건 이미 알고 있다.

"없는데요."

"응, 그러게 말이야. ……엇, 저게 뭐지?"

가네다가 피크닉 테이블 뒤쪽에서 집어 든 것은 빈 커피 캔이었다.

"이상하네." 가네다는 말했다. "다른 곳이라면 또 모르지만, 이 별장은 유난히 깨끗해서 감탄까지 했던 참이잖아. 먼지 한 톨이 없었어. 근데 이런 걸 아무렇게나 내버렸다니, 어떻게 된 거지? 게다가 이 커피 캔은 그리 오래된 것이 아니야."

"혹시 하루미 씨가 숨어 있을 때 마신 거 아닐까요?"

다도코로가 바짝 긴장한 목소리로 말했다. 가네다는 한 차례 크게 고개를 끄덕였다.

"좋아, 밑져야 본전이야. 이걸 챙겨 가자고. 혹시 하루미 씨의 지문이 나오기라도 하면 그야말로 만만세야."

11

"6월 6일이 좋겠다. 길일(吉日)이니까."

달력을 보면서 후카자와가 말했지만 마치코는 고개를 저었다.

"그날은 안 돼. 서양에서는 별로 좋지 않은 날*이라잖아. 역시 5월에 하는 게 좋겠어. 5월 29일이나 30일은 어떨까?"

"예식장, 자리가 있을지 모르겠네."

"남은 곳을 찾아보면 돼."

마치코는 끓인 물을 찻주전자에 붓고 잠시 기다렸다가 두 개의 찻잔에 따랐다. 하지만 주전자 부리를 잔에 제대로 맞추지 못하는 바람에 찻물이 테이블에 주르륵 흘렀다.

"앗, 이런!" 그녀는 급히 행주를 가져와 테이블을 닦았다. "미안해. 안 젖었어?"

"아니, 괜찮아."

행주를 손에 든 채 마치코는 고개를 떨구었다.

"원근 감각이 이상해졌어, 한쪽 눈뿐이라서. 이런 내가 아내 역할을 제대로 할 수 있을까."

"익숙해지면 괜찮아. 그리고 그런 말, 이제 안 하기로 약속했지?"

화제를 바꿔 보려고 후카자와는 텔레비전을 켰다. 뉴스에서 앵커가 살인범이 체포되었다는 소식을 전하고 있었다. 부자 아내를 둔 남편이 불륜녀를 살해한 것이라고 한다.

"세상에 별별 사람이 다 있네. 뭐가 부족해서 저런 짓을 저질렀을까?"

정말로 궁금하다는 듯이 마치코가 말했다.

---

* 성경의 요한계시록에 '666은 짐승의 숫자'라고 기록된 것에 근거하여 6월 6일을 불길한 징조의 날로 여기고 출산, 결혼 등을 꺼린다는 속설이 있다. 특히 공포영화 〈오멘〉의 소재로 쓰이면서 널리 알려졌다.

"우리와는 관계없는 얘기야."

그렇게 말하고 후카자와는 채널을 돌렸다.

거울 속에서

1

"이제 열흘 남았지? 하루하루 손꼽아 기다리고 있겠네."

오다 형사가 보고서를 쓰고 있는데 팀장 후루카와가 찻잔에 차를 따라 주면서 말했다. 오다는 얼굴을 들고 찡그린 표정으로 고개를 저었다.

"그럴 리가요. 예식장 알아보랴 사회자 찾아보랴, 거기다 이사 준비도 해야 하고 너무 힘들어요. 손꼽아 기다리기는 커녕 어서 빨리 지나갔으면 하는 심정이에요."

"말은 그렇게 하면서도 그게 다 재미있어 죽겠지?"

"아휴, 아니라니까요. 게다가 여행 준비는 아직 시작도 못 했어요."

"신혼여행? 아, 부럽다, 부러워."

후루카와는 후루룩 차를 마시더니 오다의 책상에 붙어

있는 카드 달력을 가리켰다.

"하와이로 간다고 했지? 열흘이라니, 요새는 경찰도 휴가가 아주 길어졌어."

"결혼 휴가는 기껏해야 일주일이고 거기에 유급 휴가를 붙인 거예요."

"그만큼 쉬는 것도 이번이 마지막이라고 생각하는 게 좋을걸?"

후루카와가 빙글빙글 웃으면서 말했다. 오다는 쳇, 하고 혀를 찼다.

"초중고교도 주 5일이라는데 경찰만 쉴 새 없이 일하라는 건 좀 그렇죠. 쉬는 날을 자꾸 늘려 가야 합니다."

"사건사고가 부쩍 줄어 준다면야 우리도 실컷 쉴 수 있지."

후루카와가 그렇게 중얼거렸을 때, 옆에서 무선을 수신 중이던 교통과 팀원 야마시타가 말했다.

"팀장님, 사고 발생입니다."

즉시 후루카와의 얼굴빛이 바뀌었다. 오다도 자리에서 일어섰다.

"장소는?"

후루카와가 물었다. 야마시타가 수신한 것은 현경 본부에서 외근 지령실로 보내는 무선이다.

"E동 교차로예요. 승용차와 스쿠터 충돌."

"알았어."

후루카와와 함께 오다도 준비 태세에 들어갔다. 곧바로

책상 위의 전화가 울렸다. 외근 지령실에서 내려온 출동 명령이다. 후루카와가 메모를 하면서 대응했다.

"이봐, 내 말이 맞지?" 순찰차에 탄 뒤에 후루카와가 말했다. "정말로 풍요로운 나라가 됐다면 가장 먼저 우리부터 한가해져야 해. 근데 뭐야, 사건사고가 전혀 줄어들지 않잖아."

"물질은 넘쳐 나도 정신적인 여유는 없다는 건가요?"

"그렇지, 바로 그거야."

오다가 경광등을 올리고 순찰차를 출발시켰다. 시계를 보니 1시 반, 한밤중이다. 이런 시각에도 사고가 끊이지 않다니, 장기 휴가는 정말 이번이 마지막인지도 모르겠다고 오다는 생각했다.

현장은 신호등이 있는 사거리였다. 도로는 모두 편도 1차선에 제한속도는 40킬로미터. 주위에는 주유소며 작은 빌딩이 줄줄이 늘어서 있다. 낮에도 딱히 교통량이 많은 장소는 아니다.

오다 일행이 도착해 보니 사고 차량과 스쿠터는 근처 주유소 부지로 이동해 있었다. 승용차는 흰색 국산차다. 스쿠터도 국산인 것 같은데 차종은 얼른 알 수 없었다. 다만 50cc 미만의 소형이다.

구조대원의 모습은 보이지 않았지만 외근 경찰 두 명이 자리를 지켜 주었다. 스쿠터에 탔던 젊은이는 병원으로 실려 갔다고 한다.

"가족에게 전화해서 병원 위치를 알려 줬어. 비디오 대여

점 회원증에 전화번호가 적혀 있었거든."

중년의 외근 경찰이 처리 내용을 설명해 주었다.

"수고하셨습니다. 부상은 어느 정도였어요?"

후루카와가 물었다.

"머리를 세게 부딪혔는지 도로 위에 쓰러진 채 움직임이 없
더라고. 구조대원이 부르는데도 대답을 못하는 상황이었어."

"머리를 부딪혔어요? 헬멧을 안 썼던 거예요?"

"아무래도 그런 것 같아."

옆에서 듣고 있던 오다는 입술을 악물었다. 요즘은 스쿠
터를 탈 때도 헬멧 착용이 의무사항으로 정해져 있는데 아
직도 그걸 지키지 않는 젊은이가 많다.

"안타깝네요. 출혈이 없는 것 같아서 안심했더니만."

후루카와가 도로 위를 보며 말했다.

"응, 외상은 그리 심한 건 아니었어."

"목격자는 있었어요?"

"아니, 없었어. 워낙 밤늦은 시간이라서."

"그렇겠죠."

후루카와의 지시에 따라 현장 검증에 들어갔다. 사고 지
점은 한쪽 도로의 정지선 부근이었다. 직진하던 스쿠터가
근처에서 멈춰 서려는 참에 승용차가 왼편 모퉁이를 돌아
와 덮쳤다는 것이다.

"어떻게 이런 사고를 냈지?"

후루카와가 눈이 둥그레졌다.

"뭐, 본인에게 물어보면 알 수 있겠죠."

오다는 사고를 낸 승용차로 다가갔다. 운전자가 차 안에 있었다. 고개를 숙인 채 두 손으로 머리를 부여잡고 있었다. 오다가 유리창을 두드리자 천천히 얼굴을 들었다. 나이는 30대 중반쯤일까. 뺨이 날카롭게 파인 다부진 인상의 얼굴이었다.

"잠깐 얘기 좀 할 수 있어요?"

남자가 차 문을 열고 나왔다. 오른쪽 다리를 살짝 저는 것 같았다.

"그쪽도 다쳤어요?"

오다의 질문에 남자가 대답했다.

"아뇨, 대단한 건 아니에요. 괜찮습니다."

그때 오다는 상대가 내쉬는 숨에 주의를 기울였다. 음주운전일 가능성을 의심한 것이다. 하지만 그에게서 술 냄새는 나지 않았다.

남자는 나카노 후미타카라고 이름을 밝혔다. 어쩐지 귀에 익은 이름이었다. 근무지를 물어보자 잠깐 머뭇머뭇하다가 도자이 화학이라고 이 지역에서 유명한 회사명을 말했다.

나카노의 말에 따르면, 그는 사거리 교차로에서 우회전을 하려고 했다. 신호가 파란불에서 노란불로 바뀌려는 참이어서 마음이 급했다. 그러다 보니 지나치게 속도를 올렸는지 차가 심하게 미끄러졌다. 당황해서 어떻게든 차체를 바로잡으려다가 오히려 핸들을 미처 꺾지 못하고 반대 차선으로 돌진해 버렸다…….

그럴 수도 있겠다고 오다는 생각했다.

하지만 도로 표면을 살펴보던 후루카와는 고개를 갸웃거렸다.

"그렇다고 하기에는 좀 이상한데?"

"뭐가요?"

"타이어 자국 말이야. 내가 보기에는 그렇게까지 흔적이 진한 건 아니야."

"엇, 정말 그러네요?"

오다도 타이어 자국을 확인해 보고는 나카노 쪽으로 몸을 돌렸다.

"속도는 어느 정도였어요?"

"제한속도를 조금 초과했던 것 같은데……. 그러니까 50킬로미터 정도였을 거예요."

"하지만 커브를 돌기 전에는 속도를 늦췄을 거 아니에요."

후루카와가 옆에서 물었다. 나카노는 잘 모르겠다는 듯이 고개를 저었다.

"기억이 안 나요. 너무 순간적으로 일어난 일이라…….."

"흐음, 이상하네." 후루카와는 손끝으로 뺨을 긁적이며 혼잣말처럼 중얼거렸다. "커브를 그렇게 빠른 속도로 돌지는 않은 것 같은데?"

"나카노 씨는 이렇게 늦은 시간에 어디에 가던 길이었어요? 무슨 급한 볼일이라도 있었어요?"

오다가 물었다. 나카노는 힘없이 고개를 떨구며 대답했다.

"아는 사람한테 갔다가 돌아오는 중이었는데……. 급한 볼일이 있었던 건 아니고……."

뭔가 석연치 않은 말투였다.

사진 촬영 등, 한바탕 현장 검증을 마치고 JAF의 사고 차량 이동까지 확인한 뒤에 오다와 후루카와는 나카노를 데리고 경찰서로 돌아왔다. 정식으로 진술 조사에 들어갔지만 그의 대답에는 별다른 변화가 없었다. 오로지 기억이 나지 않는다는 말만 계속 되풀이했다. 사고를 낸 사람들은 대부분 자신에게 유리한 주장을 늘어놓기 마련인데 나카노는 그런 것도 거의 없었다. 신호가 파란불이었던 건 틀림이 없다고 얘기했을 뿐이다.

나카노는 이쪽에 가족이 없다고 해서 우선 직장 상사에게 연락했다. 진술 조사가 끝날 무렵, 나카노의 상사가 경찰서로 나왔다.

"나카노, 괜찮아?"

교통과 사무실로 들어선 것은 훌쩍 큰 키에 얼굴이 검게 그을린 남자였다. 나카노보다 약간 나이가 많은 것 같았다.

"수고가 많으십니다. 저는 다카쿠라라고 합니다만."

남자는 이쪽을 향해 공손히 머리를 숙이고 명함을 내밀었다. 명함을 보고 오다는 멈칫했다. 후루카와도 똑같이 엇, 하는 소리를 냈다. '도자이 화학 주식회사 업무부 노무과'라는 직장명 옆에 '육상부 감독'이라는 직위가 적혀 있었기 때문이다.

"아, 그 마라톤의 다카쿠라 씨?"

명함을 든 채 후루카와는 입을 떡 벌렸다. 오다도 생각이 났다. 다카쿠라는 10여 년 전에 마라톤에서 활약을 펼쳤던 정상급 선수다. 분명 국가대표로 올림픽에도 나갔을 터였다.

"아하, 이쪽은 나카노 씨, 그 나카노 후미타카 씨였군요." 오다가 손뼉을 따악 치며 말했다. "10킬로미터라든가, 마라 톤에도 자주 출전했었지요? 그 무렵에는 ×× 식품 소속으 로 뛰었던 것으로 기억하는데요."

그의 말에 나카노는 쑥스럽다기보다 거북스러운 얼굴로 고개를 숙였다. 아마 이런 자리가 아니었다면 그도 좀 더 자 랑스러운 표정이었을 것이다.

"나카노는 지금 우리 팀에서 코치로 일하고 있습니다."

다카쿠라가 옆에서 말했다.

"이것 참, 놀랍네요. 내가 꽤 오랫동안 이 일을 해 왔지만 이런 유명한 분을 만난 건 처음이에요."

후루카와는 얼굴이 환하게 풀어졌지만, 그렇다고 특별 대 우를 해 주지는 않겠다는 듯이 곧바로 엄격한 표정으로 되 돌아왔다.

"이런 밤늦은 시간에 나오시라고 해서 죄송합니다. 일단 어떤 상황인지 말씀드려야 하니까 자아, 이쪽으로 오시죠."

방문자용 테이블에 자리를 잡고 오다와 후루카와는 사고 상황을 간단히 설명했다. 명백히 나카노 측의 과실이라는 것을 알고 역시나 다카쿠라는 눈가가 흐려졌다.

"그렇습니까. 정말 큰 실수를 해 버렸군요. 실은 저녁때 이 친구가 내 부탁으로 대학교수님을 만나러 갔었어요. 스포츠 생리학을 연구하는 교수님이라서 트레이닝에 대해 조언을 구하러 간 겁니다. 워낙 바쁜 분이라 낮에는 길게 시간을 낼 수가 없어 이렇게 밤늦은 시간에 만났는데 역시 심야 운전은 위험하군요."

다카쿠라는 마치 사고 원인이 자신에게 있다는 듯 어깨가 축 처졌다. 나카노는 옆에서 몸을 옹송그린 채 그의 얘기를 듣고 있었다.

혹시나 해서 오다는 그 대학과 교수의 이름을 나카노 본인에게 물어보았다. 하지만 그는 다카쿠라 쪽을 배려하려는 것인지 선뜻 대답하지 않았다.

"이 친구가 혹시라도 교수님께 폐가 될까 봐 말씀을 못 드리는 거예요."

다카쿠라가 감싸 주듯이 말했다. 오다는 급히 손을 내저었다.

"아뇨, 그럴 일은 전혀 없어요. 그건 보증합니다."

"그렇습니까. 그럼 제가 대신 말씀드리지요. 대학은……."

다카쿠라가 알려 준 곳은 이 지역 국립대학이었다. 그곳에 마루야마라는 조교수를 만나러 갔던 것이다.

다카쿠라가 대답하는 것을 나카노는 옆에서 걱정스럽게 지켜보았다. 다카쿠라가 괜찮다는 듯이 나카노를 향해 슬쩍 고개를 끄덕였다.

"절차상 확인하는 것뿐이에요. 관공서 업무라는 게 원래 그렇잖습니까. 양해해 주십쇼."

후루카와가 조금 누그러든 표정으로 말했다.

"그런데 상대 쪽의 부상은 어느 정도예요?"

머뭇머뭇하는 느낌으로 다카쿠라가 물었다. 후루카와는 고개를 저었다.

"아직 연락 들어온 게 없어요. 우리도 지금 병원에 가 볼 예정입니다."

"저희도 함께 가는 게 좋을까요?"

"오늘 밤은 너무 늦어서 괜찮을 것 같긴 한데, 만일의 경우 연락드리겠습니다."

"네, 잘 부탁합니다."

다카쿠라는 다시 머리를 숙였지만, '만일의 경우'가 어떤 의미인지 잘 알고 있는지 표정이 잔뜩 굳어 있었다.

2

다카쿠라가 나카노를 데리고 돌아간 뒤, 오다와 후루카와 는 곧장 병원으로 향했다. 사고 현장에서 차로 10분 거리의 시민병원이다.

피해자의 이름은 하기와라 쇼이치였다. 면허증에 적힌 나이는 19세. 그 밖에 다른 신분증명서가 없어서 학생인지 어떤지는 알 수 없었다.

병원에 도착하자 후루카와는 피해자의 용태를 확인하기 위해 치료실로 향했다. 오다 혼자 대기실로 갔더니 하기와라의 부모인 듯한 중년 남녀가 눈에 들어왔다. 둘 다 조그만 몸집으로, 서로 의지하듯이 대기실 의자에 앉아 있는 모습이 영락없이 장식으로 놓아 두는 부부 인형 같았다. 오다는 모자를 벗고 인사를 건넸다.

"경찰 아저씨, 대체 어떻게 된 거예요? 우리 쇼이치가 잘못한 게 아니지요?"

어머니가 자리에서 벌떡 일어나 달려왔다. 두 눈은 이미 벌겋게 부어 있었다.

"이봐, 그러지 말고 앉아."

아버지 쪽이 아내를 나무라며 다시 의자에 앉혔다.

"아드님께도 자세한 얘기를 들어 봐야겠지만, 일단 상대측 얘기로는 아드님 쪽의 잘못은 없는 것 같습니다. 그쪽에서 일방적으로 잘못했다고 인정했어요."

오다의 말에 두 사람은 그나마 안도하는 기색을 보였다. 손해배상에 대한 것을 염려하고 있었던 게 틀림없다. 하지만 둘 다 금세 험상궂은 표정으로 되돌아왔다.

"그 사람은 지금 어디 있습니까? 남의 아들을 저 꼴을 만들어 놓고 얼굴도 안 비쳐요?"

아버지가 내뱉듯이 말했다. 그쪽도 크게 당황한 상태여서 오늘 밤은 일단 돌려보냈다고 설명하자 아버지는 몇 마디 불퉁불퉁하다가 입을 꾹 다물어 버렸다.

"아드님은 좀 어떻습니까?"

오다가 물어보자 어머니 쪽이 침울하게 머리를 갸우뚱했다.

"아무래도 뭐가 안 좋은 것 같아요. 여기 실려 온 뒤로 여태까지 의식이 돌아오지 않아서……."

"머리를 찧었다고 하잖아요. 이거, 예삿일이 아니에요. 제기랄, 애한테 무슨 일이 생기면 절대 그냥은 못 넘어가."

화가 난 것을 보여 주듯이 아버지 쪽은 다리를 잘게 떨고 있었다. 이 분노는 물론 가해자에게 던져진 것이다.

"아드님이 헬멧을 안 썼어요. 헬멧만 썼어도 일이 이렇게 커지지는 않았을 텐데 안타깝습니다."

사고는 어찌 됐든 부상에 대해서는 자업자득인 면도 있다는 것을 오다는 슬쩍 내비쳤다. 그게 효과가 있었는지, 아버지 쪽이 혀를 끌끌 찼다.

"헬멧을……. 역시 그렇구먼. 그 녀석이 항상 그렇다니까. 당신이 단단히 얘기를 했어야지."

"걔는 내가 하는 말은 듣지를 않아. 당신이 좀 따끔하게 얘기해 줬으면 좋았을 텐데……."

"나는 일이 바쁘잖아. 이봐요, 경찰 아저씨, 헬멧을 안 쓰면 뭔가 우리한테 불리한 게 있어요?"

"헬멧 착용 의무를 게을리했으니까 그 점은 처벌을 받게 됩니다. 하지만 그건 사고 원인과는 관계가 없어요."

"그래요? 그렇다면 다행이네."

아버지가 한숨을 내쉬었다.

"다만 가해자 측에서 치료비를 어느 정도나 내느냐 하는 판정에는 영향을 끼칠 가능성이 있습니다. 보험으로 처리하게 될 텐데, 아드님이 헬멧을 쓰지 않은 것을 보험 회사에서 알게 되면 전액을 다 내 주지는 않을 거예요."

"몇 퍼센트쯤은 깎일 거라는 얘기예요?"

"그렇습니다. 반은 깎일 것 같은데요."

"반절을……."

아버지가 머리를 긁적였다.

"여보, 지금 돈이 문제야? 우선 애가 깨어나야 말이지."

날카로운 목소리로 어머니가 말한 순간, 치료실 쪽이 소란스러워졌다. 간호사들이 당황한 기색으로 급하게 드나들고 있었다.

"왜 저러지? 쇼이치에게 무슨 일 난 거 아니야?"

"설마……."

부부가 불안한 듯 엉거주춤 일어섰을 때, 안경을 쓴 의사가 나타났다.

"하기와라 씨, 이쪽으로."

의사는 턱을 끄덕이며 부부를 불렀다. 그들이 복도로 건너가자 자리를 바꾸듯이 후루카와가 돌아왔다. 오다를 보더니 미간을 좁힌 채 고개를 저었다.

"틀렸어."

"아……."

오다가 한숨을 내쉰 직후, 복도에서 하기와라 쇼이치의
어머니가 울부짖는 소리가 들려왔다.

3

다음 날 아침, 오다와 후루카와는 다시 한번 사고 현장에
나가 뭔가 놓친 것은 없는지 확인했다. 새로 발견된 건 없었
지만 이번에도 후루카와는 아무래도 이상하다고 고개를 갸
웃거렸다.

"도무지 이해를 못하겠네. 아무리 봐도 타이어가 미끄러
진 자국이 그렇게 깊지 않아. 속도를 올린 상태에서 급하게
핸들을 꺾었다면 훨씬 더 진하게 남았어야 해."

"게다가 그다음의 움직임도 이상해요. 아무리 미처 핸들
을 꺾지 못했다고 해도 그대로 반대 차선으로 돌진하지는
않잖아요."

"그렇지. 미처 돌지 못해서 반대편 모퉁이에 부딪쳤다면
그건 이해할 수 있는데 말이야."

"역시 음주운전일까요? 그걸 숨기려고 거짓말을 한다든
가?"

그런 경우가 흔한 것이다.

"아니, 내가 본 바로는 술을 마신 건 아니야."

"저도 동감이에요. 그러면 단순한 졸음운전이었다든가?"

"그런 거라면 솔직히 말을 했겠지. 핸들을 미처 꺾지 못했건 졸음운전이었건 처벌에는 별 차이가 없어. 게다가 졸고 있었다면 교차로에서 돌지도 못했을 거라고."

"그러면 역시 음주운전을 의심해야 하는 건가. 그 대학교수라는 사람을 만나 봐야겠네요. 나카노가 술을 마셨을 가능성이 있는지 없는지, 확인할 수 있을 거예요."

"응, 그것도 한 가지 방법이기는 하지."

작업을 마치고 두 사람은 차에 탔다. 둘 다 얼굴빛이 떨떠름했던 것은 하기와라 쇼이치가 결국 귀한 목숨을 잃었기 때문이다. 뇌 내 출혈이 손쓸 수 없이 심했다는 것이 의사의 설명이었다.

이미 나카노와 다카쿠라에게도 그 소식을 전했다. 날이 밝는 대로 직접 하기와라의 집에 연락을 드리겠다고 다카쿠라는 말했다. 역시나 충격을 감추지 못하는 모습이었다.

"이봐, 저것 좀 봐." 오다가 출발하려고 했을 때, 후루카와가 왼쪽 옆을 가리키며 말했다. "저기 저 건물 2층. 이쪽을 내다보는 사람이 있지?"

오다는 후루카와가 가리킨 방향으로 시선을 집중했다. 낡은 회색 연립주택 건물의 2층 베란다에 한 남자가 나와 있었다.

"저 사람, 아까부터 우리를 쳐다보고 있어. 조금 전에는 쌍안경으로 들여다보더라고."

"쳇, 구경거리인 줄 아나. 어쩐지 마음에 걸리는데, 한번 알아볼까요?"

"그래. 저 위치에서라면 사고 현장이 정면으로 보였을 거야. 뭔가 목격했을 수도 있어."

"알겠습니다."

오다는 차를 연립주택 앞에 세웠다. 4층짜리 건물이라 엘리베이터가 없었다. 계단을 경중경중 뛰어올라가 호실 위치를 확인한 뒤에 현관 벨을 눌렀다. 문 너머에서 남자의 나지막한 목소리가 들려왔다. 오다가 경찰이라고 신분을 밝히자 잠깐 말문이 막힌 듯한 시간이 흐르고 천천히 문이 열렸다. 얼굴을 내민 사람은 턱수염을 기른 마른 체형의 남자였다. 나이는 서른 전후일까.

"갑작스럽게 죄송합니다."

사과의 말을 한 뒤에 오다는 간밤의 사고에 대해 이야기했다. 남자의 얼굴에 별다른 변화는 없었다. 사고가 일어난 걸 알고 있구나,라고 직감했다.

"아까부터 우리를 내려다보던데 혹시 어젯밤에 뭔가 목격했어요?"

뒤를 이어 직접적으로 물어보았다. 그게 뜻밖이었는지 남자는 앗 하고 입을 벌렸다. 그리고 그렇게 낭패한 모습을 보인 이상, 어물쩍 넘어가는 건 안 좋겠다고 생각한 모양이다. 부루퉁한 얼굴로 고개를 끄덕였다.

"길 쪽에서 큰 소리가 나기에 베란다로 뛰어나갔어요. 그랬더니 그런 일이 벌어졌더라고요."

"잠을 자던 중이었어요?"

"아뇨, 일하던 중이었습니다. 베란다 쪽에 방충망만 닫고 창문은 열어 뒀기 때문에 유난히 소리가 크게 들렸어요."

남자의 이름은 미카미 고지, 여러 잡지사에 기사를 써 보내는 이른바 프리랜서 기자인 모양이었다.

"사고 직후의 상황은 어땠어요?"

"어땠냐면, 글쎄요, 승용차 운전석의 남자가 내려와 스쿠터를 탔던 젊은이를 살펴보기도 하고, 아무튼 몹시 다급한 상황이었어요. 승용차에는 그 남자 한 명뿐이었고요."

아무래도 그의 목격담에 사고 원인을 밝혀 줄 만한 단서는 없는 것 같았다.

"큰 소리가 났다고 했는데 정확히 어떤 느낌이었죠? 단순히 차량끼리 부딪치는 소리였어요?"

후루카와가 물었다.

"네, 그렇긴 한데……." 미카미는 잠시 뭔가 생각해 보더니 불쑥 내뱉었다. "타이어 소리가 났어요."

"타이어 소리?"

"끼이익, 하고 타이어가 도로에 쓸리는 소리예요. 아마 커브를 돌 때 그런 소리가 난 것 같은데요."

미카미는 별스러울 것도 없는 얘기라는 얼굴로 말했다.

연립주택을 나와 다시 차에 탄 뒤에 후루카와가 끄으응 신음 소리를 냈다.

"타이어 소리가 크게 났다는 걸 보면 나카노가 진술했던 대로 속도를 너무 올리는 바람에 미끄러졌다는 얘기잖아. 근데 그 타이어 자국은 아무리 봐도 그런 게 아니란 말이야."

"뭔가 다른 원인 때문에 타이어 자국이 희미해진 거 아닐까요?"

"흠, 그렇게 생각할 수밖에 없긴 한데……."

팀장은 여전히 납득할 수 없다는 표정이었다.

오다도 또 다른 의미에서 석연치 않은 게 있었다. 미카미의 증언에서 뭔가 걸리는 느낌이 들었던 것이다. 그게 무엇인지는 알 수 없었다. 어쩌면 그저 기분 탓인지도 모른다.

"푹 자고 다시 생각해 보자. 야간 당직 때는 영 혈액 순환이 안 된다니까."

두 손으로 관자놀이를 꾹꾹 누르더니 후루카와는 한 차례 크게 하품을 했다.

4

"정말? 그 다카쿠라 감독이 사고를 냈어?"

야스코는 큰 눈을 더 크게 뜨고서 말했다.

"아니, 다카쿠라가 아니고 그 밑에서 일하는 나카노 후미타카라니까. 어쨌든 사망사고라서 이제 곧 언론에도 크게 나올 것 같아."

"와아, 대단하다, 자기도 텔레비전에 나오는 거야?"

"으이그, 내가 왜 텔레비전에 나오겠냐고."

오다는 쓴웃음을 지으며 식탁에 앉았다. 그 위에는 야스코가 손수 만들어 온 샌드위치며 샐러드가 차려져 있었다. 야간 근무를 한 날에는 점심때 야스코가 그의 아파트로 먹을 것을 들고 와 주는 것이다. 하긴 그것도 이제 열흘 뒤에는 끝이 난다.

"도자이 화학이라면 육상부가 강한 곳이지? 마라톤에서 여러 번 우승했던 것 같은데."

"응, 다카쿠라 감독도 예전에 국가대표로 올림픽에 출전한 선수였어."

"요즘은 여자 마라톤 선수가 유명할걸? 아, 며칠 전에도 신문에 났었어."

야스코는 냉장고 옆에 쌓아 둔 신문 더미를 뒤적였다. 진즉부터 마치 자기 집처럼 편하게 지내는 것이다.

"여기 있네! 이거야, 이 기사."

그녀는 식탁 위에 신문을 펼쳤다. 스포츠면의 한 귀퉁이에 '올림픽 국가대표를 노리는 도자이 화학의 세 명의 여자 선수'라는 기사가 있었다.

"잘 뛰는 선수가 세 명이나 있어?"

그 기사는 도자이 화학 육상부에 소속된 세 명의 여자 마라톤 선수를 소개한 것이었다. 베테랑 야마모토 가즈미, 10킬로미터 하프코스에서 전향한 호리에 준코, 미국 유학에서 돌아온 신예 선수 다시로 유리코가 육상부 내에서 치열한 경쟁을 펼치고 있다. 현재까지는 부쩍 기록이 좋아진 다시로 유리코가 리드하고 있지만 이들의 경쟁은 아직 어떻게 될지 알 수 없다…….

"바르셀로나 올림픽을 앞두고 지금 아주 중요한 시기야. 이런 때 교통사고가 나다니, 도자이 화학 육상부가 운이 없네."

신문을 접으면서 오다가 말했다.

"코치가 그렇게 됐으니 선수들도 연습에 집중하기 힘들 거 같아."

"다른 팀들은 내심 좋아하는 거 아냐?" 오다는 햄샌드위치를 덥석 베어 물었다. "그나저나 우리 여행 준비는 어때?"

"물론 완벽하게 짰지." 신혼여행 얘기로 옮아가자 야스코가 눈을 반짝였다. "가고 싶은 곳을 샅샅이 점검했어. 약간 하드한 일정이 되겠지만 주어진 시간이 일주일밖에 안 되니까 어쩔 수 없어."

"오아후섬을 중심으로 주변을 둘러보는 거지?"

"응, 호놀룰루공항에서 렌터카 빌려서. 자기가 운전해야 돼."

"나는 운전보다 영어가 걱정이야."

"무슨 그런 촌스러운 말씀을? 하와이에서는 영어 몰라도 말이 다 통하네요."

이미 몇 번이나 하와이에 다녀온 야스코가 깔깔깔 웃으

면서 말했다.

점심식사 후, 오다는 두 시간쯤 잠을 잤다. 그동안 야스코는 가구 배치를 어떻게 할지 체크할 모양이었다. 내일, 드디어 그녀의 신혼 살림이 이 좁은 아파트로 실려 오는 것이다.

잠이 깨자마자 오다는 전화를 걸었다. 그 대학교수와 만날 수 있는지 타진해 본 것이다. 다행히 오늘이라면 괜찮다는 대답이 돌아왔다.

"뭐야, 모처럼 청소 좀 도와 달라고 할 생각이었는데."

뾰로통해진 야스코를 남겨 두고 오다는 자신의 차로 아파트를 나섰다.

마루야마 조교수는 키는 작지만 근육이 탄탄한 스포츠맨 타입의 체구였다. 물어보니 학생 시절에 수영 선수였다고 해서 오다는 역시나, 하고 고개를 끄덕였다.

"트레이닝 방식에 대한 상담을 하러 왔었어요. 나카노 씨혼자 왔었죠. 밤늦은 시간에 만나게 된 것은 제가 낮에 이래저래 바빴기 때문이에요."

교수는 다카쿠라와 똑같은 얘기를 했다.

"이곳에 몇 시쯤 도착했습니까?"

"그게 아마 9시쯤이었던가."

"여기서 나간 건?"

"12시쯤이었어요."

"얘기가 꽤 길어진 모양이지요?"

"그야 뭐, 이것저것 점검할 게 많았으니까요. 아, 그게 이번 사고와 관계가 있습니까?"

너무 지나치게 파고든 질문이었던 모양이다. 마루야마는 불쾌한 듯 미간을 찌푸렸다.

"아닙니다, 그저 잠깐 확인한 것뿐이에요. 나카노 씨가 이곳을 나간 뒤에 어디 간다는 얘기는 없었던가요?"

"아뇨, 그런 얘기는 없었어요. 곧장 기숙사로 갔을 겁니다. 너무 늦어지면 다음 날 연습에 지장이 있으니까요."

"그렇군요."

오다는 고개를 끄덕였다. 도자이 화학 육상부에는 전용 기숙사가 있어서 나카노도 선수들과 함께 그곳에서 지내고 있었다.

"나카노 씨가 뭔가 급하게 서두르는 기색이었던가요?"

"네, 그랬어요. 그래서 내가 운전 조심하라고 얘기했었는데."

마루야마는 안타깝다는 듯 고개를 저었다.

더 물어볼 말이 생각나지 않아 오다는 연구실 안을 둘러보았다. 책상 위에 복잡한 기계가 줄줄이 놓여 있었다. 컴퓨터도 여러 대가 눈에 띄었다.

"요즘에는 스포츠도 과학의 도움 없이는 발전하기가 어려운 모양이던데요?"

"세계 수준으로 올라가면 완전히 과학의 승부나 다름없어요." 마루야마가 코를 벌름거리며 말했다. 자신이 하는 일에 자부심이 대단한 것 같았다. "노력과 근성만으로 이길 수 있는 시대는 이미 지났다고 봐야죠."

"요즘에는 어떤 것을 연구하시는 건가요? 아마추어라서 전문적인 건 전혀 모르지만……."

"주로 장거리 달리기에 있어서 근육의 작용에 대한 것을 연구하고 있어요. 달리는 폼이나 리듬에 따라 근육이 어떻게 변화하는지 조사해 보는 것이죠. 물론 변화가 적은 편이 좋아요."

"그래서 다카쿠라 감독의 육상부에서 교수님께 조언을 얻으려고 했군요."

"뭐, 서로서로 도움을 주고받는 거예요. 나한테도 일류 선수의 데이터는 귀중한 자료니까."

마루야마는 뿌듯한 듯 가슴을 내밀며 말했지만, 다음 순간 문득 얼굴이 흐려졌다. 그리고 지나치게 말이 많았다고 후회하는 것처럼 입가에 꾸욱 힘을 주었다.

"이제 다른 볼일은 없으시지요?"

지금까지와는 크게 달라진 냉랭한 말투였다.

"네, 끝났습니다. 실례가 많았습니다."

오다는 자리에서 일어났다.

5

가구도 전자제품도 약속한 시간에 거의 정확히 배달이 왔다. 몸집 큰 남자들이 들락날락하는 바람에 좁은 집 안이 더 비좁게 느껴졌다.

"서랍장은 저쪽이에요. 세로로 놓지 말고 가로로 놔 주세요. 괜찮아요, 제가 치수를 미리 재 봤거든요. 아저씨, 거기 낡은 냉장고는 가져가셔야 해요. 그리고 전자레인지는 이쪽으로."

야스코가 공사현장 감독처럼 척척 지시를 내리고 있었다. 오다도 운반을 거들어 주려고 했지만 그녀가 만류했다.

"자기는 손대지 않는 게 좋아. 집 안에 자리를 잡아 주는 것까지 비용에 포함되어 있어. 혹시라도 흠집이 나면 얘기해서 교체해 달라고 해야 돼."

결국 오다는 말없이 지켜보는 수밖에 없었다.

"벌써 시작했네?"

현관에서 큰 소리가 들려서 내다보니 후루카와가 운동화에 면바지 차림으로 얼굴을 내밀었다.

"엇, 오셨네요?"

"이사할 때는 일손이 많은 게 좋을 것 같아서 왔지. 아, 이 의자는 어디로 옮기면 되지?"

후루카와가 화장대 스툴에 손을 내밀었다.

"손대지 마세요!"

오다와 야스코가 동시에 외쳤다. 후루카와는 엉거주춤 허리를 숙인 모습으로 딱 굳어 버렸다.

"아뇨, 그게, 가구점 아저씨한테 맡겨 주시고요. 그보다 팀장님, 잠깐만."

오다는 후루카와를 밀면서 집을 나왔다. 가구점 트럭 뒤에까지 가서 사정을 얘기하자 후루카와가 소리 내어 웃었다.

"보통 야무진 신부가 아니라니까. 이봐, 공처가 노릇도 막상 해 보니까 아주 좋지?"

"팀장님하고 제가 똑같은 줄 아세요? 아, 그나저나 어제 그 대학에 다녀왔는데……."

오다는 마루야마와 나눈 대화를 보고했다. 후루카와의 얼굴이 즉시 심각해졌다.

"그렇군, 나카노의 진술에 별다른 모순은 없었던 거네. 술을 마셨을 가능성도 없고."

"우리가 지나치게 건너짚은 걸까요?"

"그럴지도 모르지만……." 후루카와가 조금 더 목소리를 낮추며 말했다. "실은 어제 경찰서에 묘한 전화가 걸려 온 모양이야. 그 프리랜서 기자라는 사람이 연락한 거야. 미카미라고 했던가?"

"그 사람이 어떤 전화를?"

"경찰이 자기 집에 와서 사고에 대해 물었을 때, 타이어 소리가 났다고 말했었는데 아무래도 자기가 잘못 들은 것 같다고 했다는 거야."

"잘못 들었다?" 오다는 저도 모르게 날카로운 소리를 냈다. "무슨 소립니까, 그게?"

"나도 모르지. 다만 마음에 걸리는 것은 그런 일로 일부러 전화를 했다는 점이야. 일반적으로 그런 일은 거의 없잖아. 목격 진술에 뭔가 잘못된 게 있더라도 어지간히 중요한 일이 아닌 한 다들 그냥 넘어가 버리지."

"그러니까 미카미가 뭔가 숨기고 있다는 거예요?"

"아무래도 그런 것 같아. 그 사람은 뭔가를 숨길 이유가 전혀 없잖아. 사고를 낸 사람은 나카노고 본인도 그걸 인정하고 있는 판에."

후루카와는 팔짱을 끼고 고개를 좌우로 꺾었다. 관절이 우두두둑 소리를 냈다.

"게다가 타이밍도 너무 좋았죠. 우리가 타이어 자국을 의심한다는 걸 미리 알고 있었던 것처럼."

"오, 그거 말 되네." 후루카와는 크게 고개를 끄덕이다가 뭔가 깨달은 듯 얼굴을 번쩍 들었다. "아, 혹시……. 아니, 아니야, 설마."

"뭔데요?"

"나카노와 미카미 사이에 뭔가 연결고리가 있다고 생각해 보는 건 어떨까? 타이어 자국에 대해 우리가 의심을 품고 탐문 중이라는 건 나카노도 알고 있어. 그래서 그가 미카미에게 타이어 소리는 별로 크지 않았던 걸로 증언해 달라고 부탁했어. 근데 우리가 이미 미카미의 진술을 받아 간 뒤였던 거야. 그러자 미카미가 다급하게 경찰에 자신의 진술을 정정하는 전화를 했다면…….."

"미카미가 나카노 측의 가짜 증인이라고요? 하지만 미카미는 우리 쪽에서 먼저 찾아갔었잖아요."

"일부러 눈에 띄는 행동으로 우리의 주의를 끌었을 수도 있어."

"아, 그렇겠네……. 하지만 미카미가 왜 그런 역할을 하지요?"

교통사고 증인으로 한쪽에서 가짜를 내세우는 경우는 그리 드물지 않다. 물론 자기 쪽에 유리하게 증언하도록 하기 위한 것이다. 하지만 이번 경우는 미카미의 증언이 나카노에게 아무 도움도 되지 않는다.

"모르겠네. 정말 모르겠어."

후루카와가 씁쓸한 얼굴로 한숨을 내쉬었다.

가구며 전자제품의 배달은 오후에 끝이 났다. 오다와 후루카와는 다시 집으로 돌아가 분위기가 확 바뀐 거실에서 야스코가 내려 준 차를 마셨다.

"용케 다 들어왔네." 오다는 주위의 가구를 돌아보며 감탄했다. "가구들에 둘러싸여서 사는 것 같다."

"그러니까 빨리 넓은 집으로 이사해야지."

야스코가 태연하게 말했다.

"이 월급으로는 당분간 어려워. 그렇죠, 팀장님?"

이상한 대목에서 동의를 청하는 바람에 후루카와는 복잡

한 표정을 지었다.

"노력하면 다 되니까 걱정 마."

그렇게 말하고 야스코는 텔레비전 전원을 켰다. 좁은 집에 어울리지 않는 대형 화면이다. 뉴스 앵커의 얼굴이 큼지막하게 나왔다. 그와 동시에 세 사람이 어엇, 소리를 냈다. 이번 사건에 대한 얘기를 하고 있었기 때문이다. 뒤를 이어 다카쿠라가 등장했다.

"뜻하지 않은 일로 심려를 끼쳐 드려 죄송합니다. 유족분들께는 최대한 성의를 다해 사죄할 생각입니다……."

몰려든 취재진 앞에서 침울한 표정으로 대답하고 있었다.

"감독도 참 힘들겠다. 이런 때도 사람들 앞에 나서야 하잖아."

"뭐, 나카노 본인이 직접 나설 수도 없으니까."

오다가 말했을 때, 화면이 육상부 연습 장면으로 바뀌었다. 세 명의 여자 마라톤 선수의 모습이 비쳐졌다.

"잠깐 얘기 좀 할 수 있을까요?"

기자가 다가가 인터뷰를 시도했다. 하지만 선수들은 당황한 기색이었다.

"우리는 아는 게 없어요."

얼굴을 돌린 채 도망치듯이 자리를 뜨고 있었다. 야마모토 가즈미, 호리에 준코, 다시로 유리코의 옆얼굴이 카메라에 잡혔다.

그 순간, 오다는 헉 하고 숨을 삼켰다. 다시 한번 시선을 집중해 화면을 보았다. 하지만 이미 다음 뉴스로 넘어가 버린 뒤였다.

"자기, 왜 그래?"

"아니, 저게 좀⋯⋯."

오다는 고개를 갸웃거렸다. 지금까지 생각해 본 적도 없는 의혹이 가슴속에서 소용돌이치기 시작했다. 후루카와에게로 흘끔 시선을 향하자 그도 역시 뭔가 생각에 잠긴 것 같았다.

6

사고가 난 지 사흘째였다. 오다는 그 뒤에 일어난 또 다른 사고의 서류 작성에 쫓기고 있었다. 교통사고가 일어나지 않는 날이 거의 없다고 할 정도여서 한 가지 사건에 오래 매달려 있을 여유가 없다.

그래도 오다는 보고서를 쓰는 손을 쉴 때마다 저도 모르게 생각하곤 했다. 그 사고의 진상은 과연 무엇인가, 하고.

실은 그는 가설 하나를 세워 놓고 있었다. 실제로는 이런 것이 아니었을까, 하는 자기 나름의 추리였다. 하지만 그건 완벽한 것도 아니었고 무엇보다 증명할 방법이 없었다.

"표정이 어째 시원찮은데?" 옆자리의 후루카와가 말을 건넸다. "아니면 벌써부터 멍하니 신혼의 단꿈에 젖어 있나?"

"농담하지 마시고요. 너무 바빠서 멍하게 있을 틈도 없어요." 오다는 볼펜 끝으로 보고서를 툭툭 치면서 말했다. "나카노 후미타카의 사고에 대해 고민하던 중입니다."

"아, 그거?"

후루카와의 얼굴이 떨떠름해졌다. 그 사고에 대해서는 후루카와도 미심쩍은 점이 있었을 테지만 차례차례 발생하는 사고를 처리하기에도 바빠서 되도록 잊어버리려고 하는 기색이었다.

"제가 좀 알아봤는데 나카노는 지금까지 무사고 무위반이었어요. 벌써 10년 넘게. 그런 모범운전자가 이번 같은 경솔한 사고를 일으킬까요?"

"무사고 무위반이라고 꼭 모범운전자인 것은 아냐." 후루카와는 오다의 책상에 놓인 여행 가이드북을 집어 들고 팔랑팔랑 넘기면서 말했다. "오히려 그런 운전자들이 방심하다가 사고를 내는 거라고."

"그야 저도 잘 알지만……."

"대체 무슨 말이 하고 싶은 건데?"

오다는 잠시 망설인 끝에 천천히 입을 열었다.

"운전한 사람이 나카노가 아니라 다른 사람이었던 게 아닌가 하는……."

그 말에는 역시나 후루카와의 얼굴도 험악해졌다.

"함부로 말하면 안 되지. 혼자만의 생각을 입 밖에 냈다가 자칫 기자들 귀에라도 들어가면 일이 걷잡을 수 없이 커진다고."

"근데 그렇게 생각하면 일의 앞뒤가 딱 맞아떨어져요."

하지만 후루카와는 고개를 저었다.

"이제 그 건은 더 이상 생각할 거 없어. 나카노가 처벌받는 걸로 다 정리됐잖아. 지금 자네한테는 그거 말고도 처리해야 할 일들이 산더미야."

후루카와는 가이드북을 내려놓고 자리에서 일어섰다.

'역시 팀장님도 눈치를 채셨구나.'

그 뒷모습을 지켜보면서 오다는 생각했다.

"어이, 새신랑, 이제 일주일 남았지?"

갑자기 뒤쪽에서 누군가 어깨를 툭 쳤다. 돌아보니 큼지막한 사각형 얼굴 한복판에 콧수염을 기른 교통과 과장이 껄껄 웃고 있었다.

"마음이 붕 들떠서 일이 제대로 손에 안 잡히는 거 아니야?"

말을 하면서 후루카와와 똑같이 가이드북을 집어 들었다. 귀퉁이가 접힌 곳을 펼쳐 보더니 오다를 내려다보며 물었다.

"오호, 렌터카를 이용하려고?"

"예."

"예전에는 외국에서 운전한다는 건 상상도 못했는데 요즘 젊은 사람들은 정말 대담하다니까. 어쨌든 운전은 특히 조심해. 교통과 경찰이 외국에서 잡혀갔다가는 나라 망신이야."

과장(誇張)도 심하시네,라고 생각하면서 오다는 순순히

고개를 끄덕였다.

"아, 여기에 이것저것 주의사항이 적혀 있네. 정신 바짝 차리고 잘 읽어 두라고."

과장은 가이드북을 펼쳐 오다의 눈앞에 들이밀었다. 배짱이 두둑하고 호탕한 게 과장님의 장점이지만 섬세함이 부족한 면이 있다.

오다는 책을 제자리에 돌려놓으려고 손을 내밀었다. 하지만 그 순간, 단어 하나가 눈에 띄었다.

'우측통행'이라는 네 글자였다.

7

도자이 화학 육상부의 기숙사는 2층짜리 모르타르 건물이지만 얼핏 보면 잘 지은 맨션 같은 느낌이 났다. 1층을 사무실과 식당 등으로 쓰는 모양이다.

오다가 신분을 밝히자 그때까지 무뚝뚝하던 남자 직원의 태도가 돌변했다. 사무실 한쪽의 응접용 소파까지 안내해주고 차도 내왔다. 경찰의 비위를 거슬렀다가는 나카노의 입장이 지금보다 더 나빠질지도 모른다고 생각했을 것이다.

오다는 경찰 제복 차림이 아니었다. 자칫 언론 쪽에서 알아채면 큰일이라는 배려에서였다.

2, 3분 기다리자 다카쿠라가 나타났다. 오늘은 감색과 빨

간색의 트레이닝복 차림이다. 가슴팍에 팀 이름이 자수(刺繡)로 박혀 있었다.

"바쁘실 텐데 죄송합니다."

오다는 자리에서 일어나 머리를 숙였다.

"아뇨, 저희야말로 이래저래 수고를 끼쳐서 죄송합니다."

다카쿠라는 오다 앞에 앉았다. 지난번에 만났을 때보다 더 강인한 인상을 풍기는 것은 트레이닝복 차림이기 때문일 것이다. 스포츠 업계 사람은 역시 이런 옷이 가장 잘 어울린다.

"피해자와의 협의는 어떻게 됐습니까?"

"보험 회사와 변호사 선생이 중재를 잘해 주셔서 그럭저럭 순조롭게 풀릴 것 같아요. 나카노 개인이 아니라 도자이 화학 전체로서 책임을 지는 것으로 방침이 정해졌으니까요. 그나마 다행이라고 할까요. 그쪽 부모님도 아드님이 헬멧을 쓰지 않은 게 큰 요인이라는 점을 양해해 주셨어요."

"그렇군요……."

사망한 하기와라 쇼이치의 부모가 오다의 머릿속에 떠올랐다. 도자이 화학 측의 페이스에 말려들어 자신들의 주장을 제대로 펼치지 못한 건 아닐까.

"그런데 오늘은 무슨 일로 오셨는지……."

태연한 척 물었지만 다카쿠라의 얼굴에 경계의 빛이 떠오르는 게 느껴졌다.

"실은 이번 사고에 대해 한 가지 확인할 게 있어서 왔습니다."

"어떤 것이지요?"

"아, 이건 본인에게 직접 묻고 싶습니다만."

"예에." 다카쿠라는 의아하다는 듯이 오다의 얼굴을 보았다. "그러면 나카노를 불러 드리면 될까요?"

"아뇨, 그게 아니고." 오다는 마른 입술을 핥은 뒤 마음을 굳게 먹고 말했다. "여자 선수의 얘기를 들어 보려고 합니다."

"예에?" 다카쿠라는 미간을 찌푸리더니 입가를 일그러뜨리며 피식 웃었다. "이번 일은 선수와는 아무 관계도 없어요. 물어볼 게 뭐가 있습니까."

"이유는 잘 아실 것 같은데요."

"무슨 말씀을 하시는지 모르겠네." 다카쿠라가 소파에서 일어섰다. "그런 얘기라면 이만 실례하겠습니다. 나도 바쁜 몸이라서."

"사고의 진상을 확실하게 밝히려는 것뿐입니다."

"이상한 말씀을 하시는군요. 이미 확실하게 다 밝혀졌잖습니까."

그때 사무실 입구 쪽에 유니폼 차림의 여자 선수들이 나타났다. 오다가 그쪽을 쳐다보자 다카쿠라도 선수들이 들어온 것을 알았다.

"왜 여기로 왔어? 러닝이 끝났으면 트레이닝실로 갔어야지!"

감독의 호통에 여자 선수들은 당황한 표정으로 다시 나가려고 했다. 오다가 급히 그쪽으로 가려고 하자 다카쿠라가 큼직한 손을 펼쳐 가로막았다.

"이만 돌아가십쇼. 자꾸 이러시면 우리도 대책을 강구할 수밖에 없어요. 경찰에 인맥이 전혀 없는 것도 아니고, 일이 그렇게 되면 곤란해지는 건 당신이에요."

오다는 그를 노려보았다. 다카쿠라는 시선을 피하고 있었다.

"네, 알겠습니다. 이만 실례합니다."

한 차례 고개를 숙이고 오다는 그곳을 나왔다. 위협에 굴복한 게 아니었다. 이걸로 진상을 거의 다 알아냈다고 생각했기 때문이다. 역시 자신의 추리는 틀리지 않았다.

오다는 주차장에 세워 둔 자신의 차로 갔다. 문을 열고 타려는 순간, 시야 끝에서 뭔가 움직이는 것이 보였다.

돌아보니 육상부 트레이닝복을 입은 다시로 유리코가 서 있었다. 머뭇머뭇 이쪽의 눈치를 보는 듯한 기색으로 오다에게 꾸벅 인사를 건넸다.

오다는 주위를 둘러보았다. 누군가 이쪽을 지켜보는 사람은 없는 것 같았다.

"잠깐 얘기 좀 할 수 있어요?"

그가 물어보자 유리코는 말없이 고개를 끄덕였다.

"그러면 차 안에서."

오다는 차 문을 활짝 열고 안내하듯이 손바닥을 펼쳤다. 그녀는 멈칫거리듯이 다가와 그의 얼굴을 쳐다보았다.

"운전석에 앉으세요."

그 말의 의도를 알았던 것이리라. 그녀는 체념한 듯 눈을 떨구고 차에 탔다. 오다는 문을 닫아 주고 차 뒤로 돌아와 조수석 쪽에 앉았다.

"핸들을 처음 잡아 보는 건 아니지요?"

하지만 유리코는 침묵하고 있었다. 오다는 차 열쇠를 내밀었다.

"시동을 걸어 주세요."

"예?"

"시동을 걸어 달라고요."

"아, 네······."

열쇠를 받아 들더니 그녀는 어색한 동작으로 시동을 걸었다.

"깜빡이 켜시고요."

"네······."

대답한 뒤, 유리코의 왼손이 움직였다. 그 손끝이 와이퍼 작동 레버에 닿았다. 순간 그녀는 앗, 하는 소리와 함께 급히 팔을 움츠렸다.

"역시 틀리셨어요. 외국 차는 깜빡이와 와이퍼의 위치가 반대니까."

그녀는 말없이 고개를 떨구고 있었다.

"됐습니다. 시동을 꺼 주세요."

오다는 말했다. 그녀는 한숨을 내쉬고 엔진을 껐다. 차 안에 다시 정적이 돌아왔다.

"역시 그날 밤에 운전을 한 사람은 당신이었지요?"

그가 말하자 유리코의 눈에서 순식간에 눈물이 투두둑 떨어졌다.

8

"내가 운전한 건 그때 딱 한 번뿐이었어요. 그전에는 항상 나카노 씨가 핸들을 잡았어요."

유리코가 울면서 말했다.

"그건 그렇겠죠. 설마 무면허로 그렇게 장시간 운전할 수는 없을 테니까."

"괜찮을 줄 알았어요. 일본에 돌아온 지도 꽤 됐고 차도 많이 얻어 탔으니까 좌측통행에는 이제 익숙해졌다고 생각했는데……."

"막상 핸들을 잡으면 생각했던 것과는 전혀 다르지요."

"네, 이번에 똑똑히 알았어요. 하지만 그때는 괜찮을 것 같아서…… 한밤중이라 차도 별로 없었고……."

"당신이 운전하겠다고 한 거예요?"

"네……. 어서 빨리 여기서도 운전을 하고 싶었어요."

올림픽 유망주라고 해도 속내는 평범한 젊은이구나,라고 그녀의 옆얼굴을 보면서 오다는 생각했다.

유리코는 얼마 전까지 미국에서 유학 생활을 했다. 그리고 거기서 운전면허를 땄다. 그 면허를 국내 면허로 바꿀 수는 있지만 그에 관한 수속을 그녀는 아직 하지 못했다. 하지만 이번 일에서 중요한 건 그런 게 아니었다. 일본은 미국과 달리 좌측통행인데 거기에 그녀가 아직 익숙해지지 않았다는 점이 중요한 것이다.

"나카노 씨는 위험하니까 하지 말라고 했어요. 근데 잠깐이니까 괜찮다고 내가 고집을 피웠던 거예요."

"그래서, 운전을 해 보니까 어땠어요?"

"오른쪽 핸들에 별다른 이질감은 없었는데 반대 차선의 차가 오른편에서 달려오니까 좀 겁이 났어요. 그래도 직진할 때는 좌측통행을 별로 의식하지 않고 넘어갔는데."

"직진할 때는 그렇겠지요. 하지만 사거리에서는 커브를 돌아야 하잖아요."

그때 일이 생각났는지 유리코가 눈을 질끈 감았다.

"교차로에 들어서기 직전까지는 커브를 돈 뒤에 좌측 차선으로 들어가야 한다고 내내 생각했었어요. 그런데 잠깐 신호에 신경을 쓰다 보니까 어느새 반대쪽 차선으로 달려가고 있었어요. 깜짝 놀랐을 때는 이미 늦어 버려서……."

유리코는 두 손으로 얼굴을 가렸다. 손가락 틈새로 눈물이 흘렀다.

"정말 자칫하면 그럴 수 있어요." 위로할 생각으로 오다는 말했다. "이번 일과는 반대로 일본인이 해외에 나가서 운전하다가 똑같은 실수를 하는 경우가 있으니까요. 여차할 때, 자기도 모르게 평소 습관이 나오는 거예요."

오다가 책상 위에 올려 둔 가이드북에 그렇게 적혀 있었다. 출발할 때와 좌회전할 때, 깜빡 좌측 차선으로 들어가는 운전자가 많다는 것이다. 그것을 반대로 적용하면 미국에서 면허를 딴 운전자는 우회전 때 반대 차선으로 들어가는 일이 많다는 얘기가 된다. 유리코가 바로 그런 경우였다. 핸들의 위치며 차선, 모든 것이 거울에 비친 것처럼 반대가 되기 때문에 자칫하면 그런 실수를 저지르는 것이다.

"당황해서 밖으로 뛰쳐나갔더니 스쿠터를 탄 사람이 쓰러져서 의식을 잃고 있었어요. 뭘 어떻게 해야 할지, 그때는 아무 정신이 없었어요. 이렇게 중요한 시기에 그런 큰 교통사고를 내다니……."

"중요한 시기라는 건 내년 올림픽을 앞두고,라는 뜻인가요?"

그녀는 꾸벅 고개를 끄덕였다.

"인신사고를 낸 선수는 아무리 성적이 뛰어나도 올림픽에 출전할 수 없어요. 대표 선수로 뽑히더라도 자진 사퇴해야 하고……."

몇 년 전에도 그런 일이 있었는데,라고 오다는 기억을 더듬었다. 분명 지난 동계 올림픽 때였다. 메달이 점쳐지던 스키점프 대표 선수가 사망사고를 일으키는 바람에 올림픽 출전을 자진 사퇴했던 것이다. 선수 본인은 물론이고 팬들까지 크게 낙담했었다.

"그때 나카노 코치가 저한테 얘기했어요. 여기는 어떻게든 자신이 처리할 테니까 일단 이 자리를 벗어나라고."

"자신이 운전했던 것으로 할 생각이었군요."

"네……. 나는 일단 도망쳐야 한다는 생각에 정신없이 뛰었어요. 그런데 중간에 누군가 내 이름을 부르더라고요. 깜짝 놀라서 소리 나는 쪽을 봤더니 낯선 사람이 차 안에서 손짓을 하고 있었어요."

그렇게 된 거였구나, 하고 오다는 고개를 끄덕였다.

"그게 미카미 씨였군요."

"네, 미카미 씨는 우연히 사고를 목격했고 내가 도망치는 것도 봤던 모양이에요. 내가 누구인지도 알고 있었어요. 사정을 이해한다, 어서 빨리 내 차에 타라, 기숙사까지 데려다주겠다고 했어요."

미카미가 노린 것이 무엇이었는지, 오다는 생각해 보았다. 단순히 여자 마라톤의 팬이었기 때문일까. 아니, 그건 아닐 것이다. 위급한 순간에 그녀를 구해 주고 나중에 독점 취재든 뭐든 따내려는 속셈이었던 게 아닐까. 그는 프리랜서 기자로 일하는 사람이다.

"이곳 기숙사에 돌아오자마자 감독님께 사실대로 말씀드렸어요. 엄청 나무라셨어요. 그러고는 아무튼 너는 아무것도 몰랐던 것으로 하라고 하셔서……."

"그랬군요."

대단한 팀워크라고 오다는 감탄했다. 유리코의 얘기를 듣고 다카쿠라 감독은 나카노 코치가 어떻게 일을 처리할 생각인지 한순간에 캐치한 것이다. 그리고 앞으로 어떻게 해야 할지, 시나리오도 착착 짜냈던 게 틀림없다.

우선 유리코는 그 차에 타지 않았던 것으로 해야 한다. 그래서 다카쿠라는 가장 먼저 마루야마 교수에게 전화를 했다. 사정을 털어놓은 뒤, 연구실에는 나카노 혼자 다녀갔던 것으로 해 달라고 부탁한 것이다.

마루야마를 찾아가 탐문 수사를 했던 때를 돌이켜보면 마음에 짚이는 것들이 여러 가지가 있었다. 마루야마는 나카노 혼자 왔었다는 것을 유난히 강조했다. 게다가 밤늦게까지 얘기가 길어지면 다음 날 연습에 지장이 있다는 말을 깜빡 흘리고 말았다. 연구실에 왔던 사람이 나카노 코치 한 사람뿐이었다면 다음 날의 연습을 그렇게 걱정할 필요는 없다. 게다가 일류 선수의 데이터는 자신에게도 귀중하다고 했다가 지나치게 말이 많았다고 후회하는 것처럼 얼굴빛이 흐려지기도 했었다. 데이터를 얻기 위해서는 선수가 연구실에 왔었어야 한다. 그런 모순을 마루야마는 스스로 알아차리고 내심 당황했던 것이다.

오다와 후루카와가 미카미를 주목하게 된 것은 우연이었는지도 모른다. 그래서 미카미는 다카쿠라에게 연락을 했던 게 아닐까. 교통과 경찰이 진술 조사를 하러 왔었지만 목격자인 척했다,라고 보고한 것이다. 하지만 미카미가 진술한 내용을 듣고 다카쿠라는 불안해했다. 타이어 소리를 너무 강조하면 수상하게 여길 것이기 때문이다. 그래서 미카미는 경찰에 전화해 타이어 소리에 대한 진술을 정정했다…….

대략 그 정도일 터였다.

"그나저나 정말 대단하네요. 선수를 지키려고 자신을 희생하다니."

나카노 얘기다. 그러자 유리코가 불쑥 말했다.

"나카노 씨와는 결혼을 약속한 사이예요."

"아, 그래서…….."

코치와 선수의 결혼. 그것 또한 흔히 있는 일이라고 들었다.

"모든 게 제 잘못이에요. 최소한 올림픽 끝날 때까지는 하고 싶은 게 있어도 꾹 참았어야 했는데…….."

유리코는 눈물을 글썽이며 목이 멘 소리로 말했다.

"이번 일로 큰 고통을 겪은 만큼 앞으로는 특히 조심하세요. 안 그러면 여러 사람의 노고가 헛수고가 되잖아요."

오다의 말에 그녀는 놀란 듯 얼굴을 들었다.

"서류는 이미 검찰로 넘겼어요. 나카노 씨를 피의자로 해서."

"그러면…….."

"도저히 이해가 안 돼서 추적해 본 것뿐이에요. 어떻든 진상은 확인해 두려고 이곳에 온 겁니다. 원만하게 마무리된 일을 여기서 다시 뒤집어 봤자 기뻐할 사람은 아무도 없겠죠?"

대답할 말이 생각나지 않는지 유리코는 입술을 깨물고 있었다.

"마라톤, 열심히 해 주십쇼."

"네."

작은 목소리였지만 강한 결의가 느껴졌다.

오다는 차에서 내려 운전석 쪽의 문을 열어 주었다. 그녀가 내릴 때, 트레이닝복 소매 끝으로 하얀 손목이 보였다.

"마지막으로 한 가지, 주의할 게 있어요." 오다는 말했다. "완치될 때까지 사람들 앞에서 손목은 내보이지 않는 게 좋아요."

앗, 하는 작은 외마디 소리와 함께 그녀는 오른쪽 손목을 잡았다. 그곳에는 꽤 큰 찰과상이 있었다. 안전벨트에 쓸린 흔적이다. 그리고 오른쪽에 그런 흔적이 남았다는 것은 그녀가 운전석에 앉았다는 추리의 증명이었다. 손목 상처가 텔레비전 화면에 비친 순간부터 오다는 유리코를 의심하기 시작했던 것이다. 아마 후루카와도 그때 눈치를 챘던 것이리라. 눈치를 채고서도 팀장은 아무 말 않기로 했다. 그 역시 선수의 장래를 지켜 주는 길을 선택한 것이다.

"자, 그럼 이만."

차에 타고 오다는 출발했다. 차가 주차장을 벗어날 때까지 유리코는 그 자리에 서서 바라보고 있었다.

잠시 달리다가 공중전화를 발견하고 오다는 차를 세웠다. 전화카드를 넣고 버튼을 꾹꾹 눌렀다. 곧바로 야스코가 전화를 받았다.

"우리 여행 말인데, 나도 딱 한 가지 희망사항이 있어."

"뭔데?"

"렌터카는 관두자."

"엇, 왜?"

"이유는 묻지 말고, 아무튼 이번만은 봐 줘."

"이상한 사람." 의아해하면서도 야스코는 웃고 있었다. "좋아, 그럼 관두지 뭐. 아, 오늘 밤에는 우리 집으로 와. 맛있는 거 해 줄 테니까."

"응, 고마워."

전화를 끊고 오다는 콧노래를 부르며 차에 올랐다.

이 책이 간행된 것은 10여 년 전이다. 문예지《주간 소설》에 띄엄띄엄 실었던 작품을 한자리에 모은 책이니까 집필은 다시 그보다 몇 년 전에 했던 것이다. 그런 책이 이제 새삼 중판이라니, 출판계도 참 예측 불허의 오묘한 세계가 아닐 수 없다.

당시의 일은 비교적 소상하게 기억하고 있다. 작품을 써봐야 팔리지도 않고 칭찬 한 줄 못 받는 상황이었기 때문에 나는 반쯤은 오기로 이것저것 다양한 것에 도전했다. 아이디어를 가다듬기보다 오로지 소재 찾기에만 골몰하는 경향까지 있었다.

그런 때에 문득 자동차에 대한 것이 생각났다. 예전에 자동차 부품 회사에서 엔지니어로 일했기 때문에 나는 보통 사람들보다 자동차에 관해서는 잘 알고 있었다. 하지만 아직도 그걸 소재로 소설을 쓴 적이 없다는 점을 깨달은 것이다.

자동차,라고 하면 교통사고다. 내가 다니던 회사는 직원의 교통사고에 대해 매우 엄격하게 책임을 묻는 시스템이었다. 이건 어쩌면 당연한 일이다. 사고를 내는 직원이 제작하고 판매하는 상품에 '안전'이라는 이미지가 따라올 리 없기 때문이다.

　회의 때는 최근에 직원이 일으킨 교통사고에 대한 보고가 자주 올라왔다. 실명이야 밝히지 않았지만 부서명 등이 적혀 있었으니까 상당히 엄한 처분이라고 할 수 있었다. 보고 내용도 지극히 상세해서 어떤 도로에서 어떤 식으로 사고를 냈는지 도표까지 그려 가며 설명했다. 각 부서에서는 그러한 자료를 바탕으로 운전자의 어떤 점에 과실이 있었는지 토론을 벌였다. 당장 내일은 나한테 떨어질 수도 있는 일이어서 다들 그야말로 진지하게 임했던 것으로 기억한다.

　이번 시리즈를 쓰면서 그 당시의 경험을 넉넉히 살렸다고 해도 좋을 것이다. 그리고 집필 전에 나 스스로 맹세한 것이 있었다. '아무리 소재거리가 궁하더라도 사람을 치고 뺑소니치는 사고는 다루지 않겠다'는 것이었다. 이 책에서 내가 묘사해야 할 것은 어떤 운전자라도 '사람을 칠' 우려가 있다는 것일 뿐, '뺑소니를 친다'는 것은 애초에 인간으로서 할 짓이 아니라고 생각하기 때문이다. 그쪽에 대한 얘기는 또 다른 기회에 할 것이다.

　맨 처음에 쓴 작품은 「중앙분리대」였다. 이 아이디어의 밑바탕이 된 것은 어린 시절에 집 근처에서 일어난 사고였다. 횡단보도 옆에서 트럭이 벽을 들이받은 것이다. 어린 마음에 '사고=자동차의 잘못'이라고만 생각했던 나에게 어머니가 한 가지 중요한 것을 가르쳐 주었다. 그 내용을 여기서 밝혀 버리면 이 작품에 대한 스포일러가 되겠지만, 어머니

가 '그 부인은 상습범이야'라고 중얼거렸다는 것만은 적어
두고자 한다.

이 시리즈가 반드시 성공할 거라고 확신한 것은 「천사의
귀」를 완성했을 때였다. 교차로에서의 사고는 목격자의 증
언이 부족하면 진상을 해명하기가 어렵다고 교통사고 담
당자가 알려 준 것이 집필의 계기가 되었다. 신호기의 구조
등, 평소에는 생각해 본 적이 없는 것들까지 조사해야 했지
만, 나 혼자만 알고 있는 결말을 생각하면 독자들의 깜짝 놀
란 얼굴이 눈에 선하게 떠오르는 것 같아서 재미있었다.

운전자라면 느릿느릿 기어가는 앞차 때문에 답답했던 적
이 있을 것이다. 만일 그 차에 초보운전 스티커가 붙어 있기
라도 하면 바짝 겁을 줘 볼까 하는 못된 마음이 발동하는 일
도 있는 게 아닐까. 핸들만 잡으면 인격이 바뀌는 사람이 있
다. 그러나 자동차는 흉기가 될 수도 있는 것이다. 그런 위
험성을 강하게 인식하고 쓴 것이 「위험한 초보운전」이다.

노상주차는 아마도 가장 많은 사람들이 범하는 교통 법
규 위반일 것이다. 단속에 걸리지 않는 일도 많아서 운전자
들 사이에 죄의식이 별로 없는 것도 사실이다. 또한 이 위반
에는 '내가 이 자리에 세웠다고 누군가에게 피해를 주는 것
도 아니다'라는 자기변명도 존재한다. 하지만 실제로 노상
주차는 큰 피해를 끼칠 수 있다. 때로는 사람의 목숨을 좌지
우지하는 경우도 있다. 「건너가세요」에서는 그런 점을 그려
보았다. 이 작품에 대해 인터넷 게시판에 '주인공이 너무 이

상하다. 자기도 노상주차를 했을 거면서'라는 어느 독자의 댓글이 있었다. 노상주차에 대해 분노한 것에 오히려 분노한 것이다. 이건 좀 어이가 없었다.

자동차 창문 너머로 담배꽁초를 휙 내버린다. 흔히 보는 광경이다. 인간이란 자기 주변만 깨끗하면 타인의 공간 따위 어찌 되건 상관없다고 생각하는 모양이다. 도로가에는 실로 다양한 것들이 버려져 있다. 예전에 고속도로 운전 중에 나는 앞쪽 차량에서 날아든 '뭔가'를 정통으로 맞은 적이 있다. 그때는 다행히 앞 유리에 금이 가는 정도로 끝났지만, 만일 창문이 열려 있었고 거기로 날아들었다면,이라고 생각하면 그야말로 섬뜩해진다. 제발, 부디, 「버리지 말아 줘」라고 말하고 싶다.

「거울 속에서」에는 재미있는 에피소드가 있다. 마라톤으로 유명한 모 화학 회사 육상부에서 이 작품이 화제가 되었다는 것이다. 이 작품에 등장하는 세 명의 여자 마라톤 선수가 그 육상부에 소속된 세 명의 선수와 설정이 딱 맞아떨어졌다고 한다. 이 작품을 먼저 썼으니까 그쪽을 모델로 한 것이 아니라 나중에 우연히 그리된 것이다.

그래도 친근감을 느꼈는지 그 육상부에서 내 책을 많이 읽고 있다는 소식이다. 그 세 명의 선수 중 한 명이 바로 다카하시 나오코* 선수다.

---

* 2000년 시드니 올림픽 여자 마라톤 금메달리스트. 참고로, 일장기를 달고 뛰어야 했던 손기정 선수 이후 63년 만의 금메달이었다. 1997~2003년 세키스이 화학 공업 회사 소속. 2008년 은퇴 후 스포츠 캐스터, 평론가로 활약하고 있다.

이렇게 되돌아보니 당시에는 꽤 꼼꼼하게 일을 했던 것 같다. 아마 소설 쓰기의 기술은 그때보다 조금쯤 늘었을 것이다. 하지만 한 작품 한 작품에 기울이는 열의는 그 무렵과는 비교할 수 없다.

　소설 쓰기에 익숙해졌다고 생각하는 지금이 오히려 큰 실수를 저지를 위험성이 더 높은지도 모른다. 그러고 보니 흔히 듣는 얘기가 있다. 초보운전 스티커를 붙이고 다닐 때보다 운전에 익숙해졌다고 생각했을 때 사고가 더 많이 날 수 있다는 얘기.

　……조심해야겠네.

2001년 12월
히가시노 게이고

지킬 건 지켜야지

   히가시노 게이고 씨의 작품 목록을 찬찬히 들여다보면 매우 흥미로운 점이 발견된다. 1985년에 『방과 후』로 데뷔한 뒤 지금까지 30년이 넘는 동안 해마다 두 권에서 세 권이라는 일정한 페이스로 소설을 써 왔다는 것이다. 좀 더 정확하게 말하자면, 1년에 네 권이었던 해가 세 번, 다섯 권이었던 해가 1989년과 1996년, 두 번이었던 것 외에는 해마다 일정하다. 그중 1996년은 그다음 해인 1997년이 0권이었던 것을 보면 2년분을 한꺼번에 출간한 것으로 짐작된다. 1997년은 33년 작가 생활 중에 단 한 번의 안식년이었을까. 그렇게 보면 '1년에 두 권에서 세 권(네 권) 출간'이라는 규칙을 깨고 다섯 권을 출간한 해는 1989년이 유일하다. 저자 후기에서 밝힌 대로 1989년이라면 문단에 데뷔한 지 5년째가 되어 가는데도 '작품을 써 봐야 팔리지도 않고 칭찬 한 줄 못 받는' 시절이다. 어쩌면 작가로서 한 단계 올라서기 위해 필사적으로 글쓰기에 몰두했던 시기였는지도 모른다.

   이번 소설 『교통경찰의 밤』은 그 1989년부터 1991년까지 3년여에 걸쳐 한 편 한 편 문예지 《주간 소설》에 실었던 것을 1992년에 한 권으로 묶어 출간한 것이다. 이 책은 10

년이 지난 2001년에야 중판에 들어갔다. 데뷔 15년 만이다. 후기에서 '이제 새삼 중판이라니, 출판계도 참 예측 불허의 오묘한 세계가 아닐 수 없다'고 감개무량함을 드러내고 있지만, 한 작가가 명성을 얻기까지의 여정을 충분히 짐작할 수 있는 말이다. 요즘에는 일본 추리소설계의 거장, 아시아권의 가장 잘 팔리는 작가로 손꼽히는 히가시노 게이고 씨도 그런 기나긴 무명 시절을 뚜벅뚜벅 건너왔다.

무엇보다 흥미로운 것은 1년에 두세 권이라는 일정한 페이스를 여태까지 무너뜨리지 않고 이어 왔다는 점이다. 인기가 없을 때는 그렇다 쳐도, 출간하는 족족 베스트셀러 상위에 이름을 올릴 때도 이 규칙은 그대로 유지되었다. 그렇게 2019년 현재까지 발표한 소설이 총 87권, 여전히 똑같은 페이스로 새 작품이 나올 예정이라는 소식이다. 한국과 중국을 비롯한 아시아권에서는 최근 10여 년 사이에 『나미야 잡화점의 기적』이 이른바 초대박을 치면서 최신작은 물론이고, 마치 유적을 발굴하듯이 과거의 작품까지 거슬러 올라가 줄줄이 출간되고 있다. 그 바람에 히가시노 씨를 마치 소설 공장처럼 다작을 하는 작가로 인식하는 독자들이 적지 않다. 하지만 실제로는 지난 33년 동안 거의 동일한 보폭으로, 멈추는 일도 없고 무리하는 일도 없이, 그야말로 꾸준히 작품을 써 왔을 뿐이다. 이건 뭐, 잘 계획된 작가의 길이라고 할까, 그의 삶의 규칙성에 감탄할 수밖에 없다.

『교통경찰의 밤』을 집필하던 무렵은 거품 경기로 전국이

들썩이던 때였다. 거품 경기란 실체 경제와는 무관하게 자산 가격이 일시적으로 폭등했다가 다시 급격히 하락하는 모습이 마치 거품이 부풀었다가 꺼지는 것 같다는 데서 나온 말이다. 공식적으로는 1986년 12월부터 1991년 1월까지 51개월 사이에 일어난 경제 현상인 것으로 알려져 있다. 주식과 땅값, 집값이 천정부지로 오르면서 무리한 대출 빚을 내서라도 그 차익을 얻으려는 투기 열풍이 전국을 휩쓸었다. 시중에 일시에 풀려 나온 돈으로 GDP는 상승하고 소비자 물가도 하루가 다르게 뛰었다. 부동산의 소유 여부에 따라 빈부 격차가 크게 벌어지면서 불평등에의 반감은 점점 심화되었다. 『교통경찰의 밤』에는 그런 혼탁한 사회의 모습이 곳곳에 그려져 있다.

정식 직업이 없어도 외제차를 몰고 다니는 젊은이와 미니스커트에 모피코트를 걸치는 그의 여자친구가 등장하고, 인기 가수가 CD 한 장으로 수억 엔을 벌어들일 때, 얄팍한 월급봉투로 언제 집을 장만할지 걱정하는 경찰 부부도 신혼여행은 하와이로 갈 만큼 해외여행이 일반화되기 시작한 것도 이 무렵이다(「천사의 귀」, 「거울 속에서」). 3, 40대의 나이에 후지산 근처 호숫가에 별장을 가진 부유층과 그들에게 반감을 품은 자가 밤중에 주차장에 숨어들어 차를 긋는다는 얘기도 나온다(「버리지 말아 줘」). 그런 호경기가 거품처럼 꺼져 버리고 일본이 장기 불황의 늪에 빠지리라는 것은 아직 아무도 예상하지 못했지만, 여기저기서 우려의 목소리는 높아지고 있었다. 경찰 교통과 팀장 후루카와와 오다의 대화에서도 그런 기척을 알 수 있다.

"정말로 풍요로운 나라가 됐다면 가장 먼저 우리부터 한가해져야 해. 근데 뭐야, 사건사고가 전혀 줄어들지 않잖아."
"물질은 넘쳐 나도 정신적인 여유는 없다는 건가요?"
"그렇지, 바로 그거야."

– 「거울 속에서」

물질의 풍요만큼 정신이 따라가지 못하고, 돈 놓고 돈 먹기가 횡행하면서 성실하게 일하는 사람들이 상대적 박탈감에 빠지는 사회, 흥청망청하는 분위기를 타고 출세와 돈에 집착하는 천박한 졸부의 시대로 진입한 때였는지도 모른다. 그 흐름을 타지 못하고 소외된 자들은 어떻게 대응해야 하는지, 이 작가는 30년 넘게 일정한 보폭으로 작품을 써 낸 것과 똑같은 방식으로, 즉 매우 차분하고도 계획적인 방식으로, 통쾌한 해법을 보여 주고 있다. 이를테면 법규의 그물망을 빠져나가는 자들을 정확히 그 법규를 이용해 반성하게 하고 때로는 매섭게 처벌하기도 한다.

인간이 만든 규칙은 양날의 검이 되어 그 휘하에 속하는 자들을 지켜 주기도 하고 그 반대로 '어느 날 갑자기 우리를 공격'하면서 높은 벽을 쌓아 갈라놓기도 하지만 그녀는 자신의 몸을 던져 그 분리대를 뛰어넘는다(「중앙분리대」). 무심코 저지른 규칙 위반이 어린아이의 생명을 앗아가고 행복한 가정을 무너뜨리는 한 가지 원인이 된다. 그에 대한 단죄는 차근차근 단계를 밟아 스스로 분노의 강을 건너가 상대를 반성하게 하는 것이어서 더욱 오싹하게 몸에 스민다(「건너가세요」). 그러나 법망을 피해 갔다고 죄가 없어지는 것은 아니다. '다만 처벌해 줄 사람이 없었을 뿐이다.' 결국 재미 삼아 가볍게 저지른 위협 운전은 자매의 철저하고도 드라마틱한 계략으로 톡톡히 대가를 치른다(「위험한 초보운전」).

젊은 히가시노 게이고 씨의 혈기라고 할까, 인간을 구원하지 못하는 규칙─혹은 운명이나 신─에 대한 분노의 힘이 느껴지는 이야기지만, 그 분노를 풀어 가는 방식 속에는 '재미'가 있고 '미스터리 공학'이 있고, 선악을 섣부르게 판정하지 않으려는 '이성'이 있었다. 무엇보다 이 소설을 다 읽고 나면 다음과 같은 바람직한 결심을 하게 될지도 모른다.

'그래, 지킬 건 지켜야지. 특히 교통 법규만은 반드시 지켜야 해!'

세월을 훌쩍 건너뛰어 다시 찾아온 책을 번역한다는 것은 여러모로 흐뭇한 일이다. 독자들의 성원이 불러낸 소설이 '떵작'이 아닐 리가 없다. 대중의 인기 속에는 반드시 가슴을 치는 한 방의 감동이 있다. 더구나 번역서는 현지에서는 불가능한 일을 할 수 있다. 과거의 소설을 그 당시의 해묵은 문체가 아니라 바로 지금의 문체로 되살려 내는 것이다. 더 많은 독자들과 이 신기한 타임 워프를 함께 즐길 수 있기를 바라 마지않는다.

2019년 11월
양윤옥

교통경찰의 밤

1판 1쇄 발행　　2019년 11월 29일
1판 6쇄 발행　　2022년 　3월 　8일

지은이　　히가시노 게이고
옮긴이　　양윤옥

발행인　　황민호
본부장　　박정훈
책임편집　　강경양
기획편집　　김순란 한지은 김사라
마케팅　　조안나 이유진 이나경
국제판권　　이주은
제작　　심상운

발행처　　대원씨아이㈜
주소　　서울특별시 용산구 한강대로15길 9-12
전화　　(02)2071-2094
팩스　　(02)749-2105
등록　　제3-563호
등록일자　　1992년 5월 11일

ISBN　　979-11-362-1618-2　03830